U0093613

村上春樹における魅惑

監修
沼野　充義
日本東京大学教授

編集
曾　秋桂
台湾淡江大学教授

村上春樹研究叢書第五輯《村上春樹中的魔力》出刊賀詞

淡江大學校長
張　家宜

村上春樹從事寫作工作近40年，獲頒無數獎項，被譽爲日本當代最具國際影響力的作家。本校日本語文學系於2011年成立「村上春樹研究室」，隔年即舉辦第1屆村上春樹國際學術研討會，自此每年定期舉行盛會，成爲特色。2014年擴大爲「研究中心」後，更以國外學術團體身分，兩次移師日本舉辦會議，展現臺灣學術能量。

研究中心爲深化村上春樹學，以全方位的角度切入，推廣獨特的學術魔力，辦理微電影競賽、經典名著多國語言朗讀比賽、作品導讀、開設講座及遠距課程等多樣性的活動，其中「非常村上春樹」磨課師課程，榮獲2017年第三屆學習科技金質獎，努力成果深獲肯定。

連續7年豐富的會務經驗，盡其所能分享研究成果，研究叢書亦從近年的村上春樹中的「兩義性」，「秩序」，演進爲今年第五輯的「魔力」。適逢淡江第五波，成立「熊貓講座」邀請大師講學之際，如能促成村上春樹本人及知名學者蒞校交流，必將掀起另一波研究風潮，特爲文誌之，以資鼓勵。

村上春樹研究叢書第五輯『村上春樹における魅惑（charm）』刊行に贈る

淡江大学学長
張　家宜

村上春樹は文筆活動を始めて40年近く、数々の賞を受賞し、現代の日本で最も国際的な影響力のある作家となっています。本学は、日本語文学科が2011年に「村上春樹研究室」をスタートさせた翌年に第1回村上春樹国際学術研討会をおこない、以後、毎年定期的にシンポジウムを開催して、学校の特色としてきました。2014年には「研究センター」に活動を拡大し、さらに国外の学術団体として、二回、日本大会を挙行し、台湾の学術的パワーを示してきました。

研究センターは村上春樹学を深め、多面的角度で研究や活動をおこない、独自の学術的魅惑を発揮して、ショートムビーコンクール、作品多言語朗読コンテスト、作品読書案内をおこない、村上春樹講座と遠隔教育課程を開設するなど多様な活動を展開してきました。中でもMOOCS課程「非常村上春樹」は2017年第三回学習科学技術金賞の栄誉を受け、その努力と成果は高く評価されています。

連続7年の豊かなシンポジウム主催経験により、研究成果を広く共有するため近年では村上春樹文学における「両義性」、「秩序」、さらに進んで今年の第五輯では「魅惑」をテーマに研究叢書を刊行しています。淡江大学の第五ステージ開始として「パンダ講座」で有名講師を招いて講演をおこなうことになり、もし村上春樹ご本人や著名な学者が本校をご訪問くださって交流できるようになれば、きっと新たな研究のトレンドが生まれることでしょう。刊行にあたり、特にこれを記して、次なる励ましといたします。

（日本語訳 落合由治）

監修のことば

沼野　充義

淡江大学は2011年8月に世界に先駆けて村上春樹研究のための研究室を創設し、さらにそれを発展させて2014年8月には村上春樹研究センターを設立し、それ以来一貫して専門的教育・研究を行ってきた。センターとしての活動は今年でまだ5年だが、これまでの精力的な活動には目覚ましいものがある。毎年のように村上春樹文学の様々な側面をめぐって大規模な国際会議を組織しているだけでも大変なことだが、それに加えて、会議の成果を着実に論集の形にまとめて出版してきた。

今回の論集は、2017年7月に京都の同志社大学において開催された第6回村上春樹国際シンポジウムの成果を踏まえたものである。シンポジウムのテーマは「村上文学における魅惑（charm）」であり、このテーマをめぐって様々な角度から報告があり、活発な議論も行われた。この第五輯には、そのときの基調報告をもとにした特別寄稿4本に加え、＜魅惑＞をめぐる投稿論文10本が選りすぐられている。寄稿者は中国、日本、およびアメリカの三か国からの研究者であり、視野の広がりも国際色豊かなものになっている。

ところで、＜魅惑＞とはいったい何だろうか？　第6回村上春樹国際シンポジウムのために「村上春樹文学における魅惑（charm）」というテーマを提案された中国文化大学副教授の斎藤正志氏によれば、「魅惑」の「魅」という漢字は元来、「物が年功をつんでよく怪異をなすもの」を意味した。また「魅力」

にほぼ相当する英語の charm にも、「女の色香」「まじない」「魔除け」「お守り」など、様々な意味合いがあり、これらの語義は村上文学の読者を惹き付ける様々な要素をじつによく表していると言えるだろう。怪異であると同時に甘く、優しく読者を惹き付け惑わすもの――その秘密はいったい何なのか？　今回の論集はこの主題をめぐって、多種多様な読みの可能性を示すものとなった。これまで村上文学については、じつに膨大な文献が積み重ねられてきたが、＜魅惑＞について正面からこのように取り組んだ論集はもちろんこれが世界で初めてである。そして＜魅惑＞を論じたこの論集自体が魅惑的なものになっているのは、なんと素晴らしいことだろうか。

ここで改めて、本研究叢書のこれまでの内容を振り返ると、第一輯『村上春樹におけるメディウム　２０世紀篇』(2015)、第二輯『村上春樹におけるメディウム　２１世紀篇』(2015)、第三輯『村上春樹における両義性』(2016)、第四輯『村上春樹における秩序』(2017) である。これに＜魅惑＞を主題にした第五輯を合わせると、村上文学読解のための重要なキーワードが並び、全 5 冊を合わせると論考は 60 点以上になる。世界の村上春樹文学研究への大きな貢献であることは間違いない。

さらに、次回の国際シンポジウムは「村上春樹における共鳴 (sympathy)」を主題として掲げ、2018 年 5 月、つまりこの論集がちょうど刊行される頃に開催されるとのことである。淡江大学村上春樹研究センターの、たゆむことのない研究活動はこうして次々に新たなテーマを見出し、村上文学研究の新たな地平を切り拓いていく。人文研究自体が危機に瀕しているとも言われる現代世界にあって、このセンターの活動の意義は極めて大きい。それは村上春樹研究への貢献という専門分野の枠を超えて、もっと広く、人間やその社会、また人間とその環境との関係をめぐる根源的な問題を追求しているからである。村上文学の豊かさの探求を通じて、私たちは人間の知と情の営みの複雑な世界に足を踏み入れていき、結局、それが人文学の力強い擁護にもつながるのではないだろうか。世界の諸大学にも類を見ない、ユニークで目覚ましい活動を続けてきた淡江大学村上春樹研究センターの力強い原動力であるセンター長の曾秋桂教授を筆頭に、副センター長の落合由治教授、学術発展・文書編集責任者である内田康副教授、王嘉臨副教授、葉夌助理教授など、センターを支え、発展させてきた皆様にここで深い敬意を表明するとともに、センターの今後の益々の発展を期待したい。このようなセンターは村上春樹研究のためだけではなく、現代世界にとって人文学そのものが重要であることを示すためにも必要なのである。

執筆者一覧（掲載順）

Matthew C. STRECHER　日本・上智大学教授

沼野　充義（NUMANO Mitsuyoshi）　日本・東京大学教授

金水　敏（KINSUI Satoshi）　日本・大阪大学教授

宮坂　覺（MIYASAKA Satoru）　日本・フェリス女学院大学名誉教授

柴田　勝二（SHIBATA Shoji）　日本・東京外国語大学教授

鄒　波（ZOU Bo）　中国・復旦大学副教授

荻原　桂子（OGIHARA Keiko）　日本・九州女子大学教授

落合　由治（OCHIAI Yuji）　台湾・淡江大学教授

佐藤　敬子（SATO Keiko）　日本・横浜市立大学看護短期大学元・非常勤講師

齋藤　正志（SAITO Masashi）　台湾・中国文化大学副教授

曾　秋桂（TSENG Chiu Kuei）　台湾・淡江大学教授

浅利　文子（ASARI Fumiko）　日本・法政大学兼任講師

賴　振南（LAI Chen Nan）　台湾・輔仁大学教授

住田　哲郎（SUMIDA Tetsuro）　日本・京都精華大学専任講師

賴　錦雀（LAI Jiin Chiueh）　台湾・東呉大学教授

目次　第五輯

特別寄稿論文

投稿論文

CONTENTS Vol.5

Murakami Haruki's “Charm” and the “Empty Narrative”

Matthew C. Strecher

1. Introduction

Why does it so often seem as though Murakami Haruki is writing his novels about me, about my life? Why is he read so enthusiastically, all over the world?

These are the two most common questions asked of me as a scholar of Murakami Haruki literature. The former question comes, generally, from undergraduate students encountering these works for the first time, while the latter is usually put by bewildered newspaper reporters and NHK producers, especially in early October as the Nobel Prize for literature is about to be announced. On some reflection, it becomes clear that these two questions are related to one another, and also to the concept of miwaku 魅惑, which is sometimes translated into English as “charm,” but may also be rendered as “fascination.” This essay will attempt to explain this fascination from the perspective of what we shall call the “empty narrative,” a narratological structure in which an open space is developed within a novel or story into which the reader is not merely encouraged, but virtually required to insert her or his own personal narrative. It is a mode of reading that bears close relation to the reading strategies of reception theory, one in which a dialogic relationship is established between author and reader. Unlike reception theory, however, we will consider this relationship to develop not between author and implied reader (cf. Iser 1980), but between Murakami and his actual readers, throughout the world. The result, as we shall see, is the development of a new fictional mode capable of crossing all borders—cultural, linguistic, social, generational, religious—to become something like a "universal text." This, to take but a single step further, will lead us to the beginnings of a theory for a truly "global" literature.

2. All You Need Is Empathy

For some readers—this one included—this ability to develop an intuitive bond with the author is immediately attractive, and contributes to the sense of fascination, but also of participation in the text. Consider, for instance, one of Murakami's earliest short stories, "Binbō na obasan no hanashi" (1980; Story of a poor aunt), in which the protagonist has a momentary flash in his mind of a bedraggled, middle-aged woman that no one seems to notice or to want around. Then one day he realizes that there is a pale image of such a person clinging to his back. She is unobtrusive, uncomplaining, and, in her position on his back, not even visible to the narrator. Nor is she a mere hallucination, for others can see her too, though she takes on different forms for them—unique forms that connect intimately with their own personal experiences. What is a "poor aunt" for the narrator is a badly disfigured schoolteacher for another, a dog who died pathetically of cancer for yet another. For one viewer she is his own mother. In Jungian terms she is a sort of visible archetype, one who probably represents a vague sort of guilt toward those who are forgotten or ignored or devalued. Without too much difficulty we recognize this aspect of the "poor aunt," and (again, without too much difficulty) project our own vision onto her. Perhaps she will appear to one reader as a classmate in school whom everyone bullied; or the homeless man on the corner who everyone passes, but no one ever looks at. Readers understand her intuitively, because she can and must become whatever each reader needs her to be.

The process of reading here is both natural and elegant. We read Murakami's narrative, and then (without necessarily realizing it) superimpose our own reality on top of it, placing ourselves into the shoes of the narrator. In this sense, Murakami really is writing about us, the reader.

This is nothing more or less than a bond of empathy that develops between author and reader through the special gaze of the nameless, nondescript narrator, "Boku." Empathy—expressed in Japanese as kyōkan 共感 or kanjō i'nyū 感情移入 —is of course one of the most fundamental tools for reading effectively, a process of entering the mind of the protagonist, sometimes of other characters, and in the best instances, of the author. As such, empathetic reading cannot be called a phenomenon unique to Murakami fiction. Rather, we may describe the degree of empathy that emerges between text and reader, the level of dialogue that develops between ourselves and the author. If, as reception theory suggests, the act of reading is grounded in this dialogic relationship, then a literary structure that facilitates this sort of "give-and-take," this meeting of the minds, is essential. The question then arises: on what level, and from what position, do author and reader approach one another? To what extent does the author—and the structural framework on which he or she constructs the narrative—permit the intrusion of the reader? Put in slightly simpler terms, how much does a given author or text permit the reader to re-write that text in her or his own image? It is not difficult to see that the higher the degree of latitude given readers, the greater the possibilities for empathetic reading—for reading/writing—will become.

3. Breaking with the Models of Pure Literature

For perspective it will be useful here to examine the other end of the empathetic spectrum, that at which the reader is, in my view, less encouraged to participate actively in the reading process. Consider, for instance, the writing of 1994 Nobel laureate Ōe Kenzaburō (b. 1935), with whom Murakami has more than once been compared (generally unfavorably) by serious critics and scholars of Japanese literature, both in and out of Japan. While it is certainly possible to find points of similarity between these two writers, increasingly so as Murakami matures as a writer, on the question of how writers relate to their audience through the text, the gap seems to be rather wide. As Ōe writes in his 1989 defense of junbungaku 純文学 ("pure literature"),

> The role of literature—insofar as man is obviously a historical being—is to create a model of a contemporary age

which envelops past and future and a human model that lives in that age. (Ōe 1989, 193)

What Ōe means to describe is literature as a kind of snapshot of the contemporary moment in which it is created, as well as a spokesman who will not only react to the realities of that moment, but critique those realities. This is by no means a new phenomenon; most major works of junbungaku, prewar or postwar, part of a major literary movement or not, present the reader with a dilemma or set of dilemmas, tied either to the protagonist (especially in prewar fiction) or to the social conditions surrounding the protagonist (chiefly in the postwar). Nor are we dealing with a practice restricted to Japanese writing, though I would argue that Japanese writers allow their readers a degree of intimacy with their protagonists' inner thought process that rivals or possibly even surpasses those of the West. Whether we are reading Naturalist fiction by Shimazaki Tōson or Tayama Katai, the romantic fiction of Kunikida Doppo or Mori Ōgai, the confessional works of Shiga Naoya or Mishima Yukio, or the angst-ridden novels of Natsume Sōseki or Ōe himself, we generally find that we know what that character is thinking, understand how he or she has reached this present situation; and even if we do not always know what the next step will be, we may be reasonably sure that the novelist will explain it to us before the novel ends.

This is particularly true in the case of Ōe, whose level of introspection is truly impressive. We are never in doubt about what he is thinking as he examines the most minute details of every emotion, every event, rooting deeply in his past for the missing clues to his life. Much of the pleasure of Ōe's text (apart from his subtle, self-deprecating humor) comes from observing the paths his protagonists—all closely patterned on himself—take to the near-solutions to their individual dilemmas. I say "near-solutions," because virtually every one of his novels ends inconclusively, ambivalently, and while we have enjoyed the journey, it often seems we have traveled right back to the beginning.

And yet, there is no denying that the high level of detail Ōe (and most other writers of serious literature in Japan) brings to his protagonists and their dilemmas also limits the amount of actual writing the reader is permitted to do in the course of reading an Ōe novel. The sensation in reading these novels is less of rewriting the text than of listening to Ōe lecture us about his mental condition as he writes it. This is not to suggest that he knows everything about his mental condition; in fact, it is difficult to decide, while reading an Ōe novel, whether we are acting as his audience or his therapist while he exhaustively analyzes himself right before our eyes. This is Ōe's contribution to the ongoing tradition of the I-novel, for his "model of a human subject" is pretty much always himself, and he is brutally honest, both with us and with himself. For these reasons, reading Ōe's novels is both deeply rewarding and at the same time quite difficult. I suspect that the ideal readers of Ōe literature would be (1) those few persons who have lived through experiences highly similar to those of the author, or (2) graduate students of modern Japanese literature, preferably the more serious type.

For Japanese who have not lived through Ōe's experiences—and there are many examples of these portrayed in his works—as well as general readers throughout the world, reading this author's novels is both grueling and, all too often, fruitless. This is why his readership, both in Japan and abroad, is quite small, despite his being a Nobel laureate. Ōe himself appears to be quite conscious of this, and to recognize that the situation is not going to get any better for him; and yet, I cannot help but feel that this situation also points clearly to the limitations of—and even a serious weakness in—the traditional concept of junbungaku as a whole. For in my opinion, literature that requires Ph.D. training in order to be enjoyed properly is not fully living up to the most fundamental purposes of literature beyond the most local, culturally specific level. My question is: cannot literature be something more than this?

With respect to Ōe's comment that the function of literature is to construct "models"—a statement with which I am in fundamental agreement—we might ask here, what is the function of those models, finally? In my view, their purpose is to form a clear, dialogic connection between author and reader, to bridge the gap that naturally exists between them. This is true in any dialogic situation, of course, and as discursive studies have demonstrated, the dialogic process is always one of interpreting and rewriting the utterances of the other party. Literature is of a similar nature, a dialogue between author and reader. The most effective conversationalist in the world can surely have a dialogue with all sorts of persons—not merely intellectuals, but workers, waitresses, young and old people. At the heart of this ability would surely be a gift for speaking to such a variety of individuals in a language they can understand, on topics that resonate with their own experiences. At the same time, logic would seem to suggest that, the greater the variety of dialogic partner, the more general the discussion would have to be. A thoracic surgeon can hardly speak in meaningful detail about the respiratory system to a spot welder, nor can a bicycle repairman speak casually about sprocket bearings to a dentist. They must find a more general, "common ground" on which to exchange their ideas.

Of course, thoracic surgeons and spot welders, bicycle repairmen and dentists, probably do not find themselves in situations in which they must make meaningful—yet casual—conversation very often. In my analogy, these various professions form subcultures, culturally and professionally autonomous zones in which members would interact predominantly with one another when exchanging casual, meaningful information. Their exchanges will be at their best, in short, when they speak with others who share their knowledge, experiences, and of course, "speak the same language." But what would happen if the barriers between the various professions were broken down, and physicians, spot welders, dentists and bicycle repairmen were all suddenly part of the "same" conversation? Who would be able to communicate with them all equally, and to assist them in communicating with one another?

This analogy is meant to illustrate the challenges that traditional junbungaku faces in the global age, when literature is no longer merely for those who share our cultural heritage. The breakdown of social-cultural-professional barriers is actually what is happening in the present age of high-speed global communication, when we are no longer assured of a literary audience that shares a common cultural root. Or, to be a bit paradoxical, the common root they share is the lack of cultural specificity. We deal now with a global readership that is no longer simply "Japanese" or "German" or "Chinese" or "American," but "global." The task of the writer in this global age is to appeal to all of these readers in a mode, a "language," that they can all grasp intuitively, without the sense of "exoticism" that once marked the experience of reading foreign literatures. This does not mean that literature is no longer concerned with "models;" it means, rather, that literature must work toward constructing global models, not localized ones. The model of traditional junbungaku is, then, past; and those critics who have declared that Murakami Haruki represents the "death of junbungaku" are, in fact, quite correct.

4. Toward the "Empty Narrative"

Ōe Kenzaburō himself recognized this fact very early on. In the same essay quoted earlier, he goes on to say that "Murakami Haruki, a writer born after the war, is said to be attracting new readers to junbungaku. It is clear, however, that Murakami's target lies outside the sphere of junbungaku, and that is exactly where he is trying to establish his place" (Ōe 1989, 200). I would agree with this statement, but I think some clarification is needed. It might be more accurate to say that Murakami actually became the "anti-junbungaku" without necessarily meaning to do so at the very start. We are of course aware that Murakami sought from the beginning to construct a new form of language for his writing, and this is, of course, part of his project of breaking with tradition. But in terms of the "models" Ōe talks about, there is no denying that the early Murakami protagonist, the disaffected, 29 year-old "Boku," in fact was a "culturally specific model," based on Murakami himself, and would have been extremely familiar to Murakami's readership, namely, those who had lived through the same political turmoil and disillusionment he did. It was not Murakami's written style that broke the mold of junbungaku in his early works, nor was it the lack of "human models." And if it was, as some critics complained, a sort of "un-Japanese-ness" in his work, surely this was too vague a description to be very meaningful.

No, I believe it was something that only became apparent much later that really marked the rupture in junbungaku that Murakami seems to have begun, though it was present from his first works. I am speaking, of course, of the "empty narrative" and its attendant "empty protagonist." This is the part of my talk that actually works better in Japanese, because instead of talking about the so-called arasuji 粗筋 , or "plot" of the text, I should like now to propose the karasuji 空筋 , or "empty plot." And in connection with this "empty plot," I propose also the "empty protagonist," that is, the Murakami hero.

The idea of the "empty narrative" is a relatively simple one. I suggest that Murakami relies upon the uncomplicated framework of the "monomyth," as Joseph Campbell (1949) termed it, to create a narrative framework in which the protagonist (a) is presented with a seemingly impossible dilemma—typically a fanciful, fantasy-like quest—and (b) travels into a fantastic world in order to solve it. This is not new, of course; writers such as J.R.R. Tolkien and C.S. Lewis relied heavily on the monomyth in the early twentieth century to construct such narratives, and modern British novelists Neil Gaiman and J.K. Rowling do likewise. What sets Murakami's narrative apart, in my view, is that his "fantasy" narrative is based on a quest for something that is, at once, absurdly abstract, and also extremely realistic. Let me offer a few concrete examples of this:

- 1973-nen no pinbōru (1980) : the protagonist searches for a specific pinball machine, but also for closure in the death of his beloved Naoko.
- Hitsuji o meguru bōken (1982) : the protagonist hunts for a mythical Sheep, but also for his missing best friend.
- Dansu dansu dansu (1988) : the protagonist seeks out his missing girlfriend "Kiki," but also attempts to assist a girl neglected by her parents.
- Nejimakidori kuronikuru (1994-95) : Okada Tōru seeks out his runaway wife, Kumiko, but also wishes to destroy the political power empire of her evil brother, Wataya Noboru.
- Umibe no Kafka (2002) : the title character, Tamura Kafka, tries to escape his Oedipal fate, but also searches for his missing mother and sister.

- 1Q84（2009-10）: Aomame Masami seeks to unravel the mysteries of the earth spirits known as the "Little People," but also to find her lost love, Kawana Tengo, and protect the child she carries in her womb.
- Shikisai o motanai Tazaki Tsukuru to, kare no junrei no toshi（2013）: Tazaki Tsukuru seeks to understand his inner, alter-ego, while also trying to come to grips with a teenage trauma.
- Kishidanchō-goroshi（2017）: two painters interact with a metaphysical character calling itself an idéa イデア, something like Plato's "ideal form," or one of C.G. Jung's archetypes, while confronting traumatic events in their lives ranging from deaths in their families to broken marriages.

Every one of these stories contains two opposing, yet complementary, elements: one that is fantastic and impossible, and another that is so completely common that we, as readers, cannot help but recognize and understand it. As we read these stories, we are drawn to the fantastic element that drives the story, but we are also, often without knowing it, awakened to the very common and ordinary narrative that, very likely, exists in our own past. And just as these two narratives—the fantastic and the commonplace—are superimposed in the Murakami text, they gradually become transposed into the imaginary of the reader as well.

This is the origin of the "empty narrative," then: the fantastic narrative, with its basic mythic structure, forms the "outline" or "sketch" of the tale, a structure that supports certain key concepts, such as "hero," "quest," "sacrifice," "loss," "victory," and so on. We might think of this as the "vessel" or "container" of the story. The commonplace story, on the other hand, forms the "contents" of the story, but as thoroughly ordinary contents, these are infinitely replaceable by the reader. In place of the character "Nezumi," we insert someone of our own; in place of the Sheep, we substitute "the political powers-that-be," or "Donald Trump," or whatever happens to work for us. (This proves particularly true in the case of Kishidanchō-goroshi as we consider the archetypal nature of the idéa.)

And what of the protagonist? It strikes me as highly unlikely that Murakami ever intended such a thing at the start, but the "nameless Boku," this Everyman hero, is in fact ideally suited to the task of performing the "empty narrative." In fact, he (or she) is the key to the whole structure. Who, finally, is this "Boku" character? Even when Murakami supplies a name—Okada Tōru, Watanabe Tōru, Tamura Kafka, Tazaki Tsukuru—the character is still in many ways an "empty" figure. What does he really think about the dilemmas in which he finds himself? What do others think of him? Why does he feel this way? What experiences, what specific episodes in his past, have created him as this apparently indifferent, yet oddly (or potentially) heroic figure? From where does he draw his strength of resolve? The answer is that we can never know. More sophisticated readers of Murakami fiction have actually complained about this protagonist, argued that he is a two-dimensional character, that he lacks the sort of introspective depth that we associate with characters from novelists like Ōe and Sōseki. Is

Murakami holding something back from us? Or does "Boku" really just not think all that much? The answer is: both! Like the empty narrative he inhabits, the empty protagonist is a vessel, nothing more, and he exists to be filled with different personae. It may be true that the Murakami protagonist is two-dimensional; it is, in fact, up to the reader to supply the missing third dimension, to complete and "concretize" the character. As with the empty narrative, we must fill in the empty center with our own contents.

5. The Fascination and Charm of Murakami Literature

So, we might ask, what is so fascinating or charming about this kind of writing? Where is the miwaku on which Murakami's rise to prominence appears to be founded? We return here to the original theme of this essay, which is the critical importance—in fact, what may well be the foundation of all literature—of forming a dialogic connection between author and reader. Murakami fascinates us because he not only speaks to us, but allows us the illusion that we are able to respond. To put it into the analogy of the classroom, it is the difference between a lecture and a discussion. Ōe—and not only Ōe, but most great writers of junbungaku—do not converse with their readers so much as lecture them; their narrators are wise intellectuals, patiently explaining to us everything we need to know about them, about their characters, about the scenarios in which those characters operate. We may learn a great deal, in fact, and the cleverest readers will draw something out of these lessons, and find ways to apply them to their own lives. Or, perhaps, they will not. Do we learn something from the protagonist of Tayama Katai's Futon as he weeps into the bedding of the young woman he loves? Certainly we learn much about him, but do we learn anything about ourselves?

Murakami does not lecture us, but discusses his narrative with us. He does not say "this is the way it is," but instead asks, "how do you think it is, or should be? How is it in your case?" He shares, but more importantly, invites us to share as well. If Murakami were to teach a literature class, he would probably say very little. Instead he would invite the students to ask questions, and he would put many questions in return. When his "empty protagonist" says his signature line, Boku ni wa wakaranakatta (“I had no idea”) or some variant, he is not posturing; he really has no idea. Murakami does not know either. He does not know what his stories mean, nor what his characters mean, precisely because they are empty, waiting for the reader to supply the contents.

What this signifies, finally, is that reading a Murakami novel or short story is a process of reading and writing ourselves as characters, of placing ourselves within our own language and culture. In musical terms I would liken this to transposing a piece of music into a different key, for a different instrument, perhaps even for a different type of musical group. As a useful analogy, consider Johann Sebastian Bach's Toccata and Fugue in D Minor, surely one of the most recognizable musical pieces in the world. It was originally written for pipe organ, but has been re-arranged for guitar, for brass quintet, and for full orchestra.

It could be probably be played on a pan flute, or a marimba, or even on wet champagne glasses. Each of these versions of Toccata and Fugue will bring with it a very different listening experience. Each is "charming," and each is "fascinating." But no one could call them all "the same." The musicians who perform them, and the audiences who listen to them, all bring something new and exciting to the experience.

Murakami is like that. He may be read by a Japanese businessman, by a high school student in Manila, by a taxi driver in Taipei, by a computer technician in Stockholm, by a teacher in Warsaw. Each of these readers will bring a different set of tools—experiences, cultural backgrounds, folklore, language—but each will find something there that resonates with him or her. Each reader will find something of himself in that text, will discover her own life being interwoven with the tale—not by Murakami, who has conjured the structure, the empty narrative space, and the model narrative, but by the reader, who reconstructs it into his or her own image.

For some readers, the true fascination—the miwaku—in Murakami fiction will exist in the emptiness itself, in the unknown that is generated at the heart of the "empty narrative." What really lies at the center of the empty narrative? It is not so much "nothing," but "nothingness." For some it will represent the Abyss, with its fathomless darkness. This is, of course, unnerving. Others will prefer to see the empty narrative in a more positive light, as a kind of "blank canvas," to use a painter's metaphor. The empty narrative represents emptiness, but also endless potential, endless possibility. What can we paint onto that empty canvas? What will this reveal about us? Will we like what we discover as we fill in the sketched outlines of Murakami's narrative structure, as we add flesh and muscle to the skeleton Murakami's protagonist represents? Will it be meaningful? As we consider these questions, reading Murakami begins to sound like a lot of work, but we must not forget that, like any good writer, as we fill in the "empty vessel" Murakami provides, we are always writing what we know. This is where the charm and fascination come together, in the sheer pleasure of creation.

In closing, let us return to the two questions posed at the start of this essay: (1) Why does it feel as though Murakami is writing about me? and (2) Why is he read all over the world? The answer to the first question is, "because he is writing about you;" or more accurately, because you are writing about you as you read Murakami. The answer to the second question is: because readers all over the world can read Murakami, not on his terms but on their own terms, and this is precisely because they can write Murakami. Finding the right balance between the fantastic and ordinary, and thus producing the "empty narrative" that facilitates this process of reading and writing, is Murakami's task, and he has a rare gift for achieving that balance. The effect of reading/writing Murakami is something that may never be fully explained, but fortunately it requires no explanation. The simple pleasure of losing and discovering oneself in these narratives, of simultaneously reading and writing, is a fascinating experience, and this is, quite simply, the pulsing heartbeat of what we know as the "Murakami Haruki Phenomenon."

Sources Cited

Iser, W. 1980. The Act of Reading: A Theory of Aesthetic Response. Baltimore and London: The Johns Hopkins University Press.

Ōe, K. 1989. Japan's Dual Identity: A Writer's Dilemma. In Miyoshi, M. and Harootunian, H.D., eds. Postmodernism and Japan. Durham, NC: Duke University Press.

（2017年7月9日第6回村上春樹国際シンポジウム基調講演／原稿に加筆修正）

「人間ならざる者たち」の魅惑と恐怖

——村上文学における動物（「象の消滅」を中心に）[1]

沼野　充義

1. 村上文学に登場する動物たち

本稿では、村上春樹の小説に頻繁に登場する様々な動物の役割と意味について、短編「象の消滅」[2]を中心に考察してみたい。[3]もちろん、動物が文学作品に登場することは決して珍しくないので、その点だけを取り上げて村上文学の特徴と言うことはできないだろう。言うまでもなく、童話、寓話、メルヘン、

1　本稿は、淡江大学村上春樹研究センターの主催により、同志社大学で開催された6回村上春樹国際シンポジウムにおいて2017年7月9日に発表した報告に基づいている。会議の組織の中心となった淡江大学の曾秋桂先生を初めとして、その他、刺激を与えてくださった学会参加者の皆様に感謝したい。まだ調査も分析も十分深められていない段階のものだが、「動物研究」的な視点の村上テキストへの適用として、多少刺激的な指摘も含んでいると判断して、あえてこのような形で活字にさせていただく。

2　初出『文學界』1985年8月号。後に短編集『パン屋再襲撃』（文藝春秋、1986年。文春文庫版1989年）に収録。

3　本稿の主題について考察するきっかけとなったのは、ＮＨＫラジオ第2放送で、筆者が講師を務めた『英語で読む村上春樹』（2013年4月～2014年3月）の後半の半年をかけて、「象の消滅」の原文と英訳を詳細に比較対照したことである。この番組の月刊テキスト『英語で読む村上春樹　世界のなかの日本文学』2013年10月～2014年3月号のために6号にわたって執筆したコメンタリーでは、「象」の様々な側面や解釈の可能性について指摘している。

おとぎ話などと呼ばれるジャンルの作品では、人間と同じように口をきき、まるで人間のように振る舞う動物たちが活躍するのが普通である。象は日本人の日常生活では身近な動物ではないとはいえ、例えば宮沢賢治の童話には、ネズミ、山猫、熊、鳥などの動物を登場させた有名な作品の数々に加えて、「オッベルと象」(1926)という、象を主役にした作品もある。これは、多くの農民をこき使っている地主のオッベルがたまたま迷い込んできた白象をただ働きさせるという設定の、童話にしてはいささかリアルな社会的性格の強いものだが(無償で働くことを喜びとしていた白象はやがて疲れ果て、仲間の象たちに助けを求める。その結果、象の群れが押し寄せて来て、地主が白象を閉じ込めていた小屋を押し潰してしまう)、象が人間と同じように話し、笑ったりするという世界の話になっており、その意味ではやはり非リアリズム的な「童話」だと言えるだろう。

それに対して、村上春樹の小説においては初期から、「童話」とは通常分類されない「普通小説」でありながら、鼠というあだ名の男や、羊男と呼ばれる謎めいた人物、さらにはもっと後の長編『1Q84』には牛河という名字の探偵役が出てくるといった具合で、動物のイメージがあふれていた。

それだけではなく、村上春樹の場合、比喩においてもしばしば動物が登場し、彼の小説はこの比喩が導き出す「もう一つの物語」のおかげで、リアリズム的小説でありながら、寓話的であるという二重性を帯びることになる。「象の消滅」以前の初期作品から、二つだけ例を挙げておこう。

> 「正面の壁からはモーツァルトの肖像画が臆病な猫みたいにうらめし気に僕をにらんでいた」(『風の歌を聴け』)[4]
> 「犬たちはみんな尻の穴までぐしょ濡れになり、あるものはバルザックの小説に出てくるカワウソのように見え、あるものは考えごとをしている僧侶のように見えた」(『１９７３年のピンボール』)[5]

こういった形で登場する動物たちは、普通のリアリズム小説に登場する現実の動物とは明らかに違うが、同時に、普通の童話に登場するような、人間と同じように話をして行動をするキャラクターにはなりきっていない。しかし、興味深いのは、村上作品においては、このように動物が人間の特性を帯びる反面、人間が動物の特性を持ったりもして、動物と人間の両者がいわば自由に相互浸透するような半メルヘン的小説空間を作っているように思われる。そのような動物の使い方は、「象の消滅」における象についても言えるのではないだろうか。管見の限りでは、日本近現代文学の「メインストリーム」[6]において動物をこのように積極的に使って大きな成功を収めたのは、村上春樹が最初だった。

4　村上春樹（2014）『風の歌を聴け』講談社文庫 p. 29

5　村上春樹（2014）『１９７３年のピンボール』講談社文庫 p. 101

6　ここで言う「メインストリーム」とは単に「主流」というよりは、ＳＦ、ファンタジー、ミステリーなどのジャンル文学に対する、「純文学的作品」のこと。ジャンル文学の側から慣習的に使われる用語だが、現実には最近ジャンル文学と「メインストリーム」の融合・混交が進み、その境界は曖昧になっている。村上もまたその曖昧となった境界上にいる作家である。

もっとも、これは村上個人の才能というよりは、もっと大きな時代の兆候だったのかもしれない。ちょうと村上春樹がデビューしたころから、日本では小荷物の宅配や引っ越しを扱う運送業者が急成長をし始めたのだが、そういった業者の多くが、愛称やイメージキャラクターとして、クロネコ（ヤマト運輸、宅急便 1976 年開始）とか、ペリカン（日本通運、ペリカンＢＯＸ簡単便 1977 年開始）とか、カンガルー（西濃運輸）、こぐま（名鉄運輸）といった動物を次々に採用し、宅配便の需要は飛躍的に増大し、しのぎを削る業者間の熾烈な競争は「動物戦争」とも呼ばれたほどだった。これは言うまでもなく、村上春樹が作家としてデビューし、作家活動を始めた時期にぴったり重なっている。

もともとこういう可愛らしい動物とは縁がなさそうだった運送業の世界が、この「動物戦争」の結果、荒々しい現実からふっと離れて少しだけメルヘン的な優しさを帯び、潤いのない現代生活の潤滑油になったとも言えるのではないだろうか。象徴的なのは、宅配便の急激な発達の中で競争力を失った鉄道小荷物が 1986 年には廃止に追い込まれたことで、これは文学における、重厚なリアリズム小説の時代から軽やかな「半メルヘン的」非リアリズムのモードへの交代と軌を一にしている。その交代を担ったのが村上春樹であったことはいうまでもない。[7]

7　ビジネスの世界での可愛い動物キャラクターや、その後、日本各地に広まったいわゆる「ゆるキャラ」の氾濫といった現象は、日本文化固有の問題として検討に値する。日本独特の「かわいい」文化の発現の一つであると考えるならば、これは新しい現象であるとはいえ、その感性の根は中世にまで遡るとも言えるだろう。

かくして、現代日本では、メルヘン的な動物とはあまり縁のないはずのビジネス空間にまで、さまざまな動物があふれるようになっている。おそらくそのような方向に向かっていた時代の兆候を、村上春樹が敏感にキャッチし、その作家としての感性が共振したということなのだろうが、村上春樹の世界観の影響下に、そういう動物たちが現代の都会にあふれるようになったのではないか、などとも考えてもみたくなる。いずれにせよ、動物たちの遍在に関して、村上春樹が先駆的、いや予言的であったことは間違いないだろう。

2. 村上春樹と象

これから「象の消滅」における象について考察してみたいのだが、まず確認しておきたいのは、この作品に先だって、村上春樹が「ハイネケン・ビールの空き缶を踏む象についての短文」という作品を書いていることだ。『ショートショートランド』という、「ショートショート」のための雑誌（講談社）1985 年 5・6 月号に掲載されたもので、実際、400 字原稿用紙で 4 枚くらいしかない「超短編」である。その後、『村上春樹全作品　1979 ～ 1989』第 8 巻（(1991) 講談社）に一度再録されただけで、一般にはあまり知られていないと思われるので、ここで改めて紹介しておこう。というのも、これは「象の消滅」（初出は『文學界』1985年8月号）に先だって発表され（実際に書かれたのもおそらくこちらが先ではないかと推測される）、「象の消滅」をほぼ全面的に先取りしている作品だからだ。

「ハイネケン・ビールの……」の基本的な設定は「象の消滅」

と変わらない。ある町で動物園が閉鎖され、「老いて疲れ切っていた」象が、町議会でのすったもんだの末に町に引き取られることになった。小学校の体育館を移築して象小屋にし、食料は学校給食の残りもので済ませたので、結構豊かな町の財政にとって、その程度の予算は問題ない。そして、そんな象でも「まったく何の役にも立たないわというわけではな」かった。

しかし、この先の展開が異なっている。町は象に「空き缶踏み」の仕事を与え、町中から回収された空き缶が象小屋の前に積み上げられ、象飼いが笛を吹くと、象は巨体で空き缶をぐしゃりと踏み潰す、という展開になるのだから。そして語り手の「僕」もある時、ハイネケン・ビールの空き缶を一ダースまとめて象に踏んでもらう。そして作品は、非常に美しいイメージで終わる。村上春樹自身はこの『村上春樹全作品　1979～1989』第8巻に挟み込まれた月報の小冊子「「自作を語る」新たなる胎動」の中で、こんな解説をしている。

> ハイネケン・ビールの空き缶を踏む象についての短文は僕の記憶によれば、ハイネケン・ビールを飲んでいるときにふと思いついて書いたものである。ご存知のように、ハイネケン・ビールの缶はなかなかきれいな緑色をしている。それを一本飲みおえてはぎゅっと手で握り潰しているうちに、これを象の足で踏み潰したらもっとひらったくなって綺麗だろうなという気がして、それで話が書きたくなってきたのだ、と記憶している。（pp. IX–X）

村上作品には初期から羊、ネズミなど様々な動物のイメージがあふれていて、それが独特の寓話的・ファンタジー的な雰囲気をかもし出しているのは周知の通りだが、象もまた改めて振り返ってみると、初期から随所に登場していたことが分かる。「象の消滅」の英訳者でもあるアメリカの日本学者ジェイ・ルービンが『ハルキ・ムラカミと言葉の音楽』[8]で見落とすことなく指摘しているように、じつは村上のデビュー作『風の歌を聴け』(1979)の冒頭の第1節にも象への印象的な言及があった——「しかし、それでもやはり何かを書くという段になると、いつも絶望的な気分に襲われることになった。僕に書くことのできる領域はあまりにも限られたものだったからだ。例えば象について何かが書けたとしても、象使いについては何も書けないかもしれない。そういうことだ。」[9] ジェイ・ルービンは、村上が短編「象の消滅」で描いたのはまさにこの象と象使いの関係だったのだ、と指摘している。

村上文学における象の系譜を考える際に、もう一つ特筆すべきものは、「象工場」という不思議なアイデアである。安西水丸のイラストと組み合わされた村上春樹の超短編集『象工場のハッピーエンド』(1983)には、表題からすでに「象工場」という言葉が出てくるのだが、その中の一編「A DAY in THE LIFE」は、「象工場」に勤めている「僕」の仕事の一日がいかに始まるかと描いた作品である。そして、その直後の短編「踊る小人」(初出『新潮』1984年1月号、後に『螢・納屋を焼く・その他の短編』〔新潮社、1984年〕に収録)にも、象工場は再度登場

8 (2006)畔柳和代訳 新潮社 pp. 164-165。原著は英語。

9 村上春樹『風の歌を聴け』講談社文庫 p. 7

する。村上自身が「ハード・フェアリテイル」(「ハード」なおとぎ話）と呼ぶ[10]、この不思議な作品では、主人公の夢の中に踊る小人が出てくるのだが、主人公が目をさまして普通の日常に戻ったかと思うと、じつは彼は象を作る工場で働いているということがわかり、夢も日常もどちらも「おとぎ話」的で二重に空想的な世界になっている。

「象の消滅」という作品の前史として、こういった「象の系譜」とでも呼ぶべきものが村上文学において存在していた。

3．象を殺す——戦時下の動物園の悲劇

次に視野を村上文学の個人史から少し広げて、象という動物の近現代史における歴史・社会的コンテクストを考えてみよう。というのも、象は動物園に欠かせない人気者として人々を楽しませる見世物であるだけでなく、近現代史の悲劇ともつながっており、そういったコンテクストが「象の消滅」にも影を落としている可能性があるからである。

すでに様々なノンフィクション作品や映画の題材にもなっていることだが、第二次世界大戦中、動物園において様々な猛獣が殺処分を受け、象もその例外ではなかった。平和な現代の日本では想像しにくいことだが、第二次世界大戦中には、日本、ドイツ、イギリスなどで、空襲を受けたとき動物園から猛獣が逃亡して市民に被害を与える危険を予め防ぐために、猛獣の殺

10（1990）『村上春樹全作品』第3巻 月報「「自作を語る」短篇小説への試み」講談社 p. XIV

処分が行われた。日本ではライオンやトラ、オオカミ、クマなどと並んで、象も「危険動物」とされたため、上野動物園と天王寺動物園の象が処分されたのだった。上野動物園で飼われていたジョン、ワンリー（日本名花子）、トンキーという3頭の象が1943年の8月末から9月下旬にかけて次々に餓死させられた経緯は、児童文学者、土家由岐雄の「かわいそうなぞう」（1951）というノンフィクション童話によって多くの人々に知られることになった。

「かわいそうなぞう」では、空襲のために「ばくだんが、雨のようにおとされ」るようになった東京で、「ぐんたいのめいれいで」動物たちが殺されることになったと説明されている。[11]しかし、象のような大きな動物を殺すのは簡単なことではない。最初は毒入りのジャガイモを食べさせようとしても、利口な象はそれを食べず、次に毒薬を注射して殺そうとしても、皮が厚くて針が通らずこれも失敗に終わり、最後の手段として三頭ともついに餓死させられたのだった。飢えた象がなんとか食べ物をもらおうとして、飼育係の前で命令されもしないのに、自発的に後ろ足で立ち上がり、芸当をする様子は、涙なくして読むことができない場面として知られている。

それほど感動的な作品であり、この作品は発表されてから長年読み継がれるロングセラーになった（2011年に43刷）。しかし、幼い子供にも分かるように易しく書かれたごく短い作品であるだけに、戦時下の複雑な状況については少々単純化された

11　土家由岐雄（1982）『かわいそうなぞう』フォア文庫（金の星社）p. 8

面があり、後に厳しく批判する評論家も出てきた。[12]象たちが殺処分されたのは、作品に書かれているのとは違って実際には東京が激しい空襲に見舞われる以前のことで（東京へのアメリカ軍による空襲が本格化するのは、1944年11月以降のことだった）、しかも殺すように直接命令したのは軍部ではなく、当時の東京都長官であったにもかかわらず、そういった歴史的経緯が作品には正しく書かれていないということが、特に問題になった。東京都長官が猛獣の殺処分を急いだのは、空襲によって逃げ出した猛獣による市民の被害を予防するためというよりは、戦時下の国民の危機意識を高めるためだったのではないかとも推測されている。動物をわが子のように大事にしていた動物園の職員たちはなんとか殺処分を回避して象を救おうと努力し、トンキーについては仙台動物園に疎開させる手はずまで整ったのだが、東京都長官はその疎開計画を認めなかった。

上野動物園の歴史や、関係者の回想などを見ると、食料調達を初めとする、戦時下で象を飼うさまざまな苦労や、なんとか象を生かしておこうとする飼育係の努力と苦悩、そして象を殺すことの大変さといったことが生々しく伝わってくる。[13]象の殺処分はもちろんフィクションではなく、実際にあったことだが、

---

12 長谷川潮（2000）「ぞうもかわいそう―― 猛獣虐殺神話批判」『戦争児童文学は真実をつたえてきたか』梨の木舎 pp. 8-30

13 戦時下の上野動物園における動物殺処分の経緯については、小森厚（1997）『もう一つの上野動物園史』丸善ライブラリー や小宮輝之（2010）『物語　上野動物園の歴史』中公新書 を参照。また史実を踏まえた子供向きノンフィクションとしては、岩貞るみこ（2010）『ゾウのいない動物園』講談社青い鳥文庫 がある。

「象の消滅」という小説とも張りあえるくらい不条理な状況だったと言えるだろう。戦時下の象の殺処分についての史実が、「象の消滅」に直接影を落としているかは何とも言えないが、村上春樹がこういった悲劇的事件を知らなかったはずはない。

それどころか、彼は後に長編『ねじまき鳥クロニクル』の第3部の「要領の悪い虐殺」という章において、満州の新京動物園における「動物園襲撃」を描いている。村上の小説によれば、1945年8月、満洲国の崩壊に際して、関東軍の武装した兵士たちが新京動物園を「襲撃」し、満洲虎、豹、狼、熊といった猛獣を次々に射殺したが、最後に残った二頭のインド象は兵士たちの持っていた「ちっぽけなおもちゃ」のような銃では射殺できそうになく、兵士たちは任務を放棄した、ということになっている。この「襲撃」の場面については、川村湊が大変興味深い指摘をしている。川村の史料調査の結果によれば、1945年8月、ソ連軍の満洲侵入によって敗戦が明らかになったとき、動物園の猛獣は射殺ではなく、すべて「毒殺」されたのであって、そのうえ、そもそも新京動物園には象はいなかったらしい。[14]『ねじまき鳥クロニクル』はもちろんフィクションであって、史実からはずれているからと非難されるべきものでもないが、やはり興味深いのは、村上がここで、存在しなかった象をわざわざ描き、その殺処分（新京では未遂に終わるが）の問題を意識的に取り上げているということだ。このように幻視された象―動物園―虐殺ないし消滅といったモチーフは絡みあい、つな

14 川村湊（1997）『満洲国崩壊 「大東亜文学」と作家たち』文藝春秋 pp. 68-74

がっているのである。

さらに「象を殺す」モチーフの別系統の文学的源泉としては、ジョージ・オーウェルの有名なエッセイ「象を撃つ」“Shooting an Elephant”（1936）も検討に値するだろう。このエッセイが村上の「象の消滅」に直接影響を与えているとは言えないかもしれないが、日本では英語教材としても使われたほどよく知られた文章なので、村上春樹も当然読んでいただろう。

4．謎解き「象の消滅」――象は原発か、それとも「戦後」の理想か？

ここまで村上文学における象の系譜と、象をめぐる歴史・社会的コンテクストを見てきたが、それを踏まえて「象の消滅」という不可解な小説をどう読むべきなのか、そもそも象はここではどういう役割を果たしているのか、といった「謎」に筆者なりの解決を与える試みをしたい。この象とはいったい何の象徴なのか（何かを象徴しているとして）、そしてそれが消滅するとはどういうことなのだろうか。

まず象が担っている様々なイメージについて、改めて整理してみる。象は言うまでもなく、動物園の人気者であり、都会の日常に祝祭的な感覚をもたらす異世界からの喜ばしい闖入者である。第二次世界大戦中に、日本各地の動物園では象を初めとする危険な動物が殺処分されたため、終戦を迎えたとき日本で象が残っていたのは、名古屋の東山動物園だけだった。そこで、象を見たがる子供たちの願いをかなえるために、1949 年には特別な「象列車」がしたてられ、全国各地と名古屋を結んで、子供たちに象を見せたのだった。[15] こういったことからも分かるように、象は非常にポジティヴな存在、子供たちの夢や希望の象徴といった側面がある。「象の消滅」においても、象は「町のシンボル」となるということが期待されるわけだが、もちろんこれは良いこと、素晴らしいことの象徴である。

ところが「象の消滅」の象には、むしろネガティヴな側面もまとわりついていて、それも決して無視できない。なんといってもこれは年老いた象で、処分に困った動物園から、町に引き取られた巨大な「お荷物」なのである。そうだとすると、町中に象舎を作るということは、ゴミ処分場や、斎場、さらには核廃棄物の処理場などの建設問題を暗示しているとも解釈できる。処分したくてもなかなかできないものを引き取ることによって、見返りに町の再開発が進められるという構図は、原発や核廃棄物処理場を強く連想させるものだ。「象の消滅」が書かれた時期、ドイツではすでに反原発を訴える「緑の党」が躍進を始めていたので、こういった連想は決して無理ではない。また日本の戦中の動物園における象の殺処分の悲劇、さらには桁外れの巨大さと太い足、ごわごわした肌などは、日常をゆるがす異物ないし怪物としての象のイメージにつながる。その点では象は日常世界への、異世界からの闖入者であり、現実と非現実の境界上の存在とも言える。

このように象には相反する複雑で豊かなイメージが備わって

15 「象列車」の史実を踏まえて書かれた絵本に、小出隆司・作、箕田源二郎・絵（1983）『ぞうれっしゃがやってきた』岩崎書店 がある。

いる[16]のだが、優れた文学作品は複雑で互いに矛盾するような多様な要素を取り込む重層的なものであり、そのどれか一つだけがこの作品の解釈として正しいということはあり得ない。そのすべてが響き合いながら、豊かな作品世界を作っているのだと考えるべきであろう。

しかし、「象の消滅」において、その象が小さくなって消滅してしまうとは、どういうことなのか？　産業廃棄物や核廃棄物、あるいは廃炉しなければならないおんぼろの原発なら消滅してしまったら大いにけっこうだが、この作品の場合、消滅してめでたしめでたしという訳ではないので、そのような社会的寓意の読み取りは少なくとも作品の後半に関しては当てはまらないと考えざるを得ない。そうだとしたら、この作品において、消滅するのはいったい何なのだろうか？　その点に関して、最も深く詳しい考察をしているのは加藤典洋である。加藤は『村上春樹の短編を英語で読む　1979-2011』において、ほぼ同じ時期に書かれた「パン屋再襲撃」と「象の消滅」の２短篇を主題的に互いに緊密に関係しあった作品ととらえ、分析している。[17]

---

16 祝祭的で楽しい存在であると同時に、日常に闖入した異物でもあるという象の二重性は、1960年代前半にアメリカ合衆国で流行し始めた elephant jokes（象を主役にした、不条理な問答形式のナンセンスなジョーク）の特徴にもなっている。アメリカ文化によく通じた村上春樹のことだから、当然、この種のジョークも知っていた可能性がある。ジョークのアメリカでの流行については次の論文に詳しい。Cary, Ed, and Marilyn Eisenberg Herzog. (Jan. 1967) "The Absurd Elephant; A recent Riddle Fad," *Western Folklore*, vol. 26, no. 1. pp. 27-36.

17 加藤典洋（2011）『村上春樹の短編を英語で読む　1979-2011』講談社 pp. 229-300

その主張を本論に関わる範囲で要約してみよう。加藤は、戦後の村上世代に即して社会背景を考察し、1960年代後半から70年代にかけての学生運動や赤軍派などの反乱の時代を経た若者（まさに村上春樹自身の世代）が、社会に妥協して高度経済成長を遂げた社会で生きるようになったにもかかわらず、世界とのつながりがうまく持てないという機能不全に悩んでいると指摘する。そして加藤の考えでは、二つの短篇はそういった「機能不全」からの回復の試みを描いたものだが、少なくとも「象の消滅」においてその試みは失敗に終わる（だから「僕」は「彼女」とうまく関係を結べない）。このような解釈において、象とその飼育係が消滅する話は、戦後日本が大事にしてきた憲法や、高度成長時代、学生運動が掲げた理想などによって支えられてきた「戦後」なるものの消滅を意味しているのではないだろうか？

筆者には、いささか社会的背景と世代論に重点を置きすぎた解釈だと思われるが、解釈のために組み立てられた「ストーリー」としては大変興味深く一貫性があるという意味では、説得力もある。しかし、重要なことは加藤のこのような解釈が、同氏や村上春樹の世代に通用する真実であったとしても、作品はいまでも世界中で新しい世代の読者に読み継がれ、新しい解釈を加えられ、新しい意味と魅力を獲得しつつあるということである。現代の日本であれば、この作品に描かれた「象問題」が原発問題や改憲問題との関係で新たな意味を帯びて浮かび上がる可能性は十分あり、それはすでに作者の当初の意図を超えた次元のことかも知れないのだが、優れた作品は時代を超えて新たな解釈を誘う生命力を持っているものであり、それもまた作品の一部なのである。

5．先行する様々な「文学的」象たち

これまで触れて来なかった先行する文学作品で、「象の消滅」に何らかの形で関係があるかもしれないものは少なくない（象が登場する文学作品など枚挙に暇がないほどなので、当然のことではあるが）。例えばその一つと思われる作品として、日本の不条理演劇の旗手として知られる劇作家、別役実の初期の代表的戯曲『象』（1962 年）[18] が挙げられるだろう。これは初演から半世紀以上も経った今でも高く評価され続け、アクチュアリティを失っておらず、2013 年 7 月には新国立劇場で深津篤史の演出によって新たに上演された。

この作品は、原爆症患者である「病人」と、かれを叔父さんと呼び、病院に彼を見舞う「男」を中心に展開する。この「男」のほうも被爆者である。「病人」はかつて、人前で裸になってゴザを敷いてその上に立ち、背中にできたケロイドをぎらぎら光らせて見物人たちに見せていたらしいのだが（ひょっとしたらそれは妄想かもしれない）、病人として衰弱しほとんど死にかけている今、また街に出かけていき、人々に見せつけて拍手を浴びることを夢見ている。なんともグロテスクな設定で、この戯曲が書かれた当時盛んであった原水爆禁止運動のような分かりやすい社会的主張に歩調を合わせているわけでもなく、むし

18『象』の台本は、（2007）『別役実 I　壊れた風景／象』早川書房、ハヤカワ演劇文庫 に収録されている。

ろ原爆症に苦しむ人間の不条理な欲望に焦点を合わせているため、難解とはいえ強烈なインパクトを観衆に与えてきた。

ところが不思議なことに、「象」というタイトルについては作中に言及も手がかりもなく、どうして別役実がこの戯曲を「象」と名付けたかについては諸説があるが、はっきりしない。一見したところ内容と直接関係なさそうなタイトルをつけるというのも、不条理演劇の手法のうちである。もっとも、一番常識的な説明は「病人」の背中のケロイドが象の皮膚を思わせるようなごわごわしたものだったので、象を連想したということだろう。つまり、ここで「象」は決して祝祭的で楽しいものの象徴ではなく、悲劇的なもの、奇形的でグロテスクなものの象徴なのである。村上春樹の学生時代、この戯曲はたいへん有名だったので、村上春樹がこれを知らなかったはずはないと思われる。[19]

---

19 戯曲『象』のタイトルの由来をめぐる諸説の中には、「エレファント・マン」から来ているのではないか、というものもある。俗にエレファント・マン（The Elephant Man）と呼ばれるのは、19 世紀後半のイギリスに実在した、病気のせいで極度の身体的奇形のせいで見世物にまでなったジョゼフ・メリック Joseph Merrick という人物で、彼を主人公にした映画も製作された（デヴィッド・リンチ監督、1980 年）。メリックが罹っていたのはいまでは原因不明の腫瘍症候群であるプロテウス症候群だったろうと推定されているが、それとは別に、象皮病（Elephantiasis）と呼ばれる病気もよく知られている。これはある種の寄生虫のせいで、皮膚や皮下組織が著しく増殖して硬化し、まるで象の皮膚のようになる病気である。自分の戯曲のタイトルが「エレファント・マン」から来ているということは、別役実自身が否定しているが（特に、映画は別役の戯曲よりもはるか後に製作されたものなので、映画が別役に影響を与えたということはあり得ない）、見世物になるような奇形的存在の象徴としての象という点では確かに共通している。

もう一つ取り上げておきたいのは、ポーランドの劇作家・小説家スワヴォーミル・ムロージェック（1930年生まれ）の「象」（1957年刊行の同名の短篇集に収録）という風刺的短編である。ムロージェックの短編の中では一番有名なもので、日本語にも何度か訳されており、[20]また英訳もあるので、村上春樹も読んでいた可能性は充分にあるだろう。もっとも直接の影響関係があるかどうかはたいして重要ではない。興味深いのは、あまり縁もなさそうな東欧作家のかなり前の作品であっても、意外にも共通するものが多く見えてくるということだ。

舞台はポーランドの田舎町。第二次世界大戦後、間もないころで、社会主義国となったポーランドは計画経済によって復興を目指しているが、まだ多くの物資が不足している。そんな状況の中で、自分の立身出世のことしか頭にない動物園の園長は、ようやく国家から割り当てが回ってきた象の配置割り当てを辞退し、労働者大衆に負担のかからない、もっと経済的な方法によって独自に象を獲得したいという請願書を政府に提出する。

園長のアイデアとは、ゴム製の象を作って膨らませ、入念に彩色して柵の向こうに置いておく、ということだった。象は重い動物で、飛び跳ねたりはしないから、来園者が近くから見たところ

20　邦訳は、管見の限りでも以下の四種類ある。山下肇訳（『新日本文学』1961年11月号）、室千恵子訳（『イスカーチェリ』第14号、1977年）、長谷見一雄訳（ムロージェック『象』長谷見一雄・吉上昭三・沼野充義・西成彦訳、国書刊行会、短編選集、1991年、所載）、柴田元幸訳（ロバート・シャパード、ジェームズ・トーマス編『Sudden Fiction2 超短編小説・世界篇』文春文庫、1994年、所載）。このうち室訳と長谷見訳だけがポーランド語原文からの直接訳。

で、本物と区別はつかないはずだ、こうして節約される費用は国家のもっと大事な事業のために使ってほしい、というのである。

園長の命令に従って、二人の用務員がゴム製の象に空気の注入作業を始めるのだが、象はあまりに大きく、二人はくたくたになる。しかし、いっこうに仕事は終わりそうにない。そこで二人は一計を案じ、象をガス栓につないで、空気の代わりにガスで象を膨らましてしまう。

そうして完成したゴム製の象は、「特別に重いため、まったく動きません」という注意書きとともに動物園の特設飼育場で公開された。そこに早速やって来たのが、先生に引率された小学生の一行だった。そして、先生がその象を前にして、子供たちに説明をしている最中、弱い風が動物園を吹き抜けると、象は空に舞い上がって消えてしまい、子供たちはあっけに取られたのだった。この寓話にはさらに皮肉なモラル（教訓）が添えられている。動けないほど重いはずの象が空に舞い上がって消えたのを目撃した子供たちは、後に勉強をさぼるようになり、不良になって、「ウォッカを飲んだり、窓ガラスを割ったりしているという。象のことなんかまったく信じていない」というのがこの短編の結末である。

ムロージェックは、戦後ポーランドの「不条理演劇」の旗手として国際的にも著名な作家で、その才能は、ベケットやイヨネスコにしばしば比較されてきた。しかし、初期には短編小説も好んで書き、こういった不条理で、しばしば大胆に風刺的な作風によって一家をなす存在だった。その彼の代表的短編「象」は、見世物であるはずの象が本来の機能を果たさず、不条理な形で消滅してしまうわけで、この点では、不思議なくらい村上の「象の消滅」に似ている。

ただし、村上作品の解釈のために強調しなければならないのは、「象の消滅」が扱っているのが、象の消滅だけではなく、象とその飼育係両方の消滅であり、単に両者が消滅したというよりは、両者の関係の変化も問題になっているということだ。ここで、象と象使いの関係に焦点を合わせた有名な先行作品として、野坂昭如の『戦争童話集』(1975)に収められた「干からびた象と象使いの話」を挙げないわけにはいかない。これは戦争末期、殺処分を逃れるために動物園から逃げだして山の中に隠れ住んだ「象使いの小父さん」と象の物語で、タイトルからも分かるように、象という動物と象使いの人間が一対一でほぼ対等な関係で描かれている。この悲しい物語の結末は、次のようになっている。

> 八月十五日に戦争が終わりました、平和になれば象と象使いは人気者です、しかも日本には他に象が一頭もいなかったんですから。でも、象は小父さんが死に、そして自分ももうじき死ぬと分かったと時、紙のように軽い小父さんの死体を背中に乗せ、ひょろひょろと、どこかへ行ってしまいました。[21]

一方、村上の「象の消滅」の結末は、「象と飼育係は消滅してしまったし、彼らはもう二度とはここに戻ってこないのだ」と

---

21 野坂昭如(2003)『戦争童話集』中公文庫、改版 p. 47

なっていて、どちらの作品も、象だけでなく象を飼育していた人間も同様に消えたという点ではっきり一致していることがわかる。つまり、二つの作品はどちらも、単に象についてではなく、むしろ象と人間の関係についての物語なのである。

6．村上文学と新たなクリティカル・アニマル・スタディズに向けて

動物と人間の共生・共感関係を見直し、従来、一方的に人間の視点から動物を見下す傾向にあった世界観を批判的に検討しようという機運が最近顕著になってきており、クリティカル・アニマル・スタディズと呼ばれている。村上文学はそういった研究分野に格好の素材を提供するものと言えるだろう。村上文学においては、動物そのものというよりは、やはりあくまでも動物と人間の関係、相互浸透といったことが常に前景化し、人間の動物性（animality）と同時に動物の人間性が浮かび上がってくるからである。[22]

最後に少し理論的な整理をしておきたい。筆者の考えでは、動物が登場する文学作品を動物と人間の関係という視点から整理すると、おそらく以下の三つのタイプに分類できる。

---

22 アニマル・スタディズの問題意識を活かした村上研究の最新の成果の一つに、江口真規（2018）『日本近現代文学における羊の表象』彩流社がある。これは漱石から春樹まで「羊の表象について、緬羊飼育の文化的・社会的文脈との関連から考察した」もので、漱石の『三四郎』が村上の『羊をめぐる冒険』に影響を与えたと論じている。

（1）自律的—— 動物たちが自分たちだけの、あるいは人間の世界からは一定の距離をおいた自律的な世界を形成しているもの。動物だけが登場する寓話や童話、オーウェルの寓意的小説『動物農場』、リチャード・アダムズの『ウォーターシップダウンのウサギたち』、松浦寿輝の『川の光』などの児童文学。

（2）垂直的—— 動物たちが人間よりも下位の存在として、人間によって一方的に支配され、垂直的関係が生じているもの。通常、リアリズム小説は（いかにそこに登場する動物たちが人間にペットとして愛されていても）このカテゴリーに属し、リアリズム小説である以上、動物たちは人間のように話したり、考えたりはしない。

（3）水平的—— 人間と動物が水平的な関係を結ぶ場合。人間性と動物性の区別は保たれているにしても、相互浸透が生じ、人間が動物のようになり、動物が人間のようになることが多い。

「象の消滅」という作品を通して見えてくる村上文学における動物の扱い方の特徴は、この分類の（3）にあると考えられる。これは近代以降に成立したリアリズム文学（すなわち「メインストリーム」）ではなかなか成り立ちにくい関係だが、村上はまさにその分野を開拓することによって、メインストリームでありながら、なおかつ人間と動物が自由にまじりあうメルヘンやファンタジーのような世界にもつながるものを創り出し、そのことがまた村上文学の独自の魅力となっている。そもそも中世文学の伝統においては、動物と人間の境界にはかなり曖昧なところがあり、そこでは厳格な垂直的関係だけでなく、常に水平的な関係が見られた。中世文学の専門家であるアメリカの比較文学者ヤン・ジオルコフスキは「文学ジャンルと動物シンボリズム」という論文の中で、神中心的（そして人間は神の似姿である以上、その意味では人間中心的）な中世にあっても、どこで動物が終わり、どこから人間が始まるかについては明確に線が引きにくくなったと指摘し、その理由を三つ挙げている。第1に、この世界（特にその周縁部）には動物の特徴を備えた（犬や猿の頭を持っている、等）住人がいると信じられていたこと。第2に、人間と動物の形態が混合した生物（怪物という種であるにせよ、個々の発現例であるにせよ）が存在するということ。狼男、ケンタウロス、等。第3に人間は魂を持ち、動物は魂を持たないとするキリスト教神学の立場があったにもかかわらず、動物たちは時に魂や霊性を持つものにように扱われていたということ。[23] 動物と人間の間の線引きを難しくし、その境界を曖昧にするこれら3つの理由は、村上文学における動物と人間の関係にもかなりの程度当てはまるのではないかと思われる。

クリティカル・アニマル・スタディズの文学研究における開拓者の一人、キャリー・ローマンは、新たに勃興しつつあるこの分野について、以下のように述べている。

---

23 Jan Ziolkowski. (1997)“Literary Genre and Animal Symbolism,” in L. A. J. R. Houwen, ed., *Animals and the Symbolic in Mediaeval Art and Literature*, Egbert Forsten Publishers, Groningen. pp. 1-23

文学研究と批評理論は動物性の文化的・推論的意義と、その形而上学的・人文学的ディスコースとの関係を取り巻く新しいディシプリンの発展を目撃しているところである。このディシプリンが「クリティカル・アニマル・スタディズ」として知られるようになるか、あるはもっと単純に「アニマル・スタディズ」と呼ばれるかは別として、この分野の輪郭は探索の様々な広範な分野を超えて形を取りつつある。[24]

この分野はまだ勃興しつつある段階で、果たして文学研究にどのような新しい知見をもたらしてくれるかについては、見通しははっきりしない。こういった観点から論ずるにうってつけの現代小説としては、J・M・クッツェーの*The Lives of Animals*（1999）[25]といった作品がすぐに思い浮かぶが、果たして村上春樹に適用した場合、何が見えてくるかは筆者にもまだはっきりした見通しがない。とはいうものの、村上文学における動物が他の現代作家と比べてもかなり特異であり、それは時に「人間ならざる」異世界の存在にも近づき、村上春樹文学の魅惑を（そして「かえるくん、東京を救う」に見られるように、時には恐怖を）生み出すことにつながっていることは間違いないだろう。

（2017年7月9日第6回村上春樹国際シンポジウム基調講演／原稿に加筆修正）

---

24 引用は以下より。Dawne McCance.（2013）*Critical Animal Studies: An Introduction*. SUNY Press, Albany. p. 121.

25 邦訳はジョン・M・クッツェー（2003）『動物のいのち』森祐希子、尾関周二訳 大月書店

魅惑するナカタさんワールド

金水　敏

1．『海辺のカフカ』とナカタさんについて

『海辺のカフカ』は、母の家出や父の酷い予言等によって「損なわれ」た一五歳の田村カフカ少年、戦時中の教師の暴力をきっかけに知的能力を大きく喪失してしまった老人のナカタさんの旅の物語である。田村カフカとナカタさんはともに東京都中野区を出発点とし、高松へとたどり着くが、二人の物語は奇数章と偶数章に分かれて、微かに干渉しながら深くは混じり合うことなく進み、第40章と第42章の「甲村図書館」で二つの糸が結ばれるようにそれぞれの登場人物が出会い、旅の意味が説き明かされる。

田村カフカの巻は全体に陰鬱でひんやりとした（加藤 2009）空気が支配しているのに対し、ナカタさんの巻は、猫と人が話したり、ジョニー・ウォーカーやカーネル・サンダーズのような「資本主義社会のイコン」が重要なキャラクターとして登場したり、魚やヒルが空から降ってきたりと、リアルな現代社会にファンタジックな要素が混じり合って不思議な“ナカタさんワールド”とでも言うべき世界を作り出し、読む者を魅了して止まない。

本稿では、ナカタさんの巻の魅惑の源泉としてのナカタさんの人物像を、まず彼の特異な話し方の面から分析し、それを足がかりとして小説の主題、特にナカタさんの物語の構造へとつ

なげて行きたい（引用のページ番号は新潮文庫版による。下線は引用者による。傍点は原文のまま）。

2．ナカタさんの話し方について

2.1 特徴

ナカタさんの魅力を語るとき、その奇妙な話し方が大きな比重を占めているのではないかと思う。そのことは、猫のオオツカさんに指摘されている。

（1）「しかし、あんたは人間にしても、いささか変わったしゃべり方をするね」とオオツカさんは言った。
「はい、みなさんにそう言われます。しかしナカタにはこういうしゃべり方しかできないのです。普通にしゃべりますと、こうなります。頭が悪いからです。昔から頭が悪かったわけではないのですが、小さいころに事故にあいまして、それから頭が悪くなったのです。字だってかけません。本も新聞も読めません」（第6章，上 p. 96）

また、星野青年も次のように感じていた。

（2）ナカタさんのしゃべり方はたしかにかなりずれていたし、しゃべる内容はそれ以上にずれていた。しかしそのずれ方には、何かしら人の心を引きつけるものがあった。（第24章，下 p. 9）

ナカタさんのしゃべり方がどのようにずれているのかという観点から、ナカタさんの話し方の特徴をまとめてみよう。

1．一人称指示に「ナカタ」を使う。

2．きわめて丁寧な話し方。特に「〜であります」。

3．存在動詞「おる」、否定辞「〜ん」の使用。

4．漢語の難しい概念を片仮名書きにする。

5．動物名や非情物にも「さん」付け（「猫さん」「犬さん」「雷さん」「石さん」）。

1番の自称表現については、大変目を引く特徴であるが、一カ所例外がある。

（3）「失礼ですが、ナカタさんとおっしゃいましたかしら」とそのシャム猫はなめらかな声で言った。
「はい。そうであります。私はナカタと申します。こんにちは」（第10章，上 p.159）

この例で「ナカタはナカタと申します。」だと意味をなさないので、とりあえず除外すれば、ナカタさんは自称の表現を使う場合基本的に「ナカタ」と言っていると言える。この表現は一面、選挙演説のようにへりくだった表現とも取れるが、また一面子供っぽい表現にも見える。欧米の言語では「一人称の代わりに三人称を用いる」という意味の illeism（イリイズム）という言葉があり、尊大なイメージ、あるいは子供っぽいイメージを聞き手に与えるという（Zwicky 2008, Lovrić 2011, Woicievowicz 2018）が、それに通じるところもある。

2の「〜であります」に代表される、超丁寧な話し方も大きな特徴といえる。聞きようによっては、「軍隊調」と捉えられる（山木戸 2017）。

3の「おる」や「〜ん」は次のような例のことを指している。

（4）「それが、ナカタもよく覚えておらんのです。どこかずっと遠いところにいて、べつのことをしていたような気がします。しかし頭がふわふわしまして、何を思い出すこともできません。それからこちらに戻って参りまして、頭が悪くなりまして、読み書きもまったくできなくなりました」（第26章，下 p. 54）

あと三カ所、「よくわからんのです」という表現が第26章、第32章、第42章に見える。これは、役割語の〈老人語〉に共通するところがあり、ナカタさんが高齢者であることに見合った表現であると言える。

次に、漢語の片仮名書きは、ナカタさんが自分でよく理解していない単語を話しているということの表現であると考えられる。ナカタさんは自分で自分のことを繰り返し「頭が悪い」と言っているが、読み書きが出来ず、難しい単語も理解できないことの表現であると捉えられる。

（5）「（中略）とくにナカタのお父さんは、もうとっくになくなりましたが、大学のえらい先生でありまして、キンユウロンというものを専門にしておりました。それからナカタには弟が二人おりますが、二人ともとても頭がいいのです。一人はイトウチュウというところでブチョウをしておりますし、もう一人はツウサンショウというところで働いております。二人とも大きな家に住んで、ウナギを食べております。ナカタひとりだけが頭が悪いのです」（第6章，上 p. 96）

5の動物や自然物に対する「～さん」付けは、一般に幼児語の特徴と理解されている。

（6）「えーと、それで、あんたは……ナカタさんっていうんだね」
「そうです。ナカタと申します。猫さん、あなたは？」（第6章，上 p. 93）

（7）「明日は雷さんがたくさんやってきます」とナカタさんは言った。
「よう、それってさ、またナカタさんがわざわざ呼ぶんじゃないよな？」
「いいえ、ナカタは雷さんを呼んだりしません。ナカタにはそんな力はありません。ただ雷さんが自分からやってくるだけです」（第26章，下 p. 64）

その他、ナカタさんと星野青年の会話の中では、「ウンコ」という単語が七回ほど登場し、うち五回はナカタさんの発話である。食堂でナカタさんが大声で「ウンコ」というのを星野青年がたしなめるシーンもある。

(8)「はい。ありがとうございます。それではナカタはウンコをして参ります」

「あのね、そんな大きな声で、みんなに聞こえるように復唱することねえんだよ。ほかの人はまだメシを食ってるんだからさ」(第22章，上 p. 444)

「ウンコ」自身が幼児語とも言えるし、そもそもいい年をした老人が他人に排泄物について口にすること自体はばかられることで、その点、エチケットを心得ない子供っぽい発話であるとも捉えられる。

このように、ナカタさんの話し方は礼儀正しいというより馬鹿丁寧であり、軍隊調とも老人語とも捉えられる面もあるが、一方で子供っぽい、あるいは幼児的と見られる面もある。「頭がわるい」と自覚し、また漢語など固い語彙が理解できないところから、知的障がい者の話し方に近いと見る向きもある。例えば大江健三郎の小説『新しい人よ眼ざめよ』に登場するイーヨーがモデルであるとする見方もあり(加藤 2009)、ドストエフスキーの『白痴』におけるムイシュキン公爵との類似を指摘する論者もあり(中屋 2018)、ひょっとすると山下清を連想する向きもあるかもしれない。しかし一方で、言い間違いはほとんどなく、複文を含む長い文章も言いよどみなく発話する面など、知的な障がいがあることを疑わせる特徴も併せ持っている。リアルな障がいというより、何かプログラムが不具合を起こしたコンピューターのような人工的な印象を与えるのである。

2.2 ロボット的・ＡＩ的言語

ナカタさんの言語能力を、一種のロボット、あるいはＡＩ（人工知能）になぞらえて考えると理解しやすい面があるように思われる。つまり、機能が極端に偏っていて、特定の能力が不具合を起こしているのである。

統語論的な構文能力は完璧であり、非の打ち所がない。これに対し、語彙力は格段に低い。また新しい語を学習する能力も限定的である。さらに異常なのは、敬語の運用能力である。私たちは日本語を用いる際、自分と話し相手、あるいは話される対象の人物との関係によって、丁寧語、尊敬語、謙譲語を使い分ける。しかしナカタさんは、誰に対しても最丁寧な話し方（しかも「であります」体）しか適用することができない。「さん」の過剰な付与も、誰（なに）に「さん」付けをするべきかという規則が通常の大人の規則とずれているのだと考えればよい。人間はすべて「さん」付けで呼ぶだけでなく、一部の非人間の対象（「猫」「犬」のような動物や、「雷」のような動的な力を持つ非情物、「石」のような、話題になっている存在感のある対象）にも「さん」付けが適用されている（「ウナギ」のような、動的でない食べ物などには「さん」付けされないので、それなりの規則性はある）。

敬語の運用能力がおかしいということは、社会的な関係性が理解できていないということでもある。丁寧に話すのは彼が紳士で謙虚だから、というよりは、誰に対しても同じ関係性しか持つことができず、したがって常にただ一つのスタイルしか使えないということと理解すべきであろう。この点において、実は「1Q84」の「ふかえり」もまったく同じである。「ふかえり」の言語能力についてここで詳述する遑がないが、「ふかえり」の場合は誰に対しても敬語を一際使用せず、あまつさえ終助詞やイントネーションも使い分けない点でナカタさんとまったく逆のように見えて、実は話し方に社会性がないという点で共通しているのである。

このように考えたとき、自称表現の「ナカタ」も彼の社会性の欠如と関連づけることができる。「私は〇〇であります」という文型以外で「私」を用いず、「ナカタ」で自分のことを指すのは、行ってみれば世界の中心軸、社会性の把握の原点としてのego が希薄であるということの現れである。

このような性能の限定されたロボット、ＡＩ、自動人形のような話し方をナカタさんがするということと、ナカタさんの設定、あるいは物語におけるナカタさんの機能とは不可分の関係にある。

3.「空っぽ」であること・影の薄いことと「入り口の石」

ナカタさんは第 32 章で、自分自身が「空っぽ」であることを認識する。

(9)「ナカタは頭が悪いばかりではありません。ナカタは空っぽなのです。それが今の今よくわかりました。ナカタは本が一冊もない図書館のようなものです。昔はそうではありませんでした。ナカタの中にも本がありました。ずっと思い出せずにいたのですが、今思い出しました。はい。ナカタはかつてはみんなと同じ普通の人間だったのです。しかしあるとき何かが起こって、その結果ナカタは空っぽの入れ物みたいになってしまったのです」(第 32 章，下 p. 168)

その「あるとき」に起こった「何か」とは、「お椀山事件」でナカタサトル少年が意識を失い、その間「入り口の石」の向こう側に行って帰ってきたことをさす。そしてそのことは、ナカタさんの影の濃さが普通の人の半分になったこと、猫と話せるようになったり、魚やヒルを降らせるなど、超常現象を起こせるようになったりすることと関連している。

(10)「ナカタは出入りをした人間だからです」
「出入りをした？」
「はい。ナカタは一度ここから出ていって、また戻ってきたのです。日本が大きな戦争をしておりました頃のことです。そのときに何かの拍子で蓋があいて、ナカタはここから出ていきました。そしてまた何かの拍子に、ここに戻ってきました。そのせいでナカタは普通のナカタではなくなってしまいました。影も半分しかなくなってしまいました。そのかわり、今はうまくできませんが、猫さんと話をすることもできました。おそらくは空からものを降らせることもできました」(第 32 章，下 p. 172)

(11)「サエキさん」とナカタさんは言った。「ナカタには半分しか影がありません。サエキさんと同じようにです」

「はい」

「ナカタはそれを前の戦争のときになくしました。どうしてそんなことが起こったのか、なぜそれがナカタでなくてはならなかったのか、ナカタにはよくわかりません。いずれにいたしましても、それからずいぶん長い時間がたちました。私たちはそろそろここを去らなくてはなりません」（第 42 章，下 p. 357）

ナカタサトル少年が意識をなくしている間の様子は、次のように描写されている。

（12）妙な表現かもしれませんが、入れ物としての肉体だけがとりあえずそこに残されて、留守を預かり、様々な生体レベルを少しずつ下げて、生存に最低限必要な機能を維持し、そのあいだ本人はどこかべつのところに出かけて、何かべつのことをしているみたいに見えました。〈幽体離脱〉という言葉が私の頭に浮かびました。その言葉はご存じですか？ よく日本の昔話に出てきますが、魂が肉体を一時的に離れて、千里の道のりを越えてどこか遠くに行き、そこで大事な用事をすませて、それからまた元の肉体に戻ってくるというやつです。（第 8 章，上 p. 137）

佐伯さんとナカタさんは、入り口の石を開け、またそこに出入りした人間として「影が半分しかない」という特徴を有することとなった。しかしその影響の仕方は違っていて、佐伯さんは20歳以降、知的能力はそのままに、「無感覚」な人間となり、「空虚」な人生を送ることとなったが、ナカタさんは「空っぽ」の人間になってしまったのである。

(13)「私にとっての人生は20歳のときに終わりました。それからあとの人生は、延々と続く後日談のようなものに過ぎません。それは薄暗く曲がりくねった、どこにも通じない長い廊下のようなものです。しかし私はそれを生き続けなくてはなりませんでした。空虚な一日いちにちを受け入れて、空虚なままに送り出していくだけです。そのような日々に、私は多くの間違ったこともしました。いいえ、正直に言うと私はほとんど間違ったことしかしなかったような気さえします。ある時には私は一人で内側に引きこもって生きました。深い井戸の底で一人で生きているようなものでした。外にあるすべてをのろい、すべてを憎みました。ある時には外に出て、生きるまねごとをしました。何もかもを受け入れ、無感覚に世界をくぐり抜けました。多くの男と寝たこともあります。ある時には結婚のようなことさえしました。そして——でも、すべては意味のないことでした。すべてがあっと言う間に過ぎ去ってしまい、あとには何も残りませんでした。私が貶め、損なったものごとのいくつかの傷跡が残されただけでした」(第42章，下 p. 361)

「空っぽ」であるということは、様々のものがそこに侵入し、通り抜けていくことである。また、空間を越えて何かを媒介する、通り道ともなる。ナカタさんにはジョニー・ウォーカーが侵入し、田村カフカに代わってジョニー・ウォーカー（＝田村浩一）を殺し、返り血はナカタさんを介して遠い高松の田村カフカにまで運ばれた。

(14)「空っぽということは、空き家と同じなのです。かぎのかかっていない空き家と同じなのです。入るつもりになれば、なんだって誰だって、自由にそこに入ってこられます。ナカタはそれがとても恐ろしいのです。たとえばナカタには空からものを降らせることができます。しかし次にナカタが何を空から降らせるのか、それはだいたいの場合ナカタにもさっぱりわかりません。（中略）」（第 32 章，下 p. 173）

(15)「ジョニー・ウォーカーさんはナカタの中に入ってきました。ナカタが望んだことではないことをナカタにさせました。ジョニー・ウォーカーさんはナカタを利用したのです。でもナカタにはそれに逆らうことができませんでした。ナカタには逆らえるだけの力がありませんでした。なぜならばナカタには中身というものがないからです」（第 32 章，下 p. 174）

(16)「流されてはいけないはずの血が流されました」

「血が流された？」

「はい。でもその血はナカタの手にはつかなかったのです」（第 32 章、下 p. 175）

(17) 白いTシャツの胸のあたりに、なにか黒いものがついていることに僕は気づく。そのなにかは羽を広げた大きなちょうのようなかたちをしている。最初それを手で払おうとする。しかしとれない。手で触れると、それは妙にべとついている。気持ちを落ち着けるために、僕は意識的に時間をかけてダンガリーシャツを脱ぎ、Tシャツを頭から脱ぐ。そしてちらつく蛍光灯の光の下で、そこにしみついているのが赤黒い血であることを知る。血は新しいもので、まだ乾いてもいない。量もずいぶんある。（第9章，上 p. 144）

（18）「ナカタには資格ということがよくわかりません。しかし、サエキさん、いずれにせよそれは選びようのないことでありました。実を申しますと、ナカタは中野区でひとりのひとを殺しもしました。ナカタはひとを殺したくはありませんでした。しかしジョニー・ウォーカーさんに導かれて、ナカタはそこにいたはずの15歳の少年のかわりに、ひとりのひとを殺したのであります。ナカタはそれを引き受けないわけにはいかなかったのであります」（第42章，下 p. 356）

血が遠くに運ばれる現象は、『1Q84』において天吾とふかえりが交わった結果、青豆を懐妊させた奇跡へとつながるであろう。またナカタさんの死後、口から出て来たぬめぬめした白い物体は、「カラスと呼ばれる少年」でカラスがジョニー・ウォーカーからつつきだした、彼の舌であったと考えられる。これはナカタさんにジョニー・ウォーカーが侵入したことを表現している。

しかし、「空っぽ」のナカタさんを利用したのは、ジョニー・ウォーカーだけではない。佐伯さんが入り口の石を開けたことで作り出された「歪みのようなもの」を糺し、「ものごとをあるべきかたちにもどす」(第42章）力もまた、ナカタさんを利用した。ナカタさんを高松に呼び寄せ、魚やヒルを降らせ、入り口の石を星野青年に探させたのは、ナカタさんというより、そのような力であり、カーネル・サンダーズを出現させたり、黒猫トロにしゃべらせたりしたのもそのような力なのであろう。カーネル・サンダーズによって語られた、そのような力の背後にある意思とは次のようなものである。

(19)「ものごとがもともとの役割を果たすように管理することだ。私の役目は世界と世界とのあいだの相関関係の管理だ。ものごとの順番をきちんとそろえることだ。原因のあとに結果が来るようにする。意味と意味が混じり合わないようにする。現在の前に過去が来るようにする。現在のあとに未来が来るようにする。まあ多少の前後はあってかまわない。世の中にかんぺきなものなんてありやしないんだ、ホシノちゃん。結果的にちょうじりさえちょんちょんとあえば、私だっていちいちうるさいことは言わない。(中略）しかし帳尻があわないとなると、これは困る。責任問題になってくる」(第30章，下 p. 121）

佐伯さんに対面して、自分の役目を語るナカタさんの口調は、それまでとは打って変わって断定的であり、冷酷でさえあるように聞こえる。これはナカタさんが語っているというより、世に秩序を回復させようとするそのような意思が乗り移って語らせている。

(20)「ナカタにはそこまではわかりません。ナカタの役目はただ、今ここにあります現在、ものごとをあるべきかたちにもどすことであります。そのためにナカタは中野区を出て、大きな橋を渡って、四国まで参りました。そしてたぶんおわかりでしょうが、サエキさんはここに残ることはできません」(第42章，下・357頁)

つまりナカタさんは、ジョニー・ウォーカーに象徴される秩序の攪乱をねらう意思と、カーネル・サンダーズに象徴される秩序の回復をねらう意思との両方に操られる遠隔操作のロボットのように動く。そのような存在と、本稿2節で見た、egoが希薄で社会性を欠いた言語のあり方はよく釣り合っている。

4．ナカタさんの願い

しかし、本当にナカタさんは完璧なリモコン・ロボットなのであろうか。そうであるとすれば、ホシノ青年や我々読者はそこまでナカタさんに魅了されないのではないか。ロボットとしてのナカタさんのコアの部分には、しかし本当のナカタさんが最小限の形ながら、常に存在していると見なければならない。謙虚で、不満を言わず、慎ましやかに生き、しかしウナギが好きで、猫を愛し、命を愛おしむ、それもナカタさんの否定しがたい一面であり、だから周囲の誰もがナカタさんを好きになり、ナカタさんの力になりたいと思うのだろう。そのようなコアの部分のナカタさんが、最後の望みを口にする部分は痛切で、読む者の胸を打つ。

(21)「もしナカタが普通のナカタであったなら、ナカタはもっとぜんぜんべつの人生を送っていただろうと思います。ナカタの二人の弟と同じように、たぶん大学を出て、会社につとめて、結婚して子どもをつくって、大きな車に乗って、休みの日にはゴルフをしていたのではないでしょうか。しかしナカタは普通のナカタではなかったので、今のようなナカタとして生きてまいりました。やりなおすにはもう遅すぎます。それはよくわかっております。それでも、たとえほんの短いあいだでもかまいませんから、ナカタは普通のナカタになりたいと思います。ナカタは、正直に申し上げまして、これまで何かをやりたいと思ったことはありません。まわりからやれと言われたことをそのまま一生懸命やってきただけです。あるいはたまたまそうなったことを、そうであるようにやってきただけです。でも今は違います。ナカタははっきりと普通のナカタに戻りたいと願うのです。自分の考えと自分の意味を持ったナカタになりたいのです」(第32章，下 p.169)

しかし、この願いは叶えられることなく、ナカタさんは死を迎える。ホシノ青年は、こう思わざるをえなかった。

(22) ナカタさんは死ぬことによって、やっと普通のナカタさんに戻ることができたのだろう、と青年は感じた。ナカタさんはあまりにもナカタさんでありつづけたから、ナカタさんが普通のナカタさんになるには、死ぬしかなかったんだ。(第44章，下 p. 398)

星野青年は、自分自身の「空っぽ」さを直視し、自らの生を行き直すことを決意した。ナカタさんの意思は星野青年に受け継がれたと考えてよいのだろう。この点において、ナカタさんワールドの物語は希望の物語として終わっている。そのことも、ナカタさんの章の魅力となっているに違いない。

引用資料

村上春樹（2005）『海辺のカフカ』（上・下）新潮文庫

参考文献

加藤典洋（2009）『村上春樹イエローページ　３』幻冬舎

金水敏（編）（2018／印刷中）『村上春樹翻訳調査プロジェクト報告書（１）』（仮題）、大阪大学大学院文学研究科

中屋テレザ（2018）「『海辺のカフカ』の登場人物ナカタさんの役割語とチェコ語版への反映」金水（編）所収

山木戸浩子（2017）「『海辺のカフカ』における役割語・キャラクター言語の英語翻訳」「役割語研究会」2017年11月19日，於大阪大学豊中キャンパス

Lovrić, Marija (2011) 'Ileizmi ili što je zajedničko roditeljima jednogodišnjaka i Milanu Bandiću'［イリイズム、即ち一歳幼児の両親とクロアチア政治家ミラン・バンディッチとで何が共通なのか］, "Hrvatistika: studentski jezikoslovni časopis"［クロアチア 語学：言語学学生雑誌］, Vol. 5, No. 5, pp. 111-122. アクセス http://hrcak.srce.hr/file/121497（2016年12月23日閲覧）

Zwicky, Arnold (2008) 'Blame it on Elmo.' "Language Log," September 13, 2008@1:12pm. アクセス http://languagelog.ldc.upe nn.edu/nll/?p=577（2016年12月23日閲覧）

Wojcievowicz, Tomasz (2018)「村上春樹翻訳調査プロジェクトの報告書：『海辺のカフカ』の原書とポーランド語翻訳書との比較・対照」金水（編）所収

村上春樹と芥川龍之介
—〈闇〉〈沈黙〉の「魅惑」、近代文学における一つの水脈—

宮坂　覺

1．はじめに

本年2017年は、声高に言われていないが、芥川生誕125周年、没後90年にあたる。昭和が始まって満八か月の1927年7月24日未明、枕頭に聖書を置いて自ら命を絶った。大手各紙がほぼ一面を使って報道された衝撃的な芥川龍之介の死は、ポスト震災（関東大震災）の沈鬱な時代性と相まって〈芥川神話〉を醸造した。その〈芥川神話〉から解放され、彼の文学に肉薄し〈問い、問われつ〉の相関関係を持つまでには、永い時間がかかった。誤解を恐れずに言えば、〈芥川神話〉からの本格的な離陸は、1960年代（＊〈ノルウェイの森〉世代）からといってよい。この二つの時代性（大正から昭和へ、1960年代）は、EU問題・トランプ現象、さらには国内外の〈教養としての言葉〉の喪失・非可視の世界（内面）への興味の衰退、さらにその危機などを抱える現代と共通すると捉えるのは牽強付会であろうか。そこには、時代的〈将来に対するぼんやりした不安〉（芥川龍之介「或旧友へ送る手記」）が通底する。

この三つの時間を念頭に置きながら、「芥川龍之介と村上春樹」から「村上文学の〈魅惑〉」の問題設定の必然性の検証と〈水脈〉の可能性に言及してしてみたい。

2．Rashomon and Seventeen Other Stories（英国版）の刊行

四半世紀前1992年に県立神奈川文学館で企画展「生誕百年芥川龍之介展」があった。この文学展の編集委員中村眞一郎は、「新しい芥川像— 本展の構想について—」（図録1992・4）の中で、

> 世界が現在受け入れている芥川は、「日本の大正作家」としてではなく、第二次大戦後の趨勢である、「世界の不条理性」を表現する作家のひとりとしてであり、その視点は時代と共にいよいよ一般的になって行くに相違ない。—（中略）— 現代の世界各地の読者は、カフカやボルヘスと同列に芥川を評価し、興味を示しているのである。
> むしろ、本国において、その新しい面が充分に認められていない現状である。

と述べる。中村は、日本における芥川評価の遅れと、「カフカやボルヘスと同列に芥川を評価し」世界文学としての芥川文学、そこに通底する現代性を指摘したのである。国際的な視野を含め、芥川文学の再評価を予め見据えた極めて優れた創見だった。

それから25年、「国際作家」としての芥川文学は大きく様相を変えた。この間の大きなエポックと位置づけられるトピックスが、2005、6年に起きている。

2005年3月の中国での『芥川龍之介全集』（全五巻）の刊行[1]と、翌年の3月の英語圏で圧倒的な読者層を獲得してい

1　中国における日本近代作家の本格的全集となった外高慧勤、魏大海主

るPENGUIN CLASSICSペンギン・クラッシクス・シリーズのAKUTAGAWA Rashomon and Seventeen Other Stories[2]（英国版）の刊行である。さらに、この年の9月には、国際芥川龍之介学会International Society for Akutagawa [Ryunosuke] Studiesが創設されている[3]。これらのトピックスは、国際作家芥川龍之介、世界文学としての芥川文学にさらなる新たな1ページを付与したことは周知のことである。

2006年3月刊行のPENGUIN CLASSICSシリーズのAKUTAGAWA Rashomon and Seventeen Other Stories（英国版）の翻訳者は、当時ハーバード大学教授であったJay Rubinである。Rashomon and Seventeen Other Storiesの冒頭に、Jay RubinのTranslator's Note（New readers are advised that this section discusses detail of the plots）（＊新潮社版[4]では「芥

編『芥川龍之介全集』（全五冊、山東文芸出版社刊）は、15人の翻訳者が協力して、5年間かけて完成され、小説148編、詩歌14編、小品55篇、随筆66篇、旅行記9編、評論43篇が収録されている。書簡などは収録されていないが、本格的な全集であることには間違いない。

2 A WORLD IN DECAY（「第一部　さびれゆく世界」（新潮社版『芥川龍之介短編集』のタイトル。以下同じ）には、「羅生門」「藪の中」「鼻」「竜」「蜘蛛の糸」「地獄変」などの6篇。UNDER THE SWORD（「第二部　刀の下」）には、「尾形了斎覚書」「おぎん」「忠義」など3篇。MODERN TRAGICOMEDY（「第三部　近代悲喜劇」）には、「首が落ちた話」「葱」「馬の脚」3篇。さらにAKUTAGAWA'S OWN STORY（「第四部　芥川自身の物語」）には、「大導寺信輔の半生」「文章」「子供の病気」「点鬼簿」「或阿呆の一生」「歯車」など6篇。

3 国際芥川龍之介学会は、現在10数か国、150人の会員をかぞえる。

4 2007年7月、ジェイ・ルービン編・村上春樹序『芥川龍之介短編集』として、新潮社から刊行。ジェイ・ルービン［芥川龍之介と世界文学］

川龍之介と世界文学」に改題、改稿）と村上春樹の長文の序文 Introduction―Akutagawa Ryunosuke:Downfall of the Chosen が掲げられている。

Rashomon and Seventeen Other Storiesに村上春樹は、破格ともいえる英文で19ページ（新潮版邦訳では、実に165,000字超）にわたる「序文」を寄せた。村上は、芥川文学に何を見、何を期待していたのであろうか。破格とも言える長文の「序」には、芥川龍之介と村上自身の文学を解くものがあるとは繰り返すまでもない。村上の〈序文〉については、私訳で接し、さらに「芥川龍之介―― ある知的エリートの滅び」（新潮社版『芥川龍之介短編集』）で言及したことがある[5]。

（＊本稿では、英文を参考にしつつ新潮社版の「芥川龍之介――ある知的エリートの滅び」を引用する。敬称略）。

（畔柳和代訳）、村上春樹〈序文〉「芥川龍之介― ある知的エリートの滅び」、芥川作品一七篇の構成になっている。

5　・「国際的作家芥川龍之介研究の可能性―PENGUIN CLASSICS「Rashomon and Seventeen Other Stories」をめぐって―」『日本語学習与研究』〈創刊三〇周年記念号〉（2009〈平21〉年3月、中国日語教学研究会（北京）、のち、同・8月　『芥川龍之介研究』第三号〈国際芥川龍之介学会〉に転載）。

・「芥川龍之介と村上春樹　― 村上春樹〈芥川論〉「知的エリートの滅び」Downfall of the Chosenを起点に・現代性へのリンク―」関口安義編『生誕一二〇年　芥川龍之介』（2012〈平24〉年11月　翰林書房刊）。

・「芥川龍之介の文学的戦略と〈音楽性〉―〈緊張〉〈弛緩〉、〈速度〉〈反転〉そして〈多層性〉〈ポリフォニー〉――」『玉藻』（宮坂覺退職記念号）2013年〈平25〉年3月、フェリス女学院大学国文学会）。

3．Introduction　Akutagawa Ryunosuke：Downfall of the Chosen（Murakami Haruki）

2006年4月26日付けの『朝日新聞』（夕刊）に「芥川竜之介の新英訳、ペンギンから刊行／虚構創造の現代的評価／村上春樹氏が成功の道を開く　ジェイ・ルービン」という見出しで記事が載った。

> 長年、私は日本近代文学の翻訳をしているが、これまでは大学の出版局に本を出すように頼み込む必要があった。夏目漱石の「三四郎」（ワシントン大学出版局　77年）「抗夫」（スタンフォード大学　88年）もそうだ。だが、今度のアイデアは英語圏で最も読まれている出版社であるペンギンから生まれ、編集者が向こうから翻訳を依頼してきたのだ。なんと時代が変わったことか！
>
> なぜ私に申し込んだのか。漱石の翻訳から時がたち村上春樹の英訳者として、私が知られるようになってきたからである。もちろん、それが編集者の核心になっていた。というのも、村上春樹による序文をつけるのが、刊行の前提になっていたからだ。
>
> いいアイデアだと私は思ったが、村上には日本文学への熱意が欠けていることを知っているので関心をもつはずがない、この企画は無理だと思った。驚いたことに、村上はすぐ承諾した。　　　　　　（＊記事冒頭）

PENGUIN CLASSICSペンギン・クラッシクス・シリーズのRashomon and Seventeen Other Storiesの企画刊行の経緯が明

快に語られている。漱石、或いは、村上春樹の翻訳者ジェイ・ルービンが、なぜこの企画に名指しされたか。編集企画者には、村上の「序」が視野に入っていたのである。もちろん、村上の中に何らかの芥川文学の要素も嗅ぎつけていたであろう。それゆえにも、村上文学の理解者でもあるジェイ・ルービンに白羽の矢が立ったのである。ジェイ・ルービンは、「村上には日本文学への熱意が欠けていることを知っているので関心をもつはずがない」ので「この企画は無理だと思った」のである。が、村上は、ジェイ・ルービンの意に反し、「すぐ承諾した」のである。それも、破格な 19 ページにもわたる長文の英文による「序」なのである。この両者の認識の乖離は何を意味するのであろうか。

ジェイ・ルービンは、「序」について、「村上春樹の序文は、芥川が平安時代の素材を生かしている時でさえも、もともと現代人であったと主張し、表面では自伝的な作風の時もオリジナルな現代的虚構を創造し続けた、と主張する。」と芥川文学の核心に触れていることを述べ、村上の芥川文学へのまなざしを解説し、その素材について「素材がどんなにエキゾチックであっても、この本の物語が現代的なテーマを追究していることを、西洋の読者は見逃すことは出来ない」とし、その現代的テーマ（近現代が孕む）とは、「社会における個人の立場、客観的真実の到達不可能性、合理性と宗教の間の緊張、個人の性格にある矛盾といったものだ」と正鵠を得た見解を示す。おそらく、このテーマこそが村上春樹の見出した芥川文学への〈魅惑〉ではなかろうか。

4．村上春樹が見出す芥川文学の〈魅惑〉

村上春樹は、「芥川龍之介——ある知的エリートの滅び」Akutagawa Ryunosuke:Downfall of the Chosenを次のように切り出す。

> 芥川龍之介は日本における「国民的作家」の一人である。もし明治維新以降の日本における、いわゆる近代文学作家の中から、「国民的作家」を十人選ぶための投票があったとしたら、芥川はまず間違いなくその一角を占めることだろう。

とし、夏目漱石、森鴎外、島崎藤村、志賀直哉、谷崎潤一郎、川端康成などを挙げ、「芥川は、うまくいけば上位五人の中に潜り込めるかもしれない」としたうえで、「国民的作家」とは①「その時代（彼／彼女の生きた時代）における、日本人という民族の精神性を鮮烈に反映した、第一級の文学作品を残していなくてはならない」、②「その作家の人格や生き方が、広く敬意を払われるものでなくてはならない、あるいは強い同意を得られるものでなくてはならない」、③「重要な点は、彼らがこの時代に、一個の人間としての問題意識を抱き、第一線の芸術家としての社会的責任を引き受け、誠実に人生を歩もうと努めていたかどうか、というところにあるのだ」、④「彼らが、立派な古典的作品だけではなく、広い層に、とりわけ年若い層に受け入れられる、ポピュラーな作品をも残しているというところにある」としている。このような「国民的作家」が残した作品は、⑤「様々な受け入れやすい形をとって、人々の精神の土壌に、春の雨のごとく音もなく染みこみ、日本人の教養の、あるいは感受性の、基盤のようなものを形づくってきたわけだ」としている。村上の文学論ともいえる。慎重に言葉を尽くさなくてはならないが、村上が優れた文学作品として認定し、自らの理想の文学作品の一端を漏らしているとも見て取れる。そして、芥川文学とのかかわりに言及する。

> 「国民的作家」たちの中で、僕が個人的に愛好するのは、夏目漱石と谷崎潤一郎だが、芥川龍之介にはそれに次ぐ——いくぶん距離は開いているにせよ——好意を抱いている。

と、長文の「序」執筆のモチベーションを明かす。そして、「それでは芥川龍之介のどこがいいのか？」と問う。

> 僕が芥川の文学の美点であると見なすのは、まず何よりもその文章のうまさ、質の良さである。少なくとも古典として残っている第一級の作品について言えば、何度読み返しても、文章的に読み飽きることがない。―（中略）―「焦点が定まった」ときの芥川の文章の鋭さには、余人の追随を許さないものがある。

さらに、その「文章の鋭さ」について、

> まず何よりも流れがいい。文章が淀むことなく、するすると生き物のように流れていく。言葉の選び方が直感的に自然で、しかも美しい。芥川は若くして外国語にも漢文にも精通した教養人であったから、現代の作家には使い切れ

ないような優雅典麗な言葉をどこからともなく持ってきて、それを自由自在に配置し、いかようにも動かすことができる。「才筆」という表現がいちばん近いかもしれない。

と、評価する。が、文体と文学的センスに触れ、「あまりにも鋭利で有効的である」が故に、「彼の長期的な文学的視野、方向性の設定は、いささかの妨げを受けることになったからである」と芥川の才能の〈両刃の剣〉であったことを指摘する。

村上らしい卓越した表現で「天与の才能として超絶技巧を与えられたピアニストの立場」に準え、初期の芥川文学を見事に解析した。一方で「夏目漱石のように、精神的高踏性を保ちつつも、実際に地べたまで降りていって、そこに生きる人間の心を鋭く描くという作業とは、初期の芥川は無縁だった」との見解も忘れない（＊筆者はそうは評価しないが）。さらに、「彼は西欧と日本の伝統文化に意識を引き裂かれた一人の知的エリートとして出発し、その境界的な領域において、生き生きとして優れた物語世界を立ち上げることに成功した」ともいう。

以上のような見解には、自らの文学の軸の一つに芥川を見ている感もある。さらに、芥川文学の重要なモチーフ「西洋と日本」に触れ言及する。

教訓と呼ぶべきものは、西欧と日本という二つの文化の重ね方についてである。その二つの文化のせめぎ合いの中で、「近代人」芥川は作家としての、あるいは個人としてのアイデンティティーを模索し、苦悩し、呻吟した。最後には融合のヒントを彼なりに見いだしかけたが、はからずも志半ばで命を落とすことになった。それは現代に生きる我々にとっても、まるっきりの人ごとではない。

と、芥川の生き方は「他人ごとではない」と断言する。なぜなら、「我々はやはり（多少の差こそあれ）西欧的なるものと、日本的なるものとのせめぎ合いのただ中に身を置いているからだ。あるいはより今日的な用語を用いるなら、グローバルなるものと、ドメスティックなるものとのせめぎ合いの中に身を置いている、ということになるかもしれない」という。この認識は、村上文学のモチーフとも言え、その世界の強靭さを裏打ちする。まさに、〈神の世界〉（一神教）と〈神々の世界〉（多神教）の世界は、村上のいうように未だ原風景を失ってはいない[6]。

文章を閉じるにあたって、村上は、

僕の小説家としての出発点は、考えてみれば、かつて芥

6　隣国である韓国、中国のキリスト教徒を参考にすれば理解しやすい。2005年の韓国統計庁の資料によれば、プロテスタントとカトリックを合わせたキリスト教全体では29.2%という。中国のキリスト教徒は、『ブリタニカ国際年鑑』によれば、人口の7～7.5%で9100～9750万人程度、ただ最近では、総人口の10%を超える段階にある。さらに、パデュー大学教授（社会学）フェンガン・ヤンは、〝The number of Christians in Communist China is growing so steadily that it by 2030 it could have more churchgoers than America“と述べ、2030年にはアメリカを抜いて世界最多のキリスト教徒を抱える国になると予測する。拙稿「近代日本文学における宗教およびスピリチュアリティ―近代日本文学における〈神〉と〈神々〉と」（『PAJLS（Proceedings of the Association for Japanese Literary Studies）』Vol16、2016・5、WESTRN　WASHINGTON UNIVERITY　USA）参照。

> 川のとったポジションに、いくぶん近いところがあるかもしれない。僕は作家として出発したときからモダニズムの方向にかなり大きく振れていたし、半ば意図的に、私小説という土着的小説スタイルに正面きって対抗する立場から作品を書いてきた。―（中略）―小説のテクニックの多くを外国文学から学びもした。このあたりも芥川の姿勢に、傾向的に似ていたと言えるかもしれない。ただ僕は、芥川とは違って、基本的には長篇小説作家であり、またある時点から自前の、オリジナルな物語システムを積極的に立ち上げていく方向に進んでいった。

と、芥川文学との遍歴と共感を語り、「僕は芥川とはまったく異なった種類の小説を書くようになったし、まったく異なった種類の人生を送っている。しかし心情的には、僕は芥川の書き残したいくつかの優れた作品に、今でもなお心を惹かれ続けている」と、芥川文学への〈魅惑〉を語る。

5．芥川文学に通底する〈darkness〉〈夜〉〈闇〉〈中有〉〈沈黙〉

村上が、芥川文学に見出した共鳴、共振、〈魅惑〉を覚えたものは何だったか。それは、〈闇〉〈沈黙〉の世界、〈魂〉に届くそれだった。それらは、〈将来に対するぼんやりした不安〉（芥川龍之介「或旧友へ送る手記」）に通じる。

芥川作品には、しばしば，〈黄昏〉〈日暮〉が出現する。それを〈闇〉の世界への境界線と見立てることができる。実質的処女作でもあり国民的テキスト「羅生門」の下人は、「急な梯子を夜の底へかけ下り」「黒洞々たる夜」に消えた。また、末尾の一文は「下人は、既に、雨を冒して、京都の町へ強盗を働きに急ぎつゝあつた。」（大4・11、『帝国文学』初出稿）、「下人は、既に、雨を冒して、京都の町へ強盗を働きに急いでゐた。」（大6・5、 第一短編集『羅生門』稿）から、「下人の行方は、誰も知らない。」（大7・7、春陽堂刊『鼻』定稿）」に改稿された。さらに、文壇登場を目論んだ〈続羅生門〉「偸盗」の構想メモには、「There is something in the darkness.”says the elder brother in the Gate of rasho」と記されている。「夜の底」「黒洞々たる夜」「something in the darkness」のイメージは、ペダンティックな表層的表現ではなく、芥川が意識するかしないかとは別に、想像以上に重いものであると考える。芥川文学の起点を、原点を見る。作家が処女作に向かって成熟するならば、まさに「夜の底」「黒洞々たる夜」「something in the darkness」のイメージは、芥川の感覚的な世界の核であった。芥川文学の軌跡は、この世界との闘いであったともいえる。この世界は、いうまでもなく〈沈黙〉〈闇〉に繋がる。村上文学もここに投錨されていると考える。

> 沈黙は決して消極的なものではない。沈黙とは単に『語らざること』ではない。沈黙は一つの積極的なもの、一つの充実した世界として独立自存しているものなのである。―（中略）―沈黙が存在するところでは、人間は沈黙によって見守られている。人間が沈黙を見つめるよりも、沈黙が人間を見守っているのだ。人間が沈黙を吟味することはない。だが、沈黙は人間を吟味するのである。―（中

略）―― 沈黙は目で見うるものではない。しかしそれは明瞭に存在している。沈黙はどのような遠方へでも伸び拡がっていく、しかもそれは常にわれわれの身近にある。

（マックス・ピカート『沈黙の世界』[7]）

ピカートのいうこの内面世界への入り口、境界線ともいえる〈沈黙〉認識は、芥川或いは多くの近代日本人が捉える〈沈黙〉〈闇〉とは距離がある。が、この〈沈黙〉は、むしろ村上文学に近い。村上も、近作「騎士団長殺し」で、〈沈黙〉（＊後述）、〈闇〉を書き込む。

言うなれば深い海底で生じる地震のようなものです。目に見えない世界で、日の届かない世界で、つまり内なる無意識の領域で大きな変動が起きます。それが地上に伝わって連鎖反応を起こし、結果的にわれわれの目に見える形をとります。私（＊免色渉）は芸術家ではありませんが、そのプロセスの原理はおおよそ理解できます。ビジネス上の優れたアイデアも大体それと似たような段階を経て生まれてくるからです。卓越したアイデアとは多くの場合、暗闇の中から根拠もなく現れて来る思念のことです。

次に述べる、芥川文学と差異がある。それは、芥川の生きた20世紀と我々の生きる21世紀の文化熟成と捉えてよい。またそこに村上文学のコアがあると捉える。この差異は、〈神の世界〉

7　マックス・ピカート『沈黙の世界』（佐野利勝訳　1964〈昭39〉年2月（みすず書房）

と〈神々の世界〉の認識の多寡によると考える。〈闇〉は、〈沈黙の世界〉に通じ、根深で人間の魂を揺るがす。西洋文学を学んだ芥川も、感覚的には抑えられていたと考える。言い換えれば、村上の芥川文学への〈魅惑〉の重要なファクターであった。

芥川作品には、この〈闇〉〈沈黙〉のイメージが多出し、形を変えながら紡がれていった。例えば、指摘するだけにとどめるが、「地獄変相図」（「地獄変」）、「後にはただ極楽の蜘蛛の糸が、きらきらと細く光りながら、月も星もない空の中途に、短く垂れてゐるばかりでございます。」（「蜘蛛の糸」）、「おれはそれぎり永久に、中有の闇へ沈んでしまつた。………」（「藪の中」）、「それは悲しみも知らないと同時に、喜びも知らない」「極楽も地獄も知らぬ、腑甲斐ない女」（「六の宮の姫君」）、「そのうちに僕等は門の前へ——半開きになった門の前へ来てゐた。（「蜃気楼」）、〈河童の国〉〈精神病院〉（「河童」）、「ではなぜ神を信じないのです？　若し影を信じるならば、光も信じずにはゐられないでせう？」／「しかし光のない暗《やみ》もあるでせう。」／「光のない暗とは？」（「歯車」）などなどである。さらに、絶筆でありキリスト伝でもある「西方の人」で、

> クリスト教は或は滅びるであらう。少くとも絶えず変化してゐる。けれどもクリストの一生はいつも我々を動かすであらう。それは天上から地上へ登る為に無残にも折れた梯子である。薄暗い空から叩きつける土砂降りの雨の中に傾いたまま。……

と、キリストの生涯をまとめる。「天上から地上へ登る為に無残

にも折れた梯子」は、多くのことを示唆する。

6．芥川「歯車」と村上春樹近作に触れて

村上は、先の「芥川龍之介—— ある知的エリートの滅び」で芥川の「歯車」に触れている。

> 『歯車』における主人公の視線の切実さには、そしてまたどこまでもスタイリッシュに削がれた文体には、まさしく鬼気迫るものがあるし、そこに丁寧に的確に描き込まれた心象風景は、独特の存在感をもって、読むものの心に長く、深く留まることになる。

> 僕はこの『歯車』という作品を十五歳のときに読んだ。かれこれ四十年前のことである。そして今回この序文を書くために、あらためて読み返してみたのだが、その小説に描かれているいくつかの情景をいまだに鮮やかに記憶していたことに、自分でもずいぶん驚いてしまった。それも、ただ平面的な情景というには留まらず、そこに射している光の具合や、聞こえてくる小さな音までをも含んで、ありありと立体的に記憶の中に残っていたのだ。—（中略）—この『歯車』という作品の中には、自らの人生をぎりぎりに危ういところまで削りに削って、もうこれ以上は削れないという地点まで達したことを見届けてから、それをあらためてフィクション化したという印象がある。

村上の近作「騎士団長殺し」（*●　新潮社刊　2017・２）の

冒頭だけでも、「歯車」（＊〇　遺稿　原名「ソドムの夜」）と共通する世界、表現が見られる。

❶「騎士団長殺し」（冒頭）　　　　　プロローグ

今日、短い午睡から目覚めたとき、〈顔のない男〉が私の前にいた。私の眠っていたソファの向かいにある椅子に彼は腰掛け、顔を持たない一対の架空の目で、私をまっすぐ見つめていた。

男は背が高く、前に見たときと同じかっこうをしていた。広いつばのついた黒い帽子をかぶって顔のない顔を半分隠し、やはり暗い色合いの丈の長いコートを着ていた。

「肖像画を描いてもらいにきたのだ」、顔のない男は私がしっかり目覚めたのを確かめてからそう言った。彼の声は低く、抑揚と潤いを欠いていた。「おまえはそのことをわたしに約束した。覚えているかね？」

①「歯車」（＊冒頭）　　一　レエン・コオト　　　　　⇒❶❷

僕は或知り人の結婚披露式につらなる為に鞄を一つ下げたまま、東海道の或停車場へその奥の避暑地から自動車を飛ばした。自動車の走る道の両がはは大抵松ばかり茂つてゐた。上り列車に間に合ふかどうかは可也怪しいのに違ひなかつた。自動車には丁度僕の外に或理髪店の主人も乗り合せてゐた。彼は棗のやうにまるまると肥つた、短い顋髯の持ち主だつた。僕は時間を気にしながら、時々彼と話をした。

「妙なこともありますね。××さんの屋敷には昼間でも幽霊が出るつて云ふんですが。」

「昼間でもね。」　　　　　　　　　　（＊「歯車」冒頭）

❷1　もし表面が曇っているようであれば

その年の五月から翌年の初めにかけて、私は狭い谷間の入り口近くの山の上に住んでいた。夏には谷の奥の方でひっきりなしに雨が降ったが、谷の外側はだいたい晴れていた。—（中略）—その当時、私と妻は結婚生活をいったん解消しており、正式な離婚届に署名捺印もしたのだが、そのあといろいろあって、結局もう一度結婚生活をやり直すことになった。—（中略）—二度の結婚生活のあいだには、九ケ月あまりの歳月が、まるで切り立った地峡に掘られた運河のように、ぽっかりと深く口を開いている。

❸2　みんな月に行ってしまうかもしれない

「とても悪いと思うけど、あなたと一緒に暮らすことはこれ以上できそうにない」、妻は静かな声でそう切り出した。そしてそのまま長いあいだ押し黙っていた。—（中略）—「理由は訊かないでくれる？」と彼女は言った。—（中略）—沈黙が耐えられなくなったので、またＣＤプレーヤーのスイッチを入れ、シェリル・クロウを何曲か聴いた。—（中略）—沈黙は静かすぎたし、音楽はうるさすぎた。でも沈黙の方が少しはましだった。私の耳に届くのは、ワイパーの劣化したゴムが立てるかすれた音と、タイヤが濡れた路面を進む、しゃーっという途切れのない音だけだった。

〇参考「私が言葉を選んでいるあいだ、周りに沈黙が降りた。時間の流れる音が聴き取れるほどの沈黙だった。（第1部18）

―（中略）―そこに映っているのは、絵の具のこびりついたみすぼらしいセーターを着た、三十六歳の疲弊した男だった。

おれはこれからどこに行こうとしているのだろう、とその自分自身の像を見ながら、私は思った。というかその前に、おれはいったいどこに来てしまったのだろう？　ここはいったいどこなんだ？　いや、そのもっと前に、いったいおれは誰なんだ？

②　僕の部屋（＊帝国ホテル）には鞄は勿論、帽子や外套も持つて来てあつた。僕は壁にかけた外套に僕自身の立ち姿を感じ、急いでそれを部屋の隅の衣裳戸棚の中へ抛りこんだ。それから鏡台の前へ行き、ぢつと鏡に僕の顔を映した。鏡に映つた僕の顔は皮膚の下の骨組みを露はしてゐた。蛆はかう云ふ僕の記憶に忽ちはつきり浮かび出した。　　　（一　レエン・コート）

さらに、指摘だけになってしまうが気になる場面が想起される。一、二例挙げてみよう。

③　二　復讐

僕は往来に佇んだなり、タクシイの通るのを待ち合せてゐた。タクシイは容易に通らなかつた。のみならずたまに通つたのは必ず黄いろい車だつた。（この黄いろいタクシイはなぜか僕に交通事故の面倒をかけるのを常としてゐた。）そのうちに僕は縁起の好い緑いろの車を見つけ、兎に角青山の墓地に近い精神病院へ出かけることにした。―（中略）―

僕はこの本屋の店へはひり、ぼんやりと何段かの書棚を見上げた。それから「希臘神話」と云ふ一冊の本へ目を通すことにした。黄いろい表紙をした「希臘神話」は子供の為に書かれたものらしかつた。けれども偶然僕の読んだ一行は忽ち僕を打ちのめした。

「一番偉いツオイスの神でも復讐の神にはかなひません。……」

僕はこの本屋の店を後ろに人ごみの中を歩いて行つた。いつか曲り出した僕の背中に絶えず僕をつけ狙つてゐる復讐の神を感じながら。……　（昭和二・三・二七）

（＊末尾）

④　六　赤光

「悪魔を信じることは出来ますがね。……」

「ではなぜ神を信じないのです？　若し影を信じるならば、光も信じずにはゐられないでせう？」

「しかし光のない暗もあるでせう。」

「光のない暗とは？」

僕は黙るより外はなかつた。彼も亦僕のやうに暗の中を歩いてゐた。が、暗のある以上は光もあると信じてゐた。―（中略）―けれども光は必ずあるのです。その証拠には奇蹟があるのですから。……奇蹟などと云ふものは今でも度たび起つてゐるのですよ。」

⑤　六　飛行機

妻はやつと顔を擡げ、無理に微笑して話しつづけた。

「どうもした訣ではないのですけれどもね、唯何だかお父さんが死んでしまひさうな気がしたものですから。……」

それは僕の一生の中でも最も恐しい経験だつた。――僕はもうこの先を書きつづける力を持つてゐない。かう云ふ気もちの中に生きてゐるのは何とも言はれない苦痛である。誰か僕の眠つてゐるうちにそつと絞め殺してくれるものはないか？

（昭和二年、遺稿）（＊「歯車」末尾）

など、枚挙にいとまない。「歯車」の世界は、夙に「ノルウェイの森」にもみられ、以後多くの作品、前作「色彩を持たない多崎つくると、彼の巡礼の年」に至るまで現出する。〈移動〉〈穴〉〈門 - 越境〉〈幽霊〉〈ホテル空間〉〈都市空間〉〈都市からの隔離〉などなどを視野に入れれば、視界はさらに広がる（すでに果実は出てもいるが）。

7. むすびに代えて　日本近代文学のある水脈 —〈闇〉〈沈黙〉の視座から—

拙い論述をしてきたが、試みに、近代日本文学史においてみると、村上文学はある水脈をあたる。〈闇〉や〈沈黙〉に投錨し、真摯に〈揺らぎ〉と真摯に面峙し続けた作家たちの水脈である。近代文学が、「個」を問題にしてきた以上、至極当然なことであるかもしれないが、〈非可視化世界への投錨と誘い〉の深さにおいて村上文学は重い。

グローバルといいつつ、〈神の世界〉と〈神々の世界〉の文化的乖離は存在する。されに言えば、〈近代〉がマックス・ウエバーやトレルチが言うように、プロテスタンティズムの〈鬼子〉であるならば、近代は〈神の世界〉の枠組みを要する。それは、無意識に〈神々の世界〉にある日本文化が混沌の中で抱えてきた問題でもある。が、誤解を恐れずに言えば、村上文学は、近代が宿命的に内包する〈闇〉を、〈神〉抜きで、すなわち、〈神の世界〉〈神々の世界〉という無意識にある二項対立世界を踏み抜き、歴史に通底する多彩な内外の古典的教養を駆使しながらその乖離を乗り越えている。村上文学ならぬムラカミ文学の〈魅惑〉の強靭なコアがここにある。さらに言えば、それが世界で村上春樹でなくムラカミハルキとして受け入れられている大きな〈魅惑〉の不可避な要素である。

夏目漱石などは、夙に近代の問題性（個の孤立無援状況、近代と反近代）をその作品世界に多く書き込んだ。芥川龍之介は、「神神の微笑」（「我々の力と云うのは、破壊する力ではありません。造り変える力なのです。」）あるいは切支丹文学などで〈神の世界〉〈神々の世界〉に取り組んだ。芥川に惹かれ卒論で「芥川龍之介論」を書いた堀辰雄も「聖家族」「菜穂子」などで展開する。さらに、「堀辰雄覚書」を書いている遠藤周作は、初期評論「神と神々と」でこの問題を鋭く指摘し、のちの作品「沈黙」（「破壊する力」でなく「造り変える力」）「侍」「深い河」などでメインテーマとして描き続けた。（＊個別な論考は、展開中、あるいは今後展開予定である。）

夏目漱石から芥川龍之介、芥川から堀辰雄、堀辰雄から遠藤周作、漱石、芥川から村上春樹の水脈は、あるいは牽強付会の感があるかも知れない。しかし、己が裡に観取可能な〈ことば〉がなければ親和力の対象にはならないし、それ故に感性に投影されない。個の内に受け取り可能な感性世界の構築がなければ、新たな刺激は関知されないし、新たな〈ことば〉としての立ち上げはない。対象がどれほどか刺激的であっても感知できなければ、単なるノイズとして消費される。親和が新たな

〈ことば〉を生む始原となるのである。芥川龍之介は夏目漱石への、堀辰雄は芥川龍之介への、遠藤周作が堀辰雄への〈闇〉に纏わる親和から己が文学の一端を発見したことは否定できない。ならば、村上春樹が夏目漱石、芥川龍之介への親和から〈闇〉に纏わる新たな文学世界を構築したことを否定しない。村上春樹自身が意識するかしないかに関わらず、漱石、芥川、堀、遠藤、村上に繋がる近代日本文学に通底する水脈を見出せるのである。それは、さらなるムラカミ文学の読み直し、あるいは新たな〈魅惑〉検証をもたらすであろう。

（2017年7月8日第6回村上春樹国際シンポジウム基調講演／原稿に加筆修正）

自己に魅せられる物語

—『騎士団長殺し』と寓意の脱落—

柴田　勝二

1.

知られるように、夏目漱石は1908年の講演「創作家の態度」で、「作家の見る世界」である「非我」を自身の「我」を通して描くことを、創作家の基本的な姿勢として主張している[1]。それは漱石が「非我」としての外部世界にそれだけ強く惹きつけられていたということであり、谷崎潤一郎や志賀直哉であれば、「非我」の世界の表象こそが作家の使命であるといったいい方は決してしなかっただろう。彼らにとってはむしろ自身の「我」の世界を物語に託して描くことが「創作家の態度」として見なされたはずである。

もちろん漱石が自身の生きる明治40年代の日本の外部世界に「魅惑」を感じていたために、それを描くことを志向したわけではない。むしろ漱石にとって同時代の日本は、西洋追随の功利主義と帝国主義が進行していくなかで、人びとが見かけの達成や栄達を求めて疲弊していかざるをえない国であった。重要な

1　夏目漱石「創作家の態度」（朝日講演会、於：青年会館、1908年2月）。漱石は「創作家の態度と云ふと、前申した通り創作家が如何なる立場から、どんな風に世の中をみるかと云ふ事に帰着します」と述べた上で、創作家の眼差しを「我」、それによって見られる世界を「非我」と称している（(1995)『漱石全集』第16巻 p. 181）。

のは、もっぱら否定的に眺められる対象であっても、それが自身に喫緊の関わりをもって存在する限り、そこに眼を向けざるをえないと見なされていたことであり、漱石はまた進んでそこに眼差しを注ごうとする表現者であった。「創作家の態度」で漱石は、創作家が「真」を描くという態度を取る以上、「隣りに醜い女がゐ」たとしても、「いくら醜くつても何でも現に居るものは居るに相違」なく、「一視同仁の態度で、忌憚なく容赦なく押して行くべき筈のものであります」と語っているが、ここで譬喩に取られている「醜い女」とはいうまでもなく、批判的に眺めざるをえない同時代の日本のことであり、あえてそこに眼を向けることが「非我」を描く前提となるのだった。

けれども漱石は自身に苦行を課すために「醜い女」としての外部世界を描きつづけたのではないだろう。国家とともに生きることを是とする明治人として、漱石は未来に向かう日本の進展を憂慮しつつも、そこに多大な関心を寄せざるをえなかったのであり、それを描くことに精魂を傾けつづけた。その度合いは森鴎外や二葉亭四迷といった同時代の作家よりも強かったといっても誤りではなく、その点では漱石は「非我」としての外部世界に〈魅せられ〉つづけていた。

漱石自身が本来強い愛着を覚えるという意味で〈魅せられ〉た対象としてあったのは、『草枕』で語られるような脱俗の世界であり、生々しい現世的感情のせめぎ合いとしての「人情」を離脱して、彼岸的に純化された情念の織りなす「非人情」の世界への憧れが抱かれていた。けれどもそうした世界に遊ぶことは結局「非我」の世界から離脱することになる点で、小説家としての仕事を困難にすることになり、鈴木三重吉に宛てた手紙に「草枕の様な主人公ではいけない」（1906年10月26日付）と記す[2]ように漱石はこの二律背反を認識していた。「醜い女」を描かなくてはならないという漱石の覚悟はそこからもたらされている。

こうした、自身が惹かれる〈美しいもの〉を焦点化することが創作の強度を低下させ、むしろ「醜い女」に眼を向けることによって内容の充実がもたらされるという逆説がすべての作家に認められるわけではないが、「国民作家」的な評価が与えられる書き手の多くに見られるもので、戦後の三島由紀夫もその一人に数えられる。三島にとって第一に「魅惑」であったのは、戦争が進行していく十代の終わりに、自己と世界の〈終末〉を意識しつつ耽溺していた、デカダンスをはらんだ美的世界であっただろう。けれども戦後職業的作家として立つために、三島はその「魅惑」の在り処から離れて、やはり「醜い女」として意識される戦後社会に向き合わねばならなかった。『金閣寺』の主人公が火をかける国宝の構築物は、誰もが指摘するように安逸のなかに置かれた戦後日本の比喩であり、その〈醜さ〉を断罪することが、漱石風にいうならば「非我」の世界への関与の表明であった。

2　この書簡で漱石は引用の箇所の前に「只きれいにうつくしく暮らす即ち詩人的にくらすといふ事は生活の意義の何分一か知らぬが矢張り極めて僅少な部分かと思ふ」と記し、脱俗的に「うつくしく暮らす」ことが自身の嗜好に叶っていたとしても、小説家としての自己表出の前提とはならないという意識が示されている（(1996)『漱石全集』第22巻p. 605）。

この自己を魅するものにあえて距離を取るところに作家としての成熟が生み出される機構は、村上春樹にも認められる。村上が耽溺しうる「魅惑」の在り処は、自身が学生時代を送ったロマン的な疾風怒濤の時代としての60年代末の空気である。けれども時代的な空気への耽溺が「魅惑」として作用するのは村上と三島の間で共通でありながら、両者の相違点は、三島とは違って村上が創作活動を開始したのは、そこから十分時間的な距離を取った地点からだということである。処女作の『風の歌を聴け』が世に出た1979年は、村上が愛着を覚える60年代が終焉してすでに10年近くが経過した時点であり、すでに村上は結婚し、ジャズ喫茶店の経営者として経済社会の脈絡のなかに置かれていた。初期の三部作で村上が60年代という「魅惑」の時代への愛着を断ち切ろうとする情動をモチーフとするのは、それを相対化しうる環境に自身がいたからにほかならない。

けれども興味深いのは、60年代の残滓として主人公の傍らないし裏側にいつづけるキャラクターである「鼠」が葬られた後に、むしろこの時代がポストモダン的な現代を相対化する彼岸的な起点として作動し始めることだ。その機構は三島由紀夫にとっての理念化された「ゾルレン」としての天皇が、反戦後的時代の象徴として同時代を相対化する機構と近似している。それはともに仮構された彼岸を拠点とするロマン主義の形態といってよい。村上の世界でその典型的な構図をはらむのは『海辺のカフカ』で、なかでも四国・高松の架空の図書館で働く「佐伯さん」は、60年代末にシンガー・ソングライターとして活躍しながら、学園紛争時の恋人の死を経ることで、70年代以降の時代を空虚な時代として捉えつつ生きてきたのだった。『1Q84』でも、天吾と青豆という二人の主人公が1984年から移動するのは、空に二つの月が見える「1Q84年」という年で、それによって彼らの20年ぶりの邂逅が実現するというロマン的な事態がもたらされる点では、彼らは実質的には作者のロマン的世界の起点である60年代に移行するのだとも考えられる。

村上にとっての70年代以降の時代は、人びとを結びつける情念的な絆が欠落した時代であり、だからこそそれが成立する「1Q84年」が60年代の比喩として眺められたが、この同時代への批判的意識とともに、村上が当初から盛り込んできたのは近隣アジア諸国への侵略行為をおこなってきた国としての日本であり、その眼差しは漱石のそれとも重ねられる。この点についてはこれまで繰り返し述べてきた[3]のでここでは詳しく言及しないが、漱石が韓国という隣国を併合する主体としての同時代の日本に厳しい眼を向けていたように、村上は初期の『中国行きのスロウ・ボート』以来、『ねじまき鳥クロニクル』や『アフターダーク』で中国との関わりを批判的に盛り込む表現をおこなってきた。またその基底にある近代の趨勢としての戦争への傾斜に対する批判も『海辺のカフカ』などのモチーフをなしている。そして漱石と同様に、村上もそうした近代ないし同時代の問題を物語を織りなす要素として活用してきたという意味で、それらに〈魅せられ〉てきたともいえるのであり、この時

3　拙著（2009）『中上健次と村上春樹――脱〈60年代〉的世界の行方』東京外国語大学出版会、（2011）『村上春樹と夏目漱石――二人の国民作家が描いた〈日本〉』祥伝社新書 など。

代社会に対する愛憎を交えた眼差しが、三島由紀夫を含めて国民作家的な表現者に共通して見られる特質であった。

2.

こうした村上春樹の表現者としての足取りと立ち位置を念頭に置くと、新作長篇である『騎士団長殺し』は、前項で挙げた耽溺の対象としての「魅惑」と、愛憎のアンビヴァレンスの対象としての「魅惑」のどちらにも距離を取った作品として眺められる。叙述のスタイルとしては、『騎士団長殺し』は『スプートニクの恋人』以来の一人称による語りによって綴られている。語り手の「私」は肖像画を描くことと絵の教室で教えることを生業とする画家として設定され、彼は妻と別れて暮らすようになった後、学生時代の友人雨田政彦の父親である高名な画家雨田具彦の、小田原郊外にある旧住居を借り受けて住まい始める。「私」はその家に秘匿されていた「騎士団長殺し」という、古代を舞台にした暗殺事件の場面を描いた雨田具彦の作品を見出し、それが具彦の他の日本画の作品と様相を異にする烈しさをもっていることに感銘を覚えるが、この絵は作品の表題をなすとともに、殺される騎士団長の「イデア」であるという小さな人物が折に触れて姿を現して「私」に様々な示唆を与えることになる。

「私」は谷の向こうの広壮な邸宅に暮らす免色という風変わりな名前の中年の男に、自分の肖像画を描く仕事の依頼を受けたことから彼との交わりが始まり、「私」が繰り返し耳にする鈴の音の在り処を協同で探索していった結果、具彦の家の敷地内に埋められていた石室を開けるに至るが、そこには想定された即身仏のミイラはなく、一個の鈴があるばかりであったものの、それが騎士団長の「イデア」を呼び出すことになったのだった。そして「私」の絵の教室の生徒であり、免色が自身の娘である可能性を主張する秋川まりえという美少女とその叔母が、中盤以降彼らの行動に絡んでくる。

多く指摘されているように、『騎士団長殺し』は、展開の道具立てやアイテムがこれまでの村上の長篇作品に姿を現していたものと重なり、あたかも村上の作品世界を一作でくぐり抜けるような印象をもたらしている[4]。妻に去られて独り暮らしを始める男性主人公は『羊をめぐる冒険』や『ねじまき鳥クロニクル』の設定と重なり、「私」がその肖像画を描くことによって交わりを持つようになる人物の免色という名前の風変わりさは、『1Q84』の青豆を想起させる。また本人がみずから言うように、免色という名前は「色を免れる」という意味に取られ、するとそれは前作の長篇『色彩を持たない多崎つくると、彼の巡礼の年』の主人公が「色彩を持たない」人物として設定されていたこととの連続性をなすことになる。あるいは現実の人間ではない騎士団長の姿や言動は『踊る小人』の小人や『海辺のカフカ』

4　下に挙げた清水良典の批評の他、佐々木敦は「村上春樹の過去の小説を読んできた者ならば、『騎士団長殺し』を読みながら幾度となく既視感に襲われるに違いない」((2017・5)「凡庸ならざる芸術家の肖像」『文学界』 p. 91）と述べ、杉田俊介は「『騎士団長殺し』は、いつもの「村上春樹的なもの」をまたもや自己模倣した長編小説に見えるかもしれない」((2017・5)「『騎士団長殺し』論」『すばる』 p. 108）と述べている。

のカーネル・サンダーズを思わせ、また秋川まりえは『ダンス・ダンス・ダンス』のユキや『1Q84』の深田絵里子といった謎めいた美少女たちとの系譜をつくっている。加えて第二部の展開の後半では、「私」は入院している具彦を見舞いに行った病室から地底の世界に入り込み、「ドンナ・アンナ」に見立てられる少女としばらく彷徨した後に石室の中に移動するが、こうした主人公が少女とともにおこなう地底の彷徨は『世界の終りとハードボイルド・ワンダーランド』でも主要な展開をなしていた。

清水良典はこうした既視感をちりばめた『騎士団長殺し』の叙述について、「これまで書いてきた作品を振り返りながら自身の文学を総括しようとしている」と評している。清水は「私」が画家であり、彼が作中でおこなう絵画論、とくに「内圧と外圧によって結果的に生じた接面」であるという日本画に関する議論が、村上自身の創作論と照応し、その点で「私」は村上の分身にほかならないと述べる[5]が、日本画という概念が他律的な形でしか規定されえないという見方と、この作品が作者による自身の文学の「総括」であると見なすことの間には論理的な照応はない。日本画が「内圧と外圧によって結果的に生じた接面」としてしか捉えられないというのは、明らかに〈近代日本〉の寓意であり、たとえば内田樹が『日本辺境論』で、日本が自律的な形で自己規定をしたことがなく、古代からつねに中国やアメリカといった大国から、脅威を蒙りつつ〈学ぶ〉ことによって自己のあり方や方向性を決めてきた「辺境」性にこそ〈日本ら

5　清水良典（2017・5）「自画像と「父」なるもの—— 村上春樹『騎士団長殺し』論」『群像』p. 43

しさ〉があるとする議論[6]とも接合している。内田がいうようにこうした性格は近代日本に限定されないものの、夏目漱石が批判したような「外発」性に日本の近代化の特質があるとすれば、移入された西洋画との差別化によってはじめて日本画という概念が曖昧な形で浮上してきたという「私」の把握は、やはり村上がこれまでも様々におこなってきた近代日本に対する批判的表象の文脈のなかに置かれるものであろう。

むしろ重要なのは、1982年の『羊をめぐる冒険』あたりから浮上してくる村上の近代日本批判が、『騎士団長殺し』では断片的な形でしか盛り込まれておらず、それが託された表象が寓意として十全な形を取っていないということである。作品のモチーフが込められているであろう「騎士団長殺し」という表題は、〈王殺し〉をモチーフとしてはらんでいた『海辺のカフカ』との連関を想起させるが、『海辺のカフカ』はオイディプス神話の予言を物語の冒頭に置き、〈父殺し〉を回避するべく東京から四国へ旅発ったカフカ少年が、分身としてのナカタ老人を媒介とすることで結局その行為を遂行してしまう展開のなかに、そこで殺される〈父〉が同時に〈王〉でもあることが示唆されていた。またそこに様々な〈王―天皇〉を否定する換喩的挿話が折り重ねられることで、殺される対象が近代日本の〈王〉たる〈天皇〉でもあることが浮上してくる構造をもっていた。ナカタに殺される相手は高名な彫刻家の田村浩一であったが、彼の「浩一」という名前が昭和天皇の名と同じく「ひろひと」とも読むことができるのは、その寓意を暗示していたといえよう。『騎士

6　内田樹（2009）『日本辺境論』新潮新書

団長殺し』の「私」が借り受ける小田原の家の持ち主で「騎士団長殺し」の絵を描いたのはやはり高名な日本画家であり、美術の世界で名をなした人物が重要なキャラクターとして登場するのも両者の間で共通している。

「騎士団長殺し」という表題については、『朝日新聞』2017年4月2日で村上は、モーツァルトのオペラ『ドン・ジョバンニ』に登場する人物である「騎士団長」が物語の起点となる直感的なモチーフとして捉えられたと語っている。それによれば「騎士団長って何だろうって思ってたんです。僕は言葉の感触の奇妙さにひかれる。騎士団長殺しっていう小説があったらどういう話になるだろう、という好奇心が頭をもたげ」たことから創作に導かれたという。「私」が雨田具彦の家の屋根裏で見出した「騎士団長殺し」は、飛鳥時代と思われる古代を舞台として、若い男が年老いた男を剣で刺し殺している場面を描いた絵で、具彦はそうした荒々しい構図の絵を描くことがなかっただけに、「私」はそれに強く惹きつけられるとともに、「この絵には何か特別なものがある」（傍点原文）という印象を抱かされる。

「長」が殺されるという構図は、『海辺のカフカ』との連関からいえば、そこに何らかの共同体の支配者の抹殺が含意されている可能性を想起させる。騎士団とは、エルサレムの奪回を目指す十字軍の遠征時に設立された騎士修道会や、それを模して王や貴族によって組織された騎士の集団を指すが、ここで殺される騎士団長は老いた男であり、『海辺のカフカ』での父殺しに〈王一天皇〉の否定が伏在していたことを考慮すれば、やはり支配者的な存在を若い叛逆者が葬るという主題を作者がそこに込めていることを忖度せざるをえない。そしてこの絵の舞台が飛鳥時代に見立てられることは、当時古代に遂行された歴史的な暗殺事件を当然連想させるが、それに相当するものとして挙げられるのは、「大化の改新」の起点となった、中大兄皇子や藤原鎌足らが蘇我入鹿を暗殺した「乙巳の変」であろう。暗殺の理由は専横をきわめる蘇我氏を排除し、天皇家の権力を奪回することであったとされるが、殺す側が天皇家の人間であるというのは、叛逆者が老いた支配者を葬る「騎士団長殺し」の絵の構図とは異質である。もうひとつの下敷きとなりえる事件としては、「乙巳の変」の約50年前に生起した、蘇我馬子が崇峻天皇を暗殺した事件が挙げられるかもしれない。田村圓澄の研究によれば、この事件の要因は2万余りの軍勢を筑紫に集結させて新羅征討を企てていた蘇我馬子に崇峻天皇が反対したからだとされる[7]が、この場合も、すでに天皇家を凌ぐほどの勢力家となっていた蘇我馬子が、その権勢に物を言わせるように天皇を暗殺したのであり、反逆者による支配者の暗殺とは性格を異にしている。

3.

古代を舞台とする暗殺事件を描いた絵に込められた趣意を探ろうとするのは、当然モーツァルトのオペラから採られたその「騎士団長殺し」という表題がその絵の内容にふさわしくなく、その距離が何らかの寓意によって埋められることが想定され

7　田村圓澄（2010）『飛鳥時代　倭から日本へ』吉川弘文館

るからである。現に騎士団長のイデアとして登場する人物は、「雨田具彦の『騎士団長殺し』について、あたしが諸君に説いてあげられることはとても少ない。なぜならその本質は寓意にあり、比喩にあるからだ」（28）と「私」に語っていた。「私」にこの絵のことを知らされた免色は、調査の結果表題が想起させる都市であるウィーンに雨田具彦が留学しており、その時期に「アンシュルス」つまりドイツによるオーストリアの併合が遂行され、それに対する抵抗としてオーストリアの地下組織がナチの高官を暗殺する計画が立てられていたが、ウィーンで具彦が「深い仲になったオーストリア人の恋人」がその事件に巻き込まれたという情報を語っている。

「私」はそれを聞いて、次のような憶測をおこなっている。

> とすれば、彼の絵『騎士団長殺し』の中に描かれている「騎士団長」とはナチの高官のことだったのかもしれない。あの絵は一九三八年のウィーンで起こるべきであった（しかし実際には起こらなかった）暗殺事件を仮想的に描写したものなのかもしれない。事件には雨田具彦とその恋人が関連している。その計画は当局に露見し、その結果二人は離ればなれになり、たぶん彼女は殺されてしまった。彼は日本に帰ってきてから、そのウィーンでの痛切な体験を、日本画のより象徴的な画面に移し替えたのだ。つまりそれを千年以上昔の飛鳥時代の情景に「翻案」したわけだ。
>
> （傍点原文、25）

「私」の憶測によれば、やはりこの絵の寓意は強権を振るう者への抵抗であり、それが日本の古代に移し替えられていることになるが、ここで想定されている寓意自体が、何ものかの寓意である可能性を打ち消すことはできない。すなわち、ドイツがオーストリアを併合し、それに対する抵抗運動が生起したという前提は、容易に 1910 年に日本によって遂行された韓国併合を想起させるからだ。その場合、「騎士団長殺し」という表題と絵の内容は、前年の 1909 年に起きた、安重根による伊藤博文の暗殺事件と連繋していかざるをえない。むしろ実際には起こらなかった「ナチの高官」の暗殺事件を隠れ蓑として、現実に生起した伊藤博文の暗殺事件を示唆することが、この挿話のねらいだったとも考えられる。

実際『騎士団長殺し』で免色の言葉によって語られたアンシュルスは、オーストリアにおける現実よりもむしろ韓国併合の際の経緯に近しいイメージを漂わせている。彼は次のようにアンシュルスを概観している。

> オーストリアはヒットラーによってドイツに組み込まれました。政治的なごたごたの末に、ナチスがオーストリア全土をほとんど強権的に掌握し、オーストリアという国家は消滅してしまった。一九三八年三月のことです。もちろんそこでは数多くの混乱が生じました。どさくさに紛れて少なからぬ数の人が殺害されました。暗殺されたり、自殺に見せかけて殺されたり、あるいは強制収容所に送られたり。雨田具彦がウィーンに留学していたのはそのような激動の時代だったのです。（25）

この免色の語りはあたかも自国の独立に対するオーストリア人の執念を踏みにじって、ナチスが彼らの国を自国に組み込んだかのような響きを帯びている。けれどもオーストリア人の多くはもともとドイツとの統一を願っており、オーストリアの現状に対する不満からアンシュルスに対しても賛意を表明していた。作家のヘルマン・ブロッホが「わたしは一九三八年までオーストリアにいたけれど、そこで体験した因習的で自主性のない人間の卑俗さや卑劣さは、とにかく筆舌に尽くしがたいものだった」と記している[8]ように、オーストリア人に自国の独立を維持することへの熱意は希薄であった。

それに対して日本による韓国併合の際にはその数年前から義兵の叛乱がおびただしい回数で起こり、日本はその都度軍隊を動員してそれらを鎮圧していた。庶民の多くが「因習的で自主性のない」人びとであったのはオーストリアと変わらないが、彼らを支配する両班層は日本に対する強い抵抗心を持ち、併合後も特権が剥奪されたこともあって彼らが抵抗勢力の中心をなすことになった。「全土をほとんど強権的に掌握し」、「国家は消滅した」という免色の言い方は、韓国に対して日本が遂行した事柄のイメージに近いといえよう。

そしてそう考えた時に、ウィーンでの仮構の暗殺事件を寓意する「騎士団長殺し」は、あらためて別の文脈を示唆することになる。すなわち、蘇我氏と天皇家の確執を下敷きとすると思われる、飛鳥時代を舞台とする暗殺事件、とくに蘇我馬子によ

8　ハーニッシュ，エルンスト（2106）『ウィーン／オーストリア二〇世紀社会史』岡田浩平訳　三元社　p. 547 より引用した。

る崇峻天皇の殺害事件においては朝鮮半島との関係を色濃く滲ませている。蘇我氏自体、馬子の四代前から祖父にかけてはそれぞれ満智、韓子、高麗という朝鮮風の名前であり、現在では否定的に捉えられているものの、朝鮮半島からの渡来系の豪族とする見方もなされていた。また飛鳥時代が百済、新羅など朝鮮半島の国家との交わりが濃密であった時代であることを念頭に置くと、「騎士団長殺し」は二重の寓意性[9]によって、1910年の韓国併合を軸とする日本と韓国・朝鮮との関係を暗示する絵として眺められるのである。

出発時の『中国行きのスロウ・ボート』をはじめとして、中国が部分的な舞台として登場する『ねじまき鳥クロニクル』や、暴行された中国人娼婦と交わりを持つ日本人の女子学生を主人公とする『アフターダーク』など、村上春樹の作品世界には〈中国〉のモチーフが繰り返し登場する反面、韓国・朝鮮との関わりを示唆する作品としては、在日韓国人が登場する『スプートニクの恋人』や『1Q84』が挙げられる程度で、村上がそれを主題とすることは少なかったように映る。けれども見逃せない

9　第2部の「遷ろうメタファー編」で登場する、絵の中から抜け出した「顔なが」というキャラクターは、自身を「メタファー」であると名乗り、自分が通ってきた「メタファー通路」には「二重メタファーがあちこちに身を潜めて」(52)いると言う。また「私」が入り込む洞窟を案内する少女の「ドンナ・アンナ」も、心を勝手に動かすと「二重メタファーの餌食になってしまう」(55)と言うが、この後半部分で言及される「二重メタファー」の内実は明らかにされないものの、小論で眺めるように確かに『騎士団長殺し』は二重の寓意性、暗喩性によって構築されているといえる面がある。ただその寓意ないし暗喩の二重性に物語が焦点化されていないことがむしろ惜しまれる。

のは、2013年に発表された『色彩を持たない多崎つくると、彼の巡礼の年』が日本と韓国の関係を暗喩的にはらんでいたことだ。この作品は東日本大震災の後に発表された最初の長篇であることから、そこにこの震災の影を見る見方も提示されたが、むしろ両国の間で長年の懸案となってきた「従軍慰安婦」を主題とする作品と見る方が自然であると思われる。

この作品はかつて4人の友人たちに突然絶交を言い渡され、それによって一時的に立ち直りがたいような苦痛を与えられた多崎つくるが、16年後にその友人たちとの再会を試みることで、自分がそのような処遇を受けたことの理由を探り出していこうとする物語である。4人の友人たちのうち、直接の原因をなしたのは、「シロ」こと白根柚木が、つくるにレイプされたと3人に訴えたことで、彼女の精神的混乱を重視した3人が、事実関係に眼をつぶってその言葉を受け容れ、つくるを仲間から放逐したのだった。つくるを含む彼らはともに名古屋の高校に通っていた仲間だったが、そのなかでつくるだけが東京の工科大学で学び、4人は名古屋にとどまっていた。そのためすでにつくると4人の間に距離ができていたために、つくるの生活自体に大きな支障はきたさなかったものの、理由の分からない指弾と放逐を突きつけられた経験はつくるの心に大きな傷を残すことになった。つくるはガールフレンドの沙羅の助けもあって、現在の4人の情報を得るが、柚木はすでに6年前に殺人事件の犠牲となってこの世におらず、「クロ」こと黒埜恵理はフィンランドで生活しており、「アオ」こと青海悦夫と「アカ」こと赤松慶は、それぞれベンチャービジネスの経営者、自動車のディーラーとして名古屋にとどまっていた。ここでは沙羅が「記憶を隠すことはできても、歴史を変えることはできない」という言葉を口にし、再会した「アカ」も過去の出来事を振り返りながら「ある意味ではおれたちは歴史の話をしている」と語るように、〈記憶と歴史〉の交錯がモチーフとして底流している。そしてつくるに絶交という処遇が与えられたのが、「シロ」が語った、彼にレイプされたという〈物語〉を3人が信じることを契機としていたことを考えれば、それが喚起するものは、〈事実〉よりも語られた〈物語〉を根拠として日本に対する非難が投げられつづける、韓国の「従軍慰安婦」の問題であろう。

『多崎つくる』が書き進められたのは主に2012年であると想定されるが、この年の16年前に当たる1996年は、国連の人権委員会でいわゆる「クマラスワミ報告」がなされ、この問題が日韓の間だけでなく、国際的な拡がりをもつ場に置かれて日本への批判が投げかけられた年であった。そして「シロ」の渾名がはらむ〈白〉の色彩は、漱石の日記に「韓人は白し」という記載もあるように、朝鮮の伝統的な衣服の色であることから、韓国を象徴するものとしても眺められる。また登場人物たちが暮らした名古屋は、徳川家ゆかりの地でもあるようにおそらく前近代の比喩的空間であり、そこから一人東京に出ていって「駅」を造る仕事に携わっているつくるは、前近代的停滞のなかに置かれつづけた中国や朝鮮を後目に、西洋列強を範とする近代国家としての道を歩み始めた明治維新以降の日本を象っているともいえよう。現に「アカ」は、死んだ柚木が「一人で東京に出て行ったおまえに失望し、怒りを覚えていたのかもしれない。

あるいはおまえに嫉妬していたのかもしれない」と語っているのである。

4.

その点で『多崎つくる』は、日韓の間にわだかまる「従軍慰安婦」という〈記憶と歴史〉の問題を、作中の人物関係に寓意的に溶かし込むところに成り立っていた作品として眺められる。日本のアジアへの侵略的進出をレイプの問題に託すのは、すでに2004年の『アフターダーク』で採られていた着想でもあり、そこからも『多崎つくる』が内包している歴史的問題の在り処が示唆されている。寓意的構図の汲み取りやすいこの二作と比べれば、『騎士団長殺し』はその系譜のなかに置かれる可能性を漂わせながら、それが明瞭な図式を描かない作品であるといえよう。飛鳥時代を舞台とする暗殺事件を描いた「騎士団長殺し」の絵は、それがアンシュルスの比喩であることが作中で言及されているにもかかわらず、現実には遂行されなかった暗殺事件を媒介としているために寓意的な構図を結ばず、また免色によるアンシュルスの説明がほのめかす韓国併合との文脈は、それを補強する表象が作中に欠如しているために、やはり明確な寓意を形成するには至らないのである。

『多崎つくる』との連関でいえば、先にも触れたように「色を免れる」という意味の名前を持つ免色は、「色彩を持たない」多崎つくると重ねられる一方、つくるのような〈無色〉の存在ではなく、明確に〈白〉の色彩によって輪郭づけられている。免色と最初に会った際に「私」はその色彩イメージに強い印象を覚えている。

> 車から降りてきたのは身なりの良い中年の男だった。濃い緑色のサングラスをかけ、長袖の真っ白なコットンのシャツに（ただ白いだけではない。真っ白なのだ）、カーキ色のチノパンツをはいていた。（中略）しかし彼に関して最初に私の目を惹いたのは、なんといってもその髪だった。軽くウェーブのかかった豊富な髪は、おそらく一本残らず白髪だった。灰色とかごま塩とか、そういうのではない。とにかくすべてが積もりたての処女雪のように純白なのだ。　（傍点原文、7）

ここで強調されている免色が帯びている〈白〉の徴表は、「シロ」こと白根柚木がそうであるように、韓国・朝鮮につながる文脈を示唆しているとも見られる。けれども彼自身が作中で〈日本〉と〈韓国・朝鮮〉を併呑するような存在として作中で表象されることはない。免色はもっぱら宏壮な邸宅に住む富裕な中年の独身者として現れ、その輪郭自体はとくに何らかの時代や国を浮上させるほどの記号性を滲ませてはいないのである。

『騎士団長殺し』が「私」という一人称で書かれていることの事情は、こうした作品に込められた寓意があくまでも断片的な次元にとどまり、作品全体を支える構造として機能してないことと照応しているだろう。村上が朝日新聞のインタビューで語っている、「騎士団長殺し」という言葉のイメージに導かれてこの作品を執筆したという動機は、他作品との比較で言われていない以上、これまでの例との対比をおこなうことはできないものの、少なくともこの作品では確かに中心的な主題性から展開や人物の輪郭が割り出されているというよりも、「騎士団長殺し」のイメージを作者自身の社会意識、歴史意識や他界観、女性観などに交差させつつ、いわば自生的に物語が紡ぎ出されている趣きが強い。その点では『騎士団長殺し』は表題のイメージを「魅惑」の核としてもつ作品としての面をもちながら、むしろそこへの没入の仕方は十分ではなく、イメージの感触を保持しつつ自在に物語を展開させていく起点的な装置としてしか機能してないように見える。これに比べれば、出発時の『風の歌を聴け』『１９７３年のピンボール』における「1970 年」という境界的な年への執着の方がはるかに「魅惑」としての強度を示していたといえよう[10]。

これまでの村上作品のアイテムがメリー・ゴーラウンド的にちりばめられているのも、こうした構築の結果にほかならない。これまで眺めたように「騎士団長殺し」というモチーフは十分社会性、歴史性をはらんだ寓意的地平で展開されうる可能性をもっているにもかかわらず、そこに村上の創作意識は収斂されていないようなのである。そしてこうした〈自作巡り〉的な構築にこそ、『騎士団長殺し』のもつ「魅惑」の性格が認めら

---

10 村上春樹作品のなかで「魅惑」の構図をもっとも明瞭にもつものは『１９７３年のピンボール』であろう。業務翻訳を生業として日々を送る「僕」は 1970 年に熱中した「スペース・シップ」というピンボール・マシーンの魅惑を思い起こし、このマシーンと再会する目論みに熱中する。死んだ直子にも仮託されているこのマシーンはいうまでもなく失われた 60 年代の暗喩でもあり、地下の倉庫で再会を遂げた後に永遠の別れを告げるという展開に、三部作のモチーフが集約的に込められるとともに、村上的魅惑の本来的な在り処が示唆されていた。

れるだろう。すなわちこの作品には、自身の根の在り処として村上を牽引し、またポストモダンの現代への批判的視座として機能してきた60年代への愛着は不在である。またこれまで見てきたように、近代の日本に対する愛憎の交錯した意識は底流しているものの、『ねじまき鳥クロニクル』や『海辺のカフカ』のようにそこに深く入り込んでいく眼差しが物語を練り上げていく側面も強固であるとはいいがたいのである。

いわば『騎士団長殺し』は作者が自身の辿ってきた世界に〈魅せられる〉ことによって構築されていった産物であり、それが「私」という一人称の使用に現れている。村上春樹が自身の世界に立ち帰ろうとするのは、『1Q84』にも明瞭な方向性であり、ここでは子供の頃に一度だけ手を握り合った天吾と青豆という男女が、20年後に巡り会って結ばれるに至る物語が三巻にわたって展開されるが、このロマン的な邂逅を可能にしたのが、彼らが現実的、散文的な「1984年」から、それと似て非なる「1Q84年」に移行したことがきっかけであった。「Q」はおそらくネズミの形状を象った文字であり、すなわち彼らの移行は三部作の「鼠」に象徴される60年代的ロマン主義への回帰を暗示するものであった。『海辺のカフカ』にも見られるこの方向性は、村上にとって自身の出自的世界であると同時に、70年代以降のポストモダン社会への批判をもなしていたことを考えれば、そこには時代社会への批判的な視座も込められていた。それに比すると、『騎士団長殺し』は一層自己完結的な世界であり、そこに村上春樹の世界にあらためて生まれた「デタッチメント」を見ることもできるのである。

主要参考文献

村上春樹（2017）『騎士団長殺し』上下 新潮社

村上春樹（2013）『色彩を持たない多崎つくると、彼の巡礼の年』新潮社

村上春樹（1980・3）『１９７３年のピンボール』『群像』

『漱石全集』（岩波書店、第16巻、1995年）

『漱石全集』（岩波書店、第22巻、1996年）

柴田勝二（2009）『中上健次と村上春樹――脱〈60年代〉的世界の行方』東京外国語大学出版会

柴田勝二（2011）『村上春樹と夏目漱石――二人の国民作家が描いた〈日本〉』祥伝社新書

佐々木敦（2017・5）「凡庸ならざる芸術家の肖像」『文学界』

杉田俊介（2017・5）「『騎士団長殺し』論」『すばる』

清水良典（2017・5）「自画像と「父」なるもの――村上春樹『騎士団長殺し』論」『群像』

内田樹（2009）『日本辺境論』新潮新書

田村圓澄（2010）『飛鳥時代 倭から日本へ』吉川弘文館

ハーニッシュ，エルンスト（2016）『ウィーン／オーストリア二〇世紀社会史』岡田浩平訳 三元社

（2017年7月9日第6回村上春樹国際シンポジウムパネル講演／原稿に加筆修正）

『パン屋を襲う』論

—システムをめぐる村上春樹文学の魅惑—

鄒　波

1．はじめに

2013年2月に新潮社より『パン屋を襲う』という単行本が出版された。村上春樹が書いた小説テクストと、ドイツ人のカット・メンシックによるイラストで構成されている。2つの短編、すなわち「パン屋を襲う」と「再びパン屋を襲う」が収録されている。それぞれ「パン屋襲撃」[1]と「パン屋再襲撃」[2]を加筆改題した作品である。イラストつきの「絵本」の企画をきっかけに、村上春樹は「両方の作品をゲラ刷りで読み返しているうちに、文章に手を入れたくなってきて、あちこちで細かく改変をくわ

1　「パン屋襲撃」は『早稲田文学』1981年10月号に初出し、「パン」という題名で（1986・6）『夢で会いましょう』講談社文庫に収録され、のちに『村上春樹全作品　1979-1989』第8巻に掲載された。1982年に山川直人の脚本・監督で映画化され、上映時間は16分である。

2　「パン屋再襲撃」の初出は『Marie Claire』1985年8月号であり、1986年4月と1989年4月に文芸春秋と文春文庫により文庫本として出版された。後に『村上春樹全作品　1979-1989』第8巻に載せられた。英訳 *The second bakery attack* は Playboy の1992年1月号に掲載され、1993年にアメリカの Knopf 社により英訳された村上春樹の短編集 *The elephant vanishes* が出版され、*The second bakery attack* は収録された作品の一つである。2010年に「パン屋再襲撃」はメキシコ、アメリカの合作で映画化された。監督・脚本はカルロス・キュアロン、出演はキルスティン・ダンスト、ブライアン・ジェラティ、ルーカス・アコスキンなど、上映時間が10分の短編映画である。

えた。ヴァージョン・アップというか、オリジナルのテキストとは少し違った雰囲気を持つものとして読んでいただけると嬉しい」[3]と述べている。

『パン屋を襲う』は村上春樹が細かく修正を施したテクストであり、矛盾している部分は修正された。「パン屋襲撃」ではパン屋の主人に聴かされる曲は『トリスタンとイゾルデ』だったのだが、「パン屋再襲撃」において、「僕」が「妻」に話したのは『さまよえるオランダ人』と『タンホイザー』の序曲であった。それが『パン屋を襲う』では、『トリスタンとイゾルデ』に統一された。また、次の引用文で分かるように、作品の受容を考慮して、テクストのテーマと関連性の薄い部分や、避難や抗議を受けやすい部分を削り、不必要な連想を断ち切ろうとした箇所も見られる。

> パン屋を襲うことと共産党員を襲うことに我々は興奮し、そしてそれが同時に行われることにヒットラー・ユーゲント的な感動を覚えていた。(村上春樹(2007)p. 32)
> パン屋を襲うことと共産党員を襲うことに我々は興奮し、そしてそれが同時に行われることに無法な感動を覚えていた。(村上春樹(2013)p. 13)

２つの作品のうち、「パン屋再襲撃」は英語に訳され、英語圏で広く受容された作品であり、比較的多く言及されている。しかし、『パン屋を襲う』が出版されたことで、両作品はテー

3　村上春樹(2013)『パン屋を襲う』新潮社 p. 77

マが一貫したテクストとして再編成され、新たに読み直される可能性が提起されたのである。

「パン屋を襲う」において、空腹感と虚無感に苛まれた「僕」と相棒は包丁を持って、パン屋に出かけた。主人はパンを好きなだけ食べる条件として、ワグナーを好きになることを提案する。その条件を呑んだ僕らはワグナーを聴きながらパンを食べ、主人が『トリスタンとイゾルデ』の解説書の朗読をするのを耳にしていた。2時間後、互いに満足して別れた。「僕」と相棒の虚無はすっかり消えていた。

作品の内容から見ると、「パン屋を襲う」という行為によって虚無感が消滅するというのは、「パン屋を襲う」と「再びパン屋を襲う」に共通しているテーマである。「再びパン屋を襲う」は「パン屋を襲う」を取り入れた「入れ子構造」を持っており、「パン屋を襲う」と間テクスト性の関係を有した作品とも言える。

「再びパン屋を襲う」では、パン屋を襲う事件から約10年過ぎてしまい、相棒は行方不明になり、「僕」は結婚している。ある深夜に「僕」と妻は目を覚まし、強烈な空腹感に襲われた。「僕」はかつてパン屋を襲ったことを思い出し、パンを思う存分に食べる条件としてワグナーを聴いたことは呪いのようなものだと妻に話すと、妻は呪いを解くためにはもう一度パン屋を襲わなければならないと言った。「僕」たちは車で深夜の街をさまよい、パン屋が見つからないので、妻はマクドナルドを襲うことに決めた。僕は妻の指示に従い、マクドナルドに侵入し、ビックマックを30個作らせ、ビルの駐車場でハンバーガーを食べると、飢餓感は消滅した。

同時代批評と研究論文では主に両作品における時代背景の解明、現代人の主体性の喪失などが論じられた。たとえば田中実は主人公の主体性の欠如により〈現実〉が消えていくことを指摘している。2回の襲撃もはぐらかされ、1回目はパン屋主人の奇妙な対応によって「対決すべき〈現実〉が現れてこなかった」し、2回目も「〈現実〉との格闘ではなく、単にマクドナルド方式に違反しただけだった」[4]と田中は論じている。また高橋龍夫は「この作品(「パン屋再襲撃」)は、一九七〇年安保後の全共闘運動世代の社会帰属の行方と、八〇年代の高度資本主義における均質的な社会の到来を寓意しているといえる」[5]とまとめている。マクドナルドに象徴される高度資本主義社会については、森本隆子がそれを「ソフトな管理社会」と指摘し、「欲望の自己増殖と大量消費をモットーとする消費社会は、見せかけの差異を仮構することで個性のリアルさを演出しながら、実は均質性と同質性において閉じようとするシステムである」[6]と述べている。襲撃については、「〈秩序〉への反抗」[7]であるという

---

4 田中実(1990)「消えていく〈現実〉―『納屋を焼く』その後『パン屋再襲撃』」『国文学論考』26 pp. 24-25

5 高橋龍夫(2008)「村上春樹『パン屋再襲撃』の批評性 ― グローバリズム化へのレリーフ」『専修国文』83 pp. 39-40

6 森本隆子(1995)「『パン屋再襲撃』― 非在の名へ向けて」『国文学:解釈と教材の研究』40-4 p. 92

7 楊炳菁(2017)「〈秩序〉の角度から村上春樹の短編小説「パン屋襲撃」を読む」曾秋桂編『村上春樹における秩序』淡江大学出版中心 pp. 213-233

楊炳菁の解釈も忘れてはならない。

先行研究で指摘されているように、村上春樹の作品には文化的記号が散りばめられ、作品を読み解く手掛かりとなっている。パンとマクドナルドに代表される時代背景の変遷や、個人とシステムとの対峙、また個人のシステムに対する反抗の虚しさはこれまで言及されてきた。しかし、村上春樹の作品において、主人公の身体感覚や、メディアと先進産業社会の規制、及び個人の反抗あるいは「暴力」を読み解き、それらがいかにシステムのストラテジーによってもみ消されたのかということについて、具体的にアプローチした考察はまだない。

『ねじまき鳥クロニクル』や『1Q84』などの作品では、村上は明確に「悪」や「暴力」などのテーマを扱い、ファンタジーや隠喩的な文体を駆使し、新たな文学世界を作り上げている。旧作の「パン屋襲撃」「パン屋再襲撃」を修正し、再構成された『パン屋を襲う』も村上春樹が書いた暴力言説の代表作であり、「暴力」を記号学的に読み解く際には重要なテクストである。本稿では作品に描かれた関連記号を分析し、村上が文学の世界で構築した個人と社会との対峙、システムと暴力の様態、記号学の魅惑を明らかにしたい。とりわけ、システムのストラテジーにより暴力が消滅し、安堵感が成立する経緯について考察してみたい。

2.「身体」の記号学—— 空腹感と実存

「パン屋を襲う」において、空腹感、飢餓という身体感覚から虚無感は生み出され、パン屋を襲うきっかけとなっている。

身体感覚は普通視覚、聴覚、嗅覚、触覚によって構成されている。空腹という感覚は身体感覚のうち「内面的」な感覚であり、隠喩的記号として扱われていると言える。

> とにかく我々は腹を減らせていた。いや、腹を減らせいたなんてものじゃない。まるで宇宙の空白をそのまま呑み込んでしまったような気分だった。はじめは本当に小さな、ドーナツの穴くらいの空白だったのだけれど、時を経るにつれて体の中でどんどん大きさを増し、遂に底知れぬ虚無となった。(村上春樹(2013)p. 58　下線は論者による。以下同)

日本では1980年代以降、身体論は現象学の影響を受けて盛んになり、知覚や身体と権力の関わりについても、ミシェル・フーコーなどの影響からすでに研究手法として定着している。たとえば『感覚の近代』[8]や、『近代日本の身体感覚』[9]で指摘されたように、近代に入ってから、日本人の身体感覚は遠近法に代表される視覚制度や、新しいメディアと近代国家の規制により変容させられた。養老孟司が指摘しているように、「フーコー流にいえば、文学における身体の取り扱いは身体を隠蔽する装置として機能するのか、否か」[10]が重要である。換言すれば、文学に登場している身体描写は一部の客観描写を除けば、身体をもって「精神」、あるいは「現実」を表出する営為である。

8　坪井秀人(2006)『感覚の近代』名古屋大学出版会

9　栗山茂久、北澤一利(2004)『近代日本の身体感覚』青弓社

10 養老孟司(2010)『身体の文学史』新潮社 p. 14

言うまでもなく、「僕」と相棒が体験した空腹感は現実的な身体感覚というより隠喩的な記号であり、主人公の世界に対する認識、実存に関する思考を意味している。引用文にある「ドーナツの穴くらいの空白」という言語表現から考察してみる。ドーナツは位相学でしばしば参照される模型のひとつであり、メビウスの輪を立体化したものである。ドーナツには一つの面しかない。表と裏は区別されず、一体化している。

かつて柄谷行人は日本近代文学の起源を論じた時、「風景がいわば外界に関心をもつ人間によってではなく、外界に背を向けた〈内的人間〉によって見出された」[11] と述べていた。柄谷の論述では認識、あるいは意識が主体と客体に明瞭に分離されてから対象としての風景が成立し始める。主体と客体との分離によって主体性が確立され、初めて純粋な理性は成立したと考えられる。テクストに登場している「ドーナツ」に戻って考察すると、人間をドーナツで喩えることは単に身体構造の特徴を表しているだけではない。一つの面しかないドーナツには「内面」がないため、「精神」あるいは「意識」の欠如を隠喩する表現と考えればよいだろう。

村上春樹はしばしば作品にドーナツという記号を登場させている。たとえばショートショート「ドーナツ化」において、「僕」の恋人は突然ドーナツ化した。彼女はこう語っている。「私たち人間存在の中心は無なのよ。何もない。ゼロなのよ。どうしてあなたはその空白をしっかり見据えようとしないの？

---

11 柄谷行人（1998）『日本近代文学の起源』講談社 p. 76

どうして周辺部分にばかり目がいくの？」[12] ドーナツという記号、イメージの特徴は中心が空白であることにあり、「私たち人間存在の中心は無なのよ」という言葉からはサルトルの『存在と無』が想起される。これらをふまえれば、「パン屋を襲う」に描かれた主人公は「ドーナツ化」した人間であり、「底知れぬ虚無」を感じている。サルトルは小説『嘔吐』の中で、人間が外界に対して吐き気を覚えてから初めて実存に触れると主張していた。湯浅慎一は、「精神（意識）は自由になろうとするが、かの吐き気のごとき外部の力においてその内面から復讐され、さらに自らが無であるがゆえに自らの内に不安となるのである。」[13] と指摘している。「パン屋を襲う」の「僕」が感じた「ドーナツ」のような空腹感は世界の不条理さ、虚無感を身体で感じ取った具体的なイメージであり、実存主義的な観点からすれば、魅惑的な記号であると言える。「僕」と相棒はそれを解消するために反逆に走り、自由を手に入れようとするが、システムの巧妙なストラテジーで挫折してしまい、10 年後再びパン屋を襲うきっかけとなる。

3.「身体」の記号学—— 飽食時代の身体

「再びパン屋を襲う」に登場する「僕」はすでに結婚しており、「妻」と共に深夜に強烈な空腹感で目を覚ました。それは「特殊な飢餓」であり、「僕は小さなボートに乗って静かな洋上

---

12 村上春樹（2002）「ドーナツ化」『村上春樹全作品 1990-2000 ①』新潮社 p. 139

13 湯浅慎一（1978）『知覚と身体の現象学』太陽出版 pp. 135-136

に浮かんでいる。主人公が下を見下ろすと、水の中に海底火山の頂上が見える。」[14]という映像に象徴されている。一見して現実世界とのズレから浮遊感が生じてくるが、身体感覚は海上に浮かんでいる不安と共に、「パン屋を襲う」のドーナツのイメージが再び登場する。

> ボートを取り囲む海水の透明さは、僕の気持ちをひどく不安なものにしていた。みぞおちの奥にぽっかりと空洞が生じてしまったような気分だった。出口も入口もない、純粋な空洞だ。その奇妙な体内の欠落感― 不在が実在するという感覚― は高い尖塔のてっぺんに上ったときに感じた恐怖のしびれにどこかしら似ていた。(村上春樹(2013)p. 36)

空洞や欠落感という言葉によって表象される身体感覚についてなら、全共闘時代を背景にした作品にほぼ同じ描写がある。「体の中の何かが欠落して、そのあとを埋めるものもないまま、それは純粋な空洞として放置されていた。体は不自然に軽く、音はうつろに響いた。」[15]と『ノルウェイの森』には記されていた。

モーリス・メルロ＝ポンティの定義によれば、身体は「知覚の上演者」[16]である。幻覚にとらえられた身体は自分と世界、主体と客体との関係性を表出しているのである。「出口も入口も

14 村上春樹(2013)『パン屋を襲う』新潮社 p. 32

15 村上春樹(1991)『ノルウェイの森』『村上春樹全作品 1979-1989 ⑥』新潮社 p. 69

16 メルロ＝ポンティ，モーリス(2014)『見えるものと見えざるもの』中島盛夫監訳 伊藤康雄、岩見徳夫、重野豊隆訳 法政大学出版局 p. 21

ない、純粋な空洞」はドーナツの変形であり、空洞（空白）によって実存の問題は提起される。「不在が実在する」ことを逆説的に言い換えれば、実在しながら存在を実感できない感覚である。食料品で身体の空白を埋めて虚無感を撃退する行為は一見すると、身体感覚の生理的な要求に見える。しかし、明らかに虚無感の解消は食料品というより「襲撃」という行動に直接関連している。身体の空白は世界の不条理性を把握した結果であり、「襲撃」は実存を求め、真の自由を獲得する手段となっている。

2度目の襲撃が起こったとき、「僕」は結婚しており、10年前のひどく貧乏な時期と比べて、比較的に豊かで安定した生活を送っていた。だが、妻との小さな共同体はまだ正常な軌道に乗っていない。

> 我々は二週間ほど前に結婚したばかりで、食生活に関する共同認識みたいなものをまだ確立していなかった。確立しなくてはならないものは他に山ほどあったのだ。（村上春樹（2013）p.25）

「再びパン屋を襲う」（原題「パン屋再襲撃」）は女性誌『Marie Claire』1985年8月号に掲載された作品である。婚姻生活という設定は村上春樹が女性読者を意識した結果だと考えられる。

> 僕と妻は六時に軽い夕食をとり、九時半にはベッドにもぐりこんで目を閉じたのだが、その時刻にどういうわけ

か二人とも同時に目を覚ましてしまったのだ。(村上春樹（2013）pp. 27-29)

その後「僕」らが体験した空腹感は飽食時代の飢餓感である。「一文無し」の青春時代と違い、仮に冷蔵庫の中に食べるものがなかったとしても、外に出て食事すれば済む状況であった。そして、妻は「夜の十二時を過ぎてから、食事をするために外出するなんて間違ってるわ」と言った。河合隼雄は「健康病」という現代人の病を提起し、「現代人は〈心〉に失望しつつ、魂の重要性を再び認識しかけているのだが、そんなものは知らぬので、それをとび越えて、〈体〉をやたらに大切にするのではなかろうか」[17]と指摘している。不自由なく生活している「僕」と妻は少食で「健康」な生活スタイルを保っている。先述したように、身体の「空腹感」は外の世界との違和感から生じたものである。しかし、「僕」と妻が体験した空腹感は明らかに10年前の「一文無し」の時代と根本的に異なっている。飽食の時代では、身体を抑圧しているのは食料の欠如ではない。傍点付きの「特殊な飢餓」は、カロリーやコレステロールを気にしながら身体を精密に管理した結果だと考えればよかろう。外に出て食事をするのなんて嫌だと妻が言った。飽食の時代に身体を自主的に管理した新婚夫婦が選んだ解決案は、「身体」を抑圧したシステムに対する反逆である。「僕」らは街をさまよった後、襲撃の対象を健康管理の大敵である大手外食企業マクドナルドにしたのである。

---

17 河合隼雄（2015）『こころの処方箋』新潮社 p. 105

4．襲撃：メディアのストラテジーと「暴力」の記号

先行研究で指摘されたように、「パン屋を襲う」の背景には「一九七〇年安保闘争における全共闘運動の影が色濃く宿されている」。[18]それに対して「再びパン屋を襲う」の時代背景は1980年代になり、マクドナルドという記号で示されているように、高度資本主義社会の設定が読み取れる。「襲撃」行動は時代背景の変遷により目的も対象も多少異なってくる。

まず、「襲撃」の目的を考察しなければならない。襲撃は一種の暴力的な反抗である。村上春樹は大学時代に体験した学生運動を振り返って、「僕が学生だったのは、一九六八年から一九六九年という、カウンター・カルチャーと理想主義の時代でした。既成秩序に対する革命や蜂起を、人々が夢見ていたんです」[19]と述べている。しかし「再びパン屋を襲う」で村上春樹が描き出したのは、「革命や蜂起」を「夢見ていた」時代が過ぎ去った後の風景だった。それは「僕」が移動していく地名にも象徴されている。「再びパン屋を襲う」において、「僕は閑散とした夜中の道路を代々木から新宿へ、そして四谷、赤坂、青山、広尾、六本木、代官山、渋谷へと車を進めた」と「再びパン屋を襲う」には記されていたが、日本共産党の本部のある代々木から、1968年10月21日に起こった新宿騒乱の場所に行

18 高橋龍夫（2008）「村上春樹『パン屋再襲撃』の批評性 ― グローバリズム化へのレリーフ」『専修国文』83 p. 43

19 村上春樹（2012）「書くことは、ちょうど、目覚めながら夢見るようなもの」『夢を見るために毎朝僕は目覚めるのです　村上春樹インタビュー集 1997-2011』文藝春秋 p. 159

く路線は全共闘の中心となった街を廻る行為であり、過去の時代、つまり1度目の襲撃の舞台となった場所への巡礼を表していよう。そして青山、広尾、六本木、代官山、渋谷は80年代以降の「飽食の時代」の象徴とでも言うべき地名であり、70年代から80年代への変遷を表している記号とも言えるのである。

村上春樹の初期作品には、全共闘時代において既成秩序に対する暴力的反抗がしばしば描かれ、主人公のアウトサイダー性を浮き上がらせる背景となっている。問題は、襲撃や暴力が「権力–反権力」、それとも「体制–反体制」の構図を取っているのかという点にある。『ノルウェイの森』や『トニー滝谷』などの作品で、主人公は学生運動を傍観し、「反体制」や「思想性」の価値を無視している。さらに『ノルウェイの森』で「反体制」運動の裏に存在するイニシアチブの変更という真相を見抜いた村上春樹は、次のように書き記していた。

> 大学をバリケード封鎖した連中も本当に大学を解体したいなんて思っていたわけではなかった。彼らは大学という機構のイニシアチブの変更を求めていただけだったし、僕にとってはイニシアチブがどうなるかなんてまったくどうでもいいことだった。(村上春樹(2007)p. 72)

一般論として、体制=権力という図式が存在している。学生運動は反社会的、あるいは反体制的に見えるが、実は主導権の変更を求めており、反権力の行為に過ぎなかった。「僕」は「妻」に過去の襲撃事件を語ったとき、わざわざ「我々は襲撃者であって、強盗ではなかった」[20]と訂正した。「革命は、反権力ではあるが、しばしば反社会ではない」[21]と養老孟司は指摘している。「襲撃」という暴力的行為は全共闘時代の反権力的な紛争と違い、システムに向かって抗う反体制的な行動である。

「僕」の語りでは、それは「神もマルクスもジョン・レノンも、みんな死んだ」という時代であった。もちろん、これはニーチェの名言「神は死んだ」にちなんで書かれたものである。ニーチェは『喜ばしき知識』の中でこう言っている。「神は死んだ。神は死んだままだ。そして我々が神を殺したのだ。世界がこれまで持った、最も神聖な、最も強力な存在、それが我々のナイフによって血を流したのだ。この所業は、我々には偉大過ぎはしないか？こんなことが出来るためには、我々自身が神々にならなければならないのではないか？」[22]ナイフによって血を流し、神を殺すことは主人公が包丁を持ってパン屋を襲う行動と重なってくる。

襲撃の対象は「頭のはげた五十すぎ」の日本共産党員が経営しているパン屋である。店の壁に日本共産党のポスターが何枚も貼ってある。資本主義社会での図式的な考えでは、共産主義は民主主義と対極的な思想で、「専制」の色を帯びているシステムのように扱われている。日本戦後の学生運動を考察すれば、1948年結成された全学連は当初、日本共産党の強い影響に

---

20 村上春樹（2013）『パン屋を襲う』新潮社 p. 37

21 養老孟司（2010）『身体の文学史』新潮社 p. 12

22 ニーチェ（1920）『喜ばしき知識』『ニーチェ全集』第四編 生田長江訳 新潮社

あったが、1955年以降、日本共産党への批判派が主流派となった。ここでは学生運動と日本共産党の複雑な関係に深入りすることはしないが、「パン屋を襲う」において、「日本共産党員」はシステム、あるいは権力のメタファーとして登場している。全共闘時代に学生は反社会的な行動を取り、国家体制と対立していた。しかし、先述したように、村上春樹が見ていた学生運動はただ反権力的なものであり、反体制の行動ではなかった。「僕」らがなぜパン屋を襲撃の対象にしたかについて、高橋龍夫が、「最低限の欲求の充足（=「パンのみにて生くる」こと）が満たされない状況にある二人が、文字通り「パン」を求めてパン屋を襲撃する設定には、ユーモアとしての記号的遊技性すら感じられる」[23]と述べているが、労働でパンを得るのは資本主義社会の原則である。それゆえ10年後に「妻」は「何故働かなかったの？」と「僕」に訪ねたのである。それに対して「僕」は「働きたくなかったからさ」と答えた。森本隆子が指摘しているように、労働拒否という消極的な行動というのは、「働かないことを以て社会への抵抗を標榜する者にとって、襲撃という行為の帯びる積極性そのものが背理」[24]に見える。「日本共産党員」という記号を考慮してこの観点を修正すると、働かずに襲撃行為を取るのは社会に対する抵抗というより、人間実存を抑圧したシステム（体制）に対する反逆である。フーコーがソ連及び他の地域の監獄システムや刑罰システムを論じたとき、労働の

---

23 高橋龍夫（2008）「村上春樹『パン屋再襲撃』の批評性 — グローバリズム化へのレリーフ」前掲書 p. 43

24 森本隆子（1995）「『パン屋再襲撃』— 非在の名へ向けて」前掲書 p. 90

ことについてこう語っている。「労働には奇妙な多目的性があります。それは罰であり、道徳上の回心のための原理であり、社会復帰のための技術であり、改心の基準であり、そして最終的な目的でもあるのです。」[25]つまり、権力と規制の観点から見れば、労働はただ資本主義の経済原理ではなく、人間を社会のシステムの内部で統御する手段とも言える。

「僕」と相棒は労働を拒否し、「襲撃」でシステムと真っ向から戦う姿勢を見せたが、果たされなかった。結局「襲撃」は実行されず、ワグナーの音楽を聴くことと腹いっぱいのパンを交換条件にするという奇妙な提案ではぐらかされた。

ジョン・レノンが死んだ代わりに、ワグナーの音楽が登場する。かつてニーチェはワグナーの音楽について、「我々は群衆を知っている。我々は劇場を知っている。そこに坐している最善のもの、即ち独逸の青年、角のあるジイクフリイド、及びその他のワグネル派は、崇高なもの、深遠なもの、圧倒的なものを要求する」[26]と評価した。ニーチェが賞賛したワグナーの音楽はナチス政府の反ユダヤ主義に利用されたことがあり、崇高な表象と表裏一体の感覚を麻痺させる特性も持っている。したがって、ジョン・レノンの音楽が自由を象徴するものと言うならば、ワグナーの音楽はシステム側のものであり、専制の性格を想起させる。

---

25 フーコー，ミシェル（2006）『フーコー・コレクション 4　権力・監禁』小林康夫、石田英敬、松浦寿輝編 筑摩書房 p. 316

26 ニーチェ（1926）「ワグネルの事件」『偶像の薄明』生田長江訳 新潮社 p. 452

ここで注目してもらいたいのは、奇妙な提案というシステムのストラテジーである。「襲撃」の暴力に対し、システム側は暴力を以って暴力を制すのではなく、隠蔽した策略で規制の効果を果たし、無傷で体制を守ることを達成した。システムのストラテジーに関する重要な設定はワグナーの音楽がメディア機器で流されたことである。ベンヤミンは『複製技術時代の芸術作品』で近代における機械による芸術作品の大量複製現象を分析し、人間知覚の変容を指摘した。ベンヤミンはナチス政府の迫害から亡命したが、彼の考察対象は主に写真、映画に集中しており、電話、ラジオ、音響機器などには触れていない。にもかかわらず、「あらゆる事象の複製を手中にすることをつうじて、事象の一回性を克服しようとする傾向をもっている」[27]という指摘はあらゆる電気技術で複製された芸術作品に適用得るものである。第二次世界大戦中、ナチス政府がラジオ受信機VE-301を普及させ、宣伝政策に使用したのは好例だと考えられる。

パン屋の主人はレコードをかけ、ワグナーの音楽を「僕」らに聴かせた。電気音で再現された音楽はいくつかの特徴を持っている。放送機器と電気があれば、世界の果てまで同じ内容を送信できる。そして、送信の内容は送信者によりコントロールされ、受信者は受動的に受け入れる。近代に入ってから、ラジオなどのメディアは娯楽の役割を果たすとともに、国家の教育や、宣伝政策に利用されてきた。先述したように、ワグナーの音楽は体制側の音楽であり、メディア機器を通して放送される

27 ベンヤミン（2014）『複製技術時代の芸術作品』野村修訳　多木浩二『「複製技術時代の芸術作品」精読』岩波書店 p. 144

と、一種の洗脳効果がもたらされる。主人公たちは二時間もワグナーを聴きながら、腹いっぱいパンを食べた。10年後、「妻」に事件の経緯を説明した時、「僕」はこう述べている。

> たぶんね。その事件から我々が受けたショックというのは見かけよりずっと深いものだったと思う。我々はその後何日もパンとワグナーの相関関係について語りあった。我々のとった選択が正しかったのかどうかについて。でも結論は出なかった。まともに考えれば選択は正しかったはずだった。誰一人として傷つかず、みんなそれぞれにいちおうは満足したわけだからね。パン屋の主人は——何のためにそんなことをしたのかいまだに理解することができないけれど、とにかく——ワグナーのプロパガンダをすることができたし、我々は腹いっぱいパンを食べることができた。にもかかわらず、そこに何か重大な間違いが存在していると我々は感じたんだ。そしてその誤謬は原理の知れないままに、我々の生活にまとわりつくようになったんだ。僕はさっき呪いという言葉を使ったのはそのせいだ。我々はいつもその影の存在を感じていた。(村上春樹(2013)pp. 46-48)

村上春樹は会話の描写に「プロパガンダ」という表現を用いている。「プロパガンダ」とは主義・思想などの宣伝を意味する。換言すれば、それはシステム側の特権でしか実行できないものである。メディア機器の電気音とともに登場するのはパン屋の主人の肉声である。彼は音楽を流しながら、解説書を読み上げた。「僕」らの反応は「ふむふむ」、「もぐもぐ」であった。対話は成立していない。パン屋の主人はメディア機器を制御しながら、権威的な声で情報を一方的に押し込んでくる。周知のように、目にはまぶたがあり、耳にはフタはない。音声は聞き手の脳裏に浸透していく。「メディアはメッセージである」という標語を唱えたメディア論学者のマクルーハンは、その名も『メディアはマッサージである』という書物を書き、メディアが人間の身体を直接もみほぐし、内側から作り替えていくという論点を提起した。メディアとプロパガンダについて、マクルーハンは「情報処理装置としての環境は、プロパガンダである。対話が始まるとプロパガンダは終わる。あなたが話しかけなければならない相手は、メディアであって、プログラムではない。」[28]という認識を抱いていた。

「僕」らはパンを食べることの引き換えとして、ワグナーのレコードを聴いていた。「でもワグナーを聞くことは労働ではない」と妻は言ったが、「僕」はこう答えた。

> もしパン屋の主人がそのとき我々に皿を洗うことやウィンドウを磨くことを要求していたら、我々はそれを断乎拒否し、あっさりパンを強奪していただろうね。しかし主人が求めたのはただ単にワグナーに耳を傾けることだけだった。それで僕と相棒はひどく混乱してしまった。(村上春樹(2013) pp. 42-43)

---

28 マクルーハン，M 、フィオール，Q (2015)『メディアはマッサージである』門林岳史訳 河出書房新社 p. 144

「重大な間違い」と感じた「僕」らは「結果としては、まるで我々にかけられた呪いに近いもの」を背負うようになった。事件の経緯をもう一度整理すれば分かるように、「僕」らは労働という露骨な身体的規制に背き、暴力を以て反体制の理想を果たそうとするが、システムは暴力を以って暴力を制すという権力の常套手段を差し控え、表面的には妥協しながらも隠蔽した権力によって規制と馴化の目的を達成した。そして、そのストラテジーは見事に成功した。結果として、襲撃はもみ消され、「僕」らには永久に体制に規制される呪いがかけられたのである。

5．再襲撃：先進産業社会のシステムと「暴力」の記号

1度目の襲撃は「誤謬の原理の知れないまま」挫折してしまい、「僕」と相棒のコンビは解散し、「僕は大学に戻って無事に卒業し、法律事務所で働きながら司法試験の勉強をした。」学生運動の紛争が下火になった時期、「僕」はアウトサイダーの立場を放棄し、「法律」に代表された社会秩序に服従し、社会体制に回収された。「時代が変われば空気も変わるし、人の考えも変わる」と語った「僕」が直面するシステムは従来の専制的体制ではなくなり、マルクーゼが指摘した「先進産業社会」に化していた。マルクーゼによれば、「先進産業社会の顕著な特徴は、解放—— 相当に条件がよく、得になり、しかも快適である状態からも解放されること—— を求める欲求を有効に窒息させながら、同時に、豊かな社会の破壊的な力と抑圧的な働きを維持

し、許容しているという点にある。」[29]のである。解放を求める欲求が効果的に抑え込まれる時代に、主人公はシステムに管理され、一次元的人間と化してしまう。それは自由や個性、権力に対する批判や自己決定を行う能力を喪失した人間のことであり、人間の願望や理念、欲求を操作する一次元的な社会の中で埋没したと言える。

襲撃の挫折には2つの原因がある。一つはパン屋主人に代表されたシステムが隠蔽した権力によって襲撃を有効に規制することである。もう一つはシステムが温厚な表象を見せることである。1度目の襲撃の現場に「女性」がおり、襲撃の邪魔をしている。相棒は「ババアもついでに殺っちまおうぜ」と小声で言った。「まあ待てよ」と「僕」は彼を押しとどめた。

> 「殺っちまおう」と相棒は言った。彼は空腹感とワグナーとオバサンのふりまく緊張感のために桃の毛みたいにデリケートになっていた。僕は黙って首を振った。（村上春樹（2013）p. 16）

システムに拮抗するために、相棒は女性や子供に暴力を振らないという文明社会の鉄則にこだわらず、犯行を実行しようとしたが、「僕」に止められた。この場面における「オバサン」の登場は何を意味しているか。「オバサン」は傷つきやすい無辜な人間を代表している。それゆえ、「僕」らの襲撃という暴力が対

29 マルクーゼ，H（1980）『一次元的人間』生松敬三、三沢謙一訳　河出書房新社 p. 25

抗するシステムとの緩衝地帯におり、「オバサン」は五十過ぎのパン屋の主人と違って、専制の色が薄く、対立の緊張関係を緩和している。そして、2度目の襲撃にもまた女性が登場している。

> 「ようこそマクドナルドへ」とマクドナルド帽をかぶったカウンターの女の子がマクドナルド的な微笑を浮かべて僕に言った。僕は深夜のマクドナルドでは女の子は働かないものだと思いこんでいたので、彼女の姿を目にして一瞬頭が混乱したが、それでもすぐに思いなおして、スキー・マスクを頭からすっぽりとかぶった。(村上春樹 (2013) p. 16)

襲撃する対象に女の子がいることに対し、「僕」は頭が混乱した。2度目の襲撃の時、「僕」が体験した混乱はどこから来たかというと、専制を隠し、民主的表象を見せ、対抗のエネルギーを薄めるシステムのストラテジーからだと考えられる。1度目の襲撃の時にも「僕」は混乱を感じた。「主人が求めたのはただ単にワグナーに耳に傾けることだけだった。それで僕と相棒はひどく混乱してしまった」。システムは対立・拮抗・緊張の関係を緩め、策略を弄して襲撃の衝動をもみ消した。

再襲撃のプロセスは戯画的に描写され、ブラックユーモアのように読み取られる。積極的に襲撃の相棒を務めてくれる妻はいつのまにか用意した散弾銃を取り出し、「僕」に色々と指示を出した。妻は冷静な判断力と断固とした決行力を持っており、散弾銃とスキー・マスクを持ってマクドナルドを襲うことにした。車を降りた時、手慣れた手つきで布製の粘着テープでナンバー・プレートに貼り付けて、いかにも「本格的」な襲撃に見える。襲撃を受けるマクドナルド側は一切反抗を見せず、店長はひたすら営業中にシャッターを下ろすことと帳面上の問題にこだわっていた。

1度目の襲撃の時、「僕」らは包丁を持って行ったが、使う機会もなく、ずっと隠したままだった。しかし、「相棒」は何度も「殺っちまおう」と殺意を見せていた。2度目の時、「僕」と妻は銃を持っていたが、暴力が発動されることは全く
なく、儀式的な行為で終わってしまった。

> (前略) 妻は毛布にくるんだ散弾銃を僕にさしだした。
> 「そんなもの撃ったことないし、撃ちたくないよ」と僕は抗議した。
> 「撃つ必要はないわ。持っているだけでいいのよ。誰も抵抗しやしないから」と妻は言った。(村上春樹 (2013) p. 58)

比較して読めば分かるように、1度目の襲撃では「僕」らはシステムに暴力で反逆するつもりだったが、隠蔽した権力に馴致された。2度目は武装をアピールし、システムに妥協しない姿勢を示したにもかかわらず、最初から撃つ動機もなく、暴力「革命」でシステムを打倒する目的は消えてしまい、一種の暴力の模倣に止まっている。再襲撃における暴力は真の違反や暴力ではなく、あくまでも儀式として演出された事件に過ぎず、模倣、あるいはシミュレーションでしかない。

ピエール・クロソウスキーはニーチェ論を展開した際、シミュラークルと現実との関連性を論じ、「シミュラークルは、

知性との関係で言えば、その知性が芸術に認める放縦さである。すなわち、現実原則を宙吊りにするという遊戯」[30]であると定義した。こうしたシミュラークルという「模像」に関する考察は、他方でボードリヤールによっても展開された。消費社会における権力や制度に対する攻撃的シミュレーションについて、ボードリヤールは次のように語っている。

> 偽のホールドアップを企ててみなさい。まず武器が危害を加えないかどうかを確認し、絶対安心できる人質をとりなさい、だれひとりとして生命の危険にさらされないように（なぜなら、そうしなければすぐ罪になってしまう）。身代金を要求しよう、この作戦が出来る限りの反響を呼ぶようにして—— 要するに、完璧なシミュレーションに対する組織の反応をテストするために、できる限り《真実》に迫ろう。（ジャン・ボードリヤール（1984）p. 29）

ボードリヤールの考察の中心は実在を脅かすシミュレーションであり、彼はシミュレーションが真実に対して有する危険性を指摘し、「秩序と法律そのものが、まさにシミュレーションでしかありえないと思わせてしまう」[31]と認識している。

しかし、「再びパン屋を襲う」において「僕」らが演出した完璧なシミュレーションは一種のパロディーに過ぎず、自発的に

---

30 クロソウスキー，ピエール（2004）『ニーチェと悪循環』兼子正勝訳　筑摩書房 p. 264

31 ボードリヤール，ジャン（1984）『シミュラークルとシミュレーション』竹原あき子訳　法政大学出版局 p. 28

秩序や法律を崩壊させる行為からは程遠いものである。「僕」は法律の専門家であり、「重大な結果」が出ない限り法律で罰せられないことをあらかじめ了承している。そして「僕」らは死傷者の出ないことを前提にして、法律のルールを遵守することを心掛け、ルールへの違反は許容できる範囲で、最小限のものにとどめようとしている。「ふたつの手提げ袋に三十個のビッグマックがきれいに収まると、妻は女の子にラージ・カップのコーラをふたつ注文し、そのぶんの金を払った。」これは奇妙な襲撃に見えるが、1度目の襲撃で抑圧された暴力の分だけやり遂げようとするのが再襲撃の目的であろう。

> 三十分ばかり車を走らせてから、適当な駐車場に車を停め、心ゆくまでハンバーガーを食べ、コーラを飲んだ。僕の胃の空洞を六個のビッグマックで満たし、彼女は四個を食べた。(中略)夜明けとともに、我々のあの永遠に続くかと思えた深い飢餓も消滅していった。(村上春樹(2013)p. 70)

再襲撃でかつてシステム のストラテジーによってもみ消された暴力は形式的に遂行された。体制に規制される呪いも一応消滅してしまい、身体感覚としての飢餓感もなくなった。1度目の襲撃のときには「日本共産党員」のような明確なシステムの存在があったが、2度目にはマクドナルドに象徴される消費社会が描かれ、対抗するシステムは明確な輪郭を失い、曖昧になってくる。1度目の襲撃は隠蔽された権力によって巧妙に抑圧され、2度目には、暴力の模倣はある程度許され、遊戯的な行為によって反抗の暴力的なエネルギーがかき消されたのである。

6．おわりに

「パン屋を襲う」と「再びパン屋を襲う」は、前者ではシステムと戦う時代が背景となり、後者では先進産業社会を背景とし、暴力で解放を目指すことと、暴力の模倣で抑圧された暴力の衝動を発散するという2つのテーマが描かれている。1度目の襲撃はシステムのストラテジーでもみ消され、2度目の時には形式的に成功を納めたが、それはまたシステムの許容範囲における取るに足りない反逆で終わってしまった。

「再びパン屋を襲う」においては、襲撃の後に飢餓感はなくなり、末尾は「海底火山」の消滅で締めくくられた。

> 一人きりになってしまうと、僕はボートから身をのりだして、海の底をのぞきこんでみたが、そこにはもう海底火山の姿は見えなかった。水面は静かに空の青みを映し、小さな波が風に揺れる絹のパジャマのようにボートの側板をやわらかく叩いているだけだった。（村上春樹（2013）p. 70）

水面下の火山は心理的なイメージであり、潜在意識にある反抗のメタファーである。海底火山の消滅は襲撃が成功した後の平和な心象ではなく、システムと拮抗できる人間の消滅の隠喩である。コミュニティに対する反抗について、村上春樹はこう述べている。「自分が育ってきた、そして今でも否応なく含まれているコミュニティに対して、僕は作家として何かをしなければならない、と感じていました。要するに成熟の年齢に達していたということでしょう。いつまでも反抗したり抵抗していても仕方ない。」[32]先進産業社会におけるシステムは人間を規制する牙を隠しており、消費至上のイデオロギーを浸透させ、資本主義社会において否定勢力として存在してきた反逆者たちはシステムに組み込まれてしまった。これにより資本主義体制はより効率的に働き、変革を抑制し続けるのである。

『パン屋を襲う』の主人公たちは2回ほど襲撃を果たそうとするが、最初は専制システムのストラテジーにはぐらかされ、挫折した。そして消費社会に対して模像のような小さな反逆を起こし、システムの許容範囲内で変革のエネルギーを分散させた。したがって自己満足を得て、暴力を放棄してしまい、管理社会に組み込まれたまま生き延びようとする。以上の考察を通じて分かるように、『パン屋を襲う』は身体及び「暴力」をめぐる記号で構築され、またそうした記号に対するシステムのしたたかな戦略を浮かび上がらせている点に、村上春樹文学の魅惑の源泉が存在するのである。

---

32 村上春樹（2012）「書くことは、ちょうど、目覚めながら夢見るようなもの」前掲書 p171

テキスト

村上春樹（1991）『村上春樹全作品 1979-1989 ⑥』新潮社

村上春樹（2002）『村上春樹全作品 1990-2000 ①』新潮社

村上春樹（2012）『夢を見るために毎朝僕は目覚めるのです　村上春樹インタビュー集 1997-2011』文藝春秋

村上春樹（2013）『パン屋を襲う』新潮社

参考文献

柄谷行人（1998）『日本近代文学の起源』講談社

河合隼雄（2015）『こころの処方箋』新潮社

栗山茂久、北澤一利（2004）『近代日本の身体感覚』青弓社

クロソウスキー，ピエール（2004）『ニーチェと悪循環』兼子正勝訳 筑摩書房

高橋龍夫（2008）「村上春樹『パン屋再襲撃』の批評性 ―グローバリズム化へのレリーフ」『専修国文』83

田中実（1990）「消えていく〈現実〉―『納屋を焼く』その後『パン屋再襲撃』」『国文学論考』26

多木浩二（2014）『「複製技術時代の芸術作品」精読』岩波書店

坪井秀人（2006）『感覚の近代』名古屋大学出版会

ニーチェ（1920）『喜ばしき知識』『ニーチェ全集』第四編 生田長江訳 新潮社

ニーチェ（1926）「ワグネルの事件」『偶像の薄明』生田長江訳 新潮社

フーコー，ミシェル（2006）『フーコー・コレクション4　権力・監禁』小林康夫、石田英敬，松浦寿輝編 筑摩書房

ボードリヤール，ジャン（1984）『シミュラークルとシミュレーション』竹原あき子訳 法政大学出版局

マクルーハン，M. 、フィオール，Q.（2015）『メディアはマッサージである』門林岳史訳 河出書房新社

マルクーゼ，H.（1980）『一次元的人間』生松敬三、三沢謙一訳 河出書房新社

メルロ＝ポンティ，モーリス（2014）『見えるものと見えざるもの』中島盛夫監訳　伊藤康雄、岩見徳夫、重野豊隆訳　法政大学出版局

森本隆子（1995）「『パン屋再襲撃』― 非在の名へ向けて」『国文学 解釈と教材の研究』40-4

湯浅慎一（1978）『知覚と身体の現象学』太陽出版

楊炳菁（2017）「〈秩序〉の角度から村上春樹の短編小説「パン屋襲撃」を読む」曾秋桂編『村上春樹における秩序』淡江大学出版中心

養老孟司（2010）『身体の文学史』新潮社

村上春樹『スプートニクの恋人』における魅惑
――「ぼく」とすみれとミュウ――

荻原　桂子

1. はじめに

『スプートニクの恋人』は1999年4月、講談社から刊行された。作品の成立について、村上春樹は「最初から独立した中編小説として計画され、そういう心持ちで書き始められたもの」[1]、「自分自身を温めるための、比較的パーソナルで「台地的」な作品」[2]であり、「僕にとっての正しい方向をより明確にし、その方向に沿って僕を確実に一目盛先に進ませてくれるはずのもの」[3]であったと述べている。また、作品執筆の経緯については、次のように説明している[4]。

> 僕はこの小説を書く前に一連の「非小説」の仕事をした。地下鉄サリンガス事件の被害者に取材して『アンダーグラウンド』を書き上げ、いわばその続編としてオウム真理教信者及び元信者に取材して『約束された場所で』を書き上

1　村上春樹（2003）「解題」『村上春樹全作品 1990 ～ 2000 ②国境の南、太陽の西　スプートニクの恋人』講談社 p. 480

2　村上春樹（2003）「解題」『村上春樹全作品 1990 ～ 2000 ②』同掲書 p. 493

3　村上春樹（2003）「解題」『村上春樹全作品 1990 ～ 2000 ②』同掲書 p. 494

4　村上春樹（2003）「解題」『村上春樹全作品 1990 ～ 2000 ②』同掲書 p. 491 下線は引用者、以下同じ。

げ、心理学者である河合隼雄氏との対談『村上春樹、河合隼雄に会いにいく』を上梓し、先にも述べた『若い読者のための短編小説案内』を上梓した。

1995年1月17日には阪神淡路大震災、2ヶ月後の3月20日には地下鉄サリン事件が発生し、未曾有の大惨事に世界中が震撼した。村上春樹はサリン事件発生時、所属していたアメリカの大学からたまたま一時帰国していた。長く日本を離れていたが、そろそろ日本に帰ろうと思っていた矢先の事件だった。村上春樹は「**圧倒的な暴力が私たちの前に暴き出したもの**」[5]を凝視する中で「私たちが今必要としているのは、おそらく新しい方向からやってきた言葉であり、それらの言葉で語られるまったく新しい物語（物語を浄化するための別の物語）なのだ」[6]と語り、おぞましい事件から再生の物語として『スプートニクの恋人』を執筆した。「暴力」で損なわれたものの回復を目指す物語である。

オウム真理教信者からのインタビューで構成した『約束された場所で』の「解題」で村上春樹は「完結性の危うさ」[7]について指摘し、カルト教団が提供する「物語のインスタント完結性に対抗できるものは、論理ではなく、知識でも道徳でもなく、

5　村上春樹（2003）「目じるしのない悪夢」『村上春樹全作品 1990 ～ 2000 ⑥アンダーグラウンド』講談社 p. 662

6　村上春樹（2003）「目じるしのない悪夢」『村上春樹全作品 1990 ～ 2000 ⑥』同掲書 p. 642

7　村上春樹（2003）「解題」『村上春樹全作品 1990 ～ 2000 ⑦　約束された場所で　村上春樹、河合隼雄に会いにいく』講談社 p. 382

「べつの物語性」でしかないと考えている」[8]と述べている。さらに、『スプートニクの恋人』を、「『アンダーグラウンド』と『約束された場所で』の延長線上に立つ作品として捉えることも、ある意味においては可能であるかもしれない」[9]と吐露している。「ある意味において」とはアメリカ滞在から帰国後、「小説家が読者に対してどのように有効な、生きた小説的物語を提示できるか」[10]が文筆活動の課題となったことを示唆している。読者にとって有効な物語とは「あちら側」と「こちら側」を結ぶ通路の切符である。「ふたつの異なった世界」（p. 422）をつなぐために村上春樹は文体と視点という技巧を意識した文体創造に取り組む。フィクション・ライターの使命として「有効な物語性」[11]の創造を『スプートニクの恋人』という作品に課していたということができる。『スプートニクの恋人』における魅惑について、作品全体をカバーする文体、「ぼく」とすみれとミュウという一人称に三人称を交えた視点、「ふたつの異なった世界」という三つの問題から考察する。

2.『スプートニクの恋人』の文体

「スプートニク」とはプロローグにも記されているように1957年10月4日ソヴィエト連邦が打ち上げた世界初の人工衛星につけられた名前であり、翌月にはライカ犬を乗せた2号が打

8　村上春樹（2003）「解題」『村上春樹全作品 1990 ～ 2000 ⑦』同掲書 p. 383

9　村上春樹（2003）「解題」『村上春樹全作品 1990 ～ 2000 ⑦』同掲書 p. 386

10　村上春樹（2003）「解題」『村上春樹全作品 1990 ～ 2000 ⑦』同掲書 p. 383

11　村上春樹（2003）「解題」『村上春樹全作品 1990 ～ 2000 ⑦』同掲書 p. 383

ち上げられている。この人工衛星は回収されず犬は宇宙開発の犠牲となった。初対面の会話のなかで、ミュウがジャック・ケルアックのような小説家を呼称する「ビートニク」を「スプートニク」と間違えたことから、すみれはミュウを「スプートニクの恋人」と名付けることになる。ミュウの言い間違いが、これから始まる物語を暗示するのである。

> すみれはそれ以来ミュウのことを心の中で、「スプートニクの恋人」と呼ぶようになった。すみれはその言葉の響きを愛した。それは彼女にライカ犬を思い出させた。宇宙の闇を音もなく横切っている人工衛星。小さな窓からのぞいている犬の一対の艶やかな黒い瞳。その無辺の宇宙的孤独の中に、犬はいったいなにを見ていたのだろう？（p. 244）

初対面ですみれがミュウに魅惑されたのと同時に、ミュウも「たぶんすみれとわたしのあいだには、なにか特別な心のつながりのようなものがあるんでしょうね」（p. 347）というように、すみれとの関係を意識的にとらえている。ミュウは、すみれに「スプートニク」という「新しい方向からやってきた言葉」の意味について語る。

> あなたはスプートニクというのがロシア語で何を意味するか知っている？　それは英語で traveling companion という意味なのよ。『旅の連れ』。わたしはこのあいだたまたま辞書を引いていて、そのことを初めて知ったの。考えてみ

たら不思議な符号ね。でもどうしてロシア人は、人工衛星にそんな奇妙な名前をつけたのかしら。ひとりぼっちでぐるぐると地球のまわりをまわっている、気の毒な金属のかたまりに過ぎないのにね」（p. 347）

この時点では、すみれは「**ミュウの観覧車の話**」（p. 400）を知らないにもかかわらず、直感でミュウの瞳の中にライカ犬の瞳に通じる孤独の影を見ていた。作品後半ではすみれ自身が忽然と姿を消すことになり、まさに「無辺の宇宙」に煙のように消えてしまうのである。ミュウに付けられた「スプートニクの恋人」という呼称は、お互いに求め合いながらもすれ違うしかないという意味において「ぼく」とすみれとミュウは、お互いに「スプートニクの恋人」であるといえる。こうした「深い寂寥」（p. 437）を漂わせた『スプートニクの恋人』における魅惑は、なんといっても作品の文体にあるといえる。村上春樹は冒頭の文章について、「『スプートニクの恋人』の出発点になったのは、原稿用紙にしてせいぜい一枚くらいの短い散文のスケッチ」[12]であったと述べている。

22 歳の春にすみれは生まれて初めて恋に落ちた。広大な平原をまっすぐ突き進む竜巻のような激しい恋だった。それは行く手のかたちあるものを残らずなぎ倒し、片端から空に巻き上げ、理不尽に引きちぎり、完膚なきまでに叩きつぶした。そして勢いをひとつまみもゆるめることなく大

12 村上春樹（2003）「解題」『村上春樹全作品 1990 ～ 2000 ②』前掲書 p. 494

洋を吹きわたり、アンコールワットを無慈悲に崩し、インドの森を気の毒な一群の虎ごと熱で焼きつくし、ペルシャの砂漠の砂嵐となってどこかのエキゾチックな城塞都市をまるごとひとつ砂に埋もれさせてしまった。みごとに記念碑的な恋だった。恋に落ちた相手はすみれより17歳年上で、結婚していた。さらにつけ加えるなら、女性だった。それがすべてのものごとが始まった場所であり、（ほとんど）すべてのものごとが終わった場所だった。（p. 239）

この冒頭の文章には、作品全体を真っ直ぐに貫く柱のような存在感がある[13]。村上春樹が「『スプートニクの恋人』を書くにあたってひとつはっきりと決意していたのは、自分がこれまで採用してきた——言い換えれば武器として使用してきた——ある種の文体に別れを告げようということだった」[14]と述べ、『スプートニクの恋人』の文体について具体的に説明している[15]。

『スプートニクの恋人』では、村上春樹の文体の特徴である

---

13 村上春樹は「この小説は地面の上に棒を一本立てて、そこにいろんなものが引っかかってくるのを、風の強い日に待っているという感じが強かった」と述べている。（1999）「村上春樹ロング・インタビュー 物語はいつも自発的でなければならない」『広告批評』マドラ出版 p. 61。

14 村上春樹（2003）「解題」『村上春樹全作品 1990～2000 ②』前掲書 p. 498

15 村上春樹は「僕が決別しようとしていたのはつまり、この冒頭の文章に見られるような「比喩の氾濫」のようなものであったのかもしれない。僕はこの『スプートニクの恋人』においては、とにかくそういう僕の文章の持ついくつかのレトリカルな特徴を、出せるだけ出し尽くしてしまおうと決意した」と述べている。（2003）「解題」『村上春樹全作品 1990～2000 ②』前掲書 p. 498。

比喩表現のダイナミズムが炸裂している。切れのいい比喩を駆使した文体は、この作品全体を包む魅惑となっている。「やっぱり小説というのは文体だと思うんです」[16]と述べるように、文体は村上春樹の作品の最大の魅惑であるといえる。柘植光彦氏は「『スプートニクの恋人』には、テーマから離れたエピソードやディテールがあまりない」[17]としたうえで「村上春樹の小説の特徴だったレイモンド・チャンドラー的な比喩や、映画のセリフ的な会話や、トレンディなポップ音楽の話題などがあふれる記述、いわば意図的なノイズの挿入による過剰性の創出とでもいえるようなテクスト構成の方法は影をひそめ、むしろテーマに沿った直線的な叙述が目立つ」[18]と指摘している。確かに意図的なノイズは極力控えられ、テーマに沿った無駄のない文体で叙述している。比喩の氾濫は、主題にそったものに限定され、奇を衒った表現は影をひそめる。時代に合ったしゃれた軽快な文体ではなく、「ふたつの異なった世界」をつなぐというアクロバティックな物語に相応しいしなやかな文体が駆使されている。

村上春樹は「『スプートニクの恋人』は、とにかく全部ネジを締め、余計なものはすべてはずして、自分が納得いくものだけを文体に詰めこんでみようと思ったんです。（中略）一種の文体

16 村上春樹（2003）「村上春樹ロング・インタビュー『海辺のカフカ』を語る」『文學界』文藝春秋 p. 37

17 柘植柘植（1999）「円環／他界／メディア―『スプートニクの恋人』からの展望」『村上春樹スタディーズ 05』若草書房 p. 6

18 柘植柘植（1999）同掲書 p. 6

のショーケースみたいなもの」[19]と説明し、また「比喩を徹底的に多くしようというのも決まっていた。その上で、文体の隙をなくし、よじれをなくし、たるみをなくす」[20]と述べている。さらに、文体の絞り方を「文体のフィットネス」[21]と表現し、「僕自身の文体に対する一種のラブレターみたいなものだった」[22]と述べている。村上春樹の『スプートニクの恋人』の文体に対する思い入れは相当なもので、『風の歌を聴け』（1979）から20年、第一線で小説を書き続けた作家の文体に対する矜持が見てとれる。

> 文体が力を持たなくなったらダメですね。それは、一種の信用取引みたいなものだから。女の人への口説き文句みたいだけど、とにかく悪いようにはしないからという感じ。安心感があれば読者はついてくる。それが文体なんですよ。誘惑と同じですね。小説を書くのは、非常にセクシャルな行為でもあるんです。[23]

さらに、作家生活20年をむかえた村上春樹は「小説のダイナ

---

19 村上春樹（1999）「村上春樹ロング・インタビュー 物語はいつも自発的でなければならない」前掲書 p. 60

20 村上春樹（1999）「村上春樹ロング・インタビュー 物語はいつも自発的でなければならない」前掲書 p. 60

21 村上春樹（1999）「村上春樹ロング・インタビュー 物語はいつも自発的でなければならない」前掲書 p. 60

22 村上春樹（1999）「村上春樹ロング・インタビュー 物語はいつも自発的でなければならない」前掲書 p. 70

23 村上春樹（1999）「村上春樹ロング・インタビュー 物語はいつも自発的でなければならない」前掲書 p. 78

ミックスを文体のレベルから物語のレベルへと漸次移行させていく」[24] 必要を切実に感じていたという。

> それからもうひとつ、僕がこの作品の中で試みようとしたのは、小説的視点の移動の問題だった。この作品にはもともと三人の主要人物が登場する。(中略)「ぼく」とすみれとミュウという三人の視点がほとんど対等に、あるときには独立しあるときには有機的に絡み合いながら機能する物語を書いてみたいと思った。[25]

新たに得た技術的な可能性を「文体的なレベル」と「物語的なレベル」において実践した小説創造の交叉点に『スプートニクの恋人』の魅惑があるということができる。村上春樹が「中編小説とはあくまでパーソナルなものであり、同時に実験的なものであり、そして基本的には小説を書くことの純粋な楽しみをもたらしてくれるもの」[26] という所以である。村上春樹は「みんなは物語を追うことを大事にするけれど、本当に大事なのは、物語と物語を生み出す僕との間の相関関係の動き方」[27] であると述べている。村上春樹は、作品を文体的かつ物語的に自由に操縦することのできる位置に立っていたのである。村上春樹が「『スプートニクの恋人』は基本的にテクニック・コンシャスな

---

24 村上春樹（2003）「解題」『村上春樹全作品 1990 ～ 2000 ②』前掲書 p. 499

25 村上春樹（2003）「解題」『村上春樹全作品 1990 ～ 2000 ②』前掲書 p. 499

26 村上春樹（2003）「解題」『村上春樹全作品 1990 ～ 2000 ②』前掲書 p. 501

27 村上春樹（1999）「村上春樹ロング・インタビュー 物語はいつも自発的でなければならない」前掲書 p. 62

作品である」[28]と言い切るように文体は作品の最大の魅惑となっているといえる。

3．「ぼく」とすみれとミュウの視点

『スプートニクの恋人』の英語タイトルは、“Sputnik Sweetheart”である。文庫本の帯には「この世のものとは思えない恋の物語」というキャッチコピーが付された。「スプートニクの恋人」とはすみれがミュウにつけた呼称であり、タイトルどおりうけとると「この世のものとは思えない恋の物語」とは、すみれとミュウの恋の物語をさす。しかし、『スプートニクの恋人』はすみれとミュウの恋の物語だけではなく、「ぼく」とすみれの恋の物語でもある。すみれがミュウの瞳に魅惑を感じるように、「ぼく」はすみれの瞳に魅惑を感じていたのである。

> すみれには人の心をひきつけるなにか特別なものがあった。それがどのように特別なものであったのか、うまく言葉で説明することができない。でも彼女の瞳をのぞき込むと、その反映はいつもそこにあった。（p. 242）

すみれの「人の心をひきつけるなにか特別なもの」とはなにであろうか。すみれの瞳に映し出された魅惑とは、その瞳を覗き込む「ぼく」の心の問題でもある。河合俊雄氏は「自己関係を表す一つの典型的な道具は鏡である。つまり鏡には自分の姿

---

28 村上春樹（2003）「解題」『村上春樹全作品 1990 ～ 2000 ②』前掲書 p. 500

が映り、自分で自分を見ることができる」[29]と指摘している。すみれの瞳には「ぼく」自身が映し出されていたのであり、すみれの瞳に映し出された「ぼく」の姿とはすみれを愛する「ぼく」の心そのものであった。「ぼく」はすみれがミュウに恋する以前から「すみれに恋をしていた」（同）のである。すみれの「人の心をひきつけるなにか特別なもの」とは、相手の心をそのままに映し出す鏡のような不思議な力であった。他者の孤独を自分のものとして引き受けて映し出すという力を持っていたのである。すみれの不思議な力に最初に気付いたのがミュウであった。ミュウは2回目にすみれに会ったときに「あなたがどれくらい魅力的か、あなた自身にもそれはわからないんじゃないかしら」（p. 258）とすみれの不思議な力について指摘している。冒頭のものは「ぼく」が22歳の春のすみれを回想して語っている文章であるが、「初めて恋に落ちた」のはすみれの一方的な感情ではなく、すみれの他者の孤独を招き入れる不思議な力に惹きつけられたのはミュウのほうではなかったか。すみれが持つ過透明な悲しみが「ぼく」やミュウの孤独な魂と共鳴するのである。

『スプートニクの恋人』における魅惑とは、「ぼく」とすみれとミュウの三人三様の孤独がそれぞれの視点からお互いに語られているところにある。すみれがミュウを「スプートニクの恋人」と呼び、「その言葉の響きを愛した」のは、初対面のミュウに、自分が抱え持つ孤独の響きを共鳴させていたからである。『スプートニクの恋人』では、すみれは「あちら側」のミュウを

---

29 河合俊雄（2011）「ポストモダンの意識」『村上春樹の「物語」―夢テキストとして読み解く―』新潮社 p. 101

欲し、「ぼく」は突如として消えた「あちら側」のすみれに恋し続けるという、現実の世界では実現しない超自然的な恋の物語が展開される。

> ミュウの真っ黒な瞳の奥に映っている自分自身の鮮やかな姿を、すみれは目にすることができた。それは鏡の向こう側に吸い込まれていった自分の魂のようにも見えた。すみれはその姿を愛し、同時に深く恐れた。(p. 279)

すみれの瞳、ライカ犬の瞳、ミュウの瞳に映し出される魂は、いずれも孤独をたたえている。「ぼく」はすみれの瞳に強く惹きつけられ、すみれはミュウの瞳の奥に自分自身の孤独な魂を見出すのである。「ぼく」とすみれとミュウは三人三様の孤独な魂を抱えて、お互いに強く惹きつけられているのである。村上春樹自身が『スプートニクの恋人』において、「いくつかの技術的な可能性を自分なりに追求してみたかった」[30]と述べるように、文体的かつ物語的に技巧を意識した作品といえる。

> 物語というのはある意味では、この世のものではないんだ。本当の物語にはこっち側とあっち側を結びつけるための、呪術的な洗礼が必要とされる(p. 253)

『スプートニクの恋人』における魅惑は孤独な魂を抱えながら生きる「ぼく」とすみれとミュウの視点が絡み合いながら、すみれが血を流すことによって「こっち側とあっち側を結びつ

30 村上春樹(2003)「解題」『村上春樹全作品 1990 ~ 2000 ②』前掲書 p. 500

ける」という「ふたつの異なった世界」が描き出されることである。すみれは「ぼく」の存在を感じることで「あちら側」に行くことができる。「あなたにこうして手紙を書いているうちに、最初に言った「ばらばらになったような変な気持ち」はいくぶん薄らいできたみたいです。もうそれほど気にならなくなってきた。ちょうどあなたに夜中の長電話をし終えて、電話ボックスを出るときと同じような気分です。あなたにはひょっとしてそういう現実的効用みたいなのがあるのかしら?」(p. 320)は、すみれが「ぼく」の存在について吐露している手紙の文句である。加藤典洋氏が「「ぼく」はすみれをこの世につなぎとめている港のような存在です」[31]と述べているように、「ぼく」はすみれとミュウの物語の語り手であり、物語のハブ(hub)の役割を担っている。「ぼく」はすみれとの会話の中でしか知らなかった初対面のミュウの中に、ある異様な魅惑を見出すのである。

> ミュウは美しい女だった。ぼくがまず最初に受け入れたのはその明白で単純な事実だった。いや、あるいは本当はそれほど明白でも単純でもないのかもしれない。ぼくはなにかとんでもない思い違いをしていたのかもしれない。ぼくはなにかの事情で、改変を許さない他人の夢の流れの中にただ呑み込まれてしまっていただけのことなのかもしれない。(p. 340)

31　加藤典洋(2004)「行く者と行かれる者の連帯－村上春樹『スプートニクの恋人』」『小説の未来』朝日新聞社『村上春樹スタディーズ 2000 － 2004』所収 p. 117

すみれが強く惹きつけられたというミュウの魅惑の根拠を、「ぼく」は初対面のミュウの中に直感的に感じ取っていたのである。すみれ自身もミュウの真っ黒な瞳の中に映し出された自分の姿が「鏡の向こう側に吸い込まれていった自分の魂のようにも見えた」といい、「その姿を愛し、同時に深く恐れた」という。ミュウの瞳は、すみれを「あちら側」に誘う危険なものであり、「ぼく」自身もミュウの物語に組み込まれる危険を本能的に感知していたのである。「ぼく」は、ギリシャの島を離れるときにも「ミュウはぼくの心を不思議な強さで惹きつけていた」(p. 436) と回想している。

ミュウの病んだ魂は、すみれの不安定な魂と深く呼応し、書くことによって自分を「こちら側」に結びつけて健気に生きてきたすみれの脆弱な精神を揺さぶる。「新しいフィクションの枠組みにうまく適応できていない」(p. 307) すみれは、ミュウの魅惑に混乱し「傷つきやすい生身の身体」(同) を「自前のトランスミッションはとり外した」(同) 状態で無防備に曝すしか術を知らない。すみれは「枠組みがいっぺんに取り払われてしまったような頼りなさ。引力の絆もなく、真っ暗な宇宙の空間をひとりぼっちでながされているような気持ち。自分がどこに向かっているのかさえわからない」(p. 308) という「無辺の宇宙的孤独」からの脱却をミュウも「わたしと同じくらい強く」(同) 求めていることに無意識の中で感づいていたのである。すみれがミュウに一方的に何かを求めたのではなく、魂の救済を求めていたのは実はミュウ自身だったということがわかる。

ミュウの病んだ魂は、すみれや「ぼく」のような他者の痛みに敏感な人間の無垢な魂を呼び寄せる。すみれがミュウを求めるよりも、より強くミュウがすみれの存在を求めていたのである。

ギリシャの島でミュウと夢を見続けることに現実逃避するのではなく、すみれは健気にも自分を「こちら側」につなぎとめ、ミュウを「あちら側」から連れ戻すために新しいトランスミッションを装備しようと決死の覚悟で考え、書くことに集中する。「**文書１**」に自分の体験を、「**文書２**」にミュウの体験を渾身の力を振り絞って書くことで、自分をしっかりとつなぎ止めておこうとするのである。

「**文書１**」には「ひとつのテーマが繰り返し反復されている」（p. 392）というすみれの夢の中から、ついさっき見た夢を〈**すみれの夢**〉（同）と題して記録する。繰り返されるテーマとは、「父親にあざむかれていた」（p. 393）という疑念と「母親が口にした大事な言葉」（p. 395）への執着である。心の拠り所となる家族の愛の欠乏感がすみれの夢のテーマであるといえる。すみれは夢の記録からミュウとの愛の成就には「**血は流されなくてはならない**」（p. 396）という命題を引き出すのである。

「**文書２**」には「清算するのは彼らであって、わたしじゃない」（p. 399）という深い魂の傷を負ったミュウの「どんな犠牲を払っても忘れてしまいたいと願っているもの」（同）という体験を「**ミュウの観覧車の話**」（p. 400）と題して記録する。留学中のスイスで、たまたま乗った遊園地の観覧車の事故で宙づりになったミュウは、自分の部屋でフェルディナンドというラテン系の男から凌辱を受ける姿を双眼鏡を通して目撃する。双眼鏡という一種の鏡を通してミュウは自分自身の姿を自分で目にするドッペルゲンガーを体験する。ミュウはこの体験の加害者を「彼ら」と複数形で呼称している。フェルディナンドに象徴される自分を侵食する突然の暴力に、ミュウの自我は失われてしまったのである。

> わたしはこちら側に残っている。でももう一人のわたしは、あるいは半分のわたしは、あちら側に移って行ってしまった。わたしの黒い髪と、わたしの性欲と生理と排卵と、そしておそらくは生きるための意志のようなものを持ったままね。そしてその残りの半分が、ここにいるわたしなの。（中略）わたしたちは一枚の鏡によって隔てられているだけのことなの。でもそのガラス一枚の隔たりを、わたしはどうしても越えることができない。（p. 415）

すみれは、ミュウの体験を共有したいと強く望み、様々な落差を注意深く拾い集めて記録するのである。川村湊氏はミュウが韓国人であるという必然性に「自我が二つに“分断”されるという恐怖の体験を、彼女（と彼女の属する民族）はしたたかに味わっており、それはその“自我分裂”の大きな要因となった日本による朝鮮半島の植民地支配を許さないという象徴的なエピソードといえるのである」[32]と指摘しているが、韓国に建つというミュウの父親の銅像が表すように、ミュウの韓国人という設定には日本との分断という問題が秘蔵されている。川村湊氏が指摘する「自己分裂の当事者であるミュウが失踪、消滅す

32 川村湊（2006）「はじめに」『村上春樹をどう読むか』作品社 p. 31

るのではなく、すみれが消えなければならないのか」[33]という問題は、すみれが失踪する8月15日（終戦記念日）[34]という象徴的な数字とも合わせて考察する必要がある。すみれもミュウと同様に「わたしは既にあまりに多くの大事なものを明け渡してきた。わたしはこれ以上、彼らに何も与えたくない」（p. 395）と加害者を彼らと複数形で呼称している。ミュウとすみれに「彼ら」と呼ばれる存在は何を意味しているのであろうか。分断を引き受けて生きるミュウの回復をかけて、すみれはミュウのために、さらには自分自身のために「あちら側」の世界に飛び込んだのだといえる。

「ぼく」からみたすみれが語られる中で、すみれの体験である「**文書1**」が挿入され、すみれからの視点が語りだされる。さらに、ミュウの体験である「**文書2**」が挿入され、ミュウの視点が導入されることで、すみれとミュウの関係が徐々に明らかされていく。ミュウはすみれとの愛の不毛を吐露する。

> わたしはそのときに理解できたの。わたしたちは素敵な旅の連れではあったけれど、結局はそれぞれの軌道を描く孤独な金属の塊に過ぎなかったんだって。（p. 369）

ミュウは「実際のわたしたちは、ひとりずつそこに閉じこめ

33 川村湊（2006）同掲書 p. 36

34 作品中に「8月15日に日本に戻るという当初の予定はどうやら変更になりそうです」（p. 322）、「すみれは8月15日になっても戻ってこなかった」（p. 323）とあるように、ギリシャからすみれが失踪したのは、8月15日と想定されている。

られたまま、どこに行くこともできない囚人のようなものに過ぎない」(pp. 368-369)と言い、「絶対の孤独の中」(p. 369)にいるのだと語る。すみれはミュウの視点から描かれるが、ミュウにはすみれの最後の言葉が聞き取れない。「すみれはわたしに向かって耳もとでなにかをささやいたような気がした。でもとても小さな声だったので、わたしには聞き取れなかった」(同)という。分断されたミュウとの一体化を欲したすみれは、事の成せなかった自分の無力に悄然とうなだれるのである。

村上春樹は「僕にとってリアリティーとは、それがどれくらい論理的であるかということではなく、それがどれくらいタンジブルなものであるかという一点にかかっている」[35]と述べるが、村上春樹にとってのリアリティーとは、非現実的なものをどれだけリアルに読者に届けることができるかということである。村上春樹は「小説家が読者に対してどのように有効な、生きた小説的物語を提示できるか」という課題に対して、「あちら側」と「こちら側」という「ふたつの異なった世界」を構築することで「新しい物語」を創造したのである。

4.「ふたつの異なった世界」

「ぼく」とすみれとミュウは、それぞれ深刻な乖離の体験をしている。「ぼく」は音楽に誘われて、ギリシャの険しい山道を登り始める。

青白い月の光を受けたぼくの身体は、まるで壁土でこし

35 村上春樹(2003)「解題」『村上春樹全作品 1990 ～ 2000 ②』前掲書 p. 493

> らえられた土偶のように、生命のぬくもりを欠いていた。西インド諸島の魔術師がやるように、誰かがまじないをもちいて、その土くれのかたまりにぼくの仮そめの命を吹きこんだのだ。真実の生命の炎はそこにはない。ぼくの本物の生命はどこかで眠りこんでしまっていて、顔のない誰かがそれをかばんにつめて、今まさに持ち去ろうとしているのだ。（p. 429）

「ぼく」は「子供の頃から何度となく繰り返し、習熟している行為」（p. 430）で「奇妙な乖離の感覚」（同）をやり過ごす。すみれはミュウの寝室に「一種の放心状態」（p. 362）でうずくまって、発見したミュウに「ごめんなさい。たまにこうなることがあるの」（p. 364）と告白している。ミュウはドッペルゲンガーを体験している。

すみれの書いた「**文書１**」「**文書２**」は、「ふたつの異なった世界」を表象する内容となっている。〈**すみれの夢**〉と「**ミュウの観覧車の話**」という「ふたつの異なった世界」を体験として記録しようとしたすみれの筆力は見事といえる。すみれの夢、ミュウのドッペルゲンガーを記録した文章を語る「ぼく」の精神力は強靱である。まさに〈**人が撃たれたら、血が流れるものだ**〉（p. 383）という言葉のとおり、すみれは血を流しながら文章を書き、「ぼく」によってその記録は開示される。

> わたしはミュウを愛している。いうまでもなくこちら側のミュウを愛している。でもそれと同じくらい、あちら側にいるはずのミュウのことをも愛している。わたしは強く

そう感じる。それについて考えだすと、わたしはわたし自身が分割されていくような軋みを身の内に感じることになる。ミュウの分割が、わたしの分割として投影され、降りかかってくるみたいだ。（p. 419）

「ふたつの文書」を読んだ「ぼく」は、そこに「これまでの彼女の文章にはなかったある種の抑制があり、一歩退いた視線」（p. 420）があることに気がつく。「ふたつの文章のあいだに重なり合うモチーフ」（p. 421）は、すみれが「こちら側」から「あちら側」に移動したことを暗示している。ミュウに出会う前のすみれは、「わたしはどこにも行けない」（p. 252）という閉塞感の中で「小説家になるために持っていなくちゃいけない、何かすごく大事なもの」（同）の欠落にもがき苦しんでいた。ミュウと出会うことで、すみれは自分の中に欠けていたものの在り処に気付くことになる。亡くなった母に自分を受け入れてもらえなかったことへの寂寥感、すなわち母の言葉を受け取れなかったすみれは、ひたむきにミュウに愛の在り処を求める。しかし、逆にミュウ自身が抱える愛の不毛に戦くのである。

ぼくは「あちら側」の世界のことを思った。たぶんそこにはすみれがいて、失われた側のミュウがいる。髪の黒い、潤沢な性欲を持ったあと半分のミュウが。彼女たちはそこで巡り会い、お互いを埋めあい、愛を交わすようになっているかもしれない。「わたしたちはとても言葉にはできないようなことをするのよ」とすみれはおそらくぼくに語るだろう（でも結局のところ彼女はぼくに向かってそ

れを「言葉にする」ことになる)。(p. 439)

「深い寂寥」をアテネのアクロポリスで感じた「ぼく」は、すみれの存在について思いをめぐらす。「すみれがぼくにとってどれほど大事な、かけがえのない存在であったかということ」(p. 438)を再確認するとともに「すみれは彼女にしかできないやりかたで、ぼくをこの世界につなぎ止めていた」(同)ことに気付かされる。すみれが「あちら側」の世界を「言葉にする」ためには、すみれが「こちら側」に戻るか、「ぼく」が「あちら側」に行くかしなければならない。

ぼくは眼を閉じ、耳を澄ませ、地球の引力を唯ひとつの絆として天空を通過しつづけているスプートニクの末裔たちのことを思った。彼らは孤独な金属の塊として、さえぎるものもない宇宙の暗黒の中でふとめぐり会い、すれ違い、そして永遠に別れていくのだ。かわす言葉もなく、結ぶ約束もなく。(p. 441)

「ふたつの異なった世界」をつなぐには、瞳の奥をのぞき込み、お互いの魂を触れ合わせることである。「ぼく」とすみれとミュウという三人の視点が存在することで、「有効な物語性」が発揮されたのである。芳川泰久氏は「『スプートニクの恋人』で語られる〈帰還〉は、だから小説を書くことのメタファーであり、新たな物語への変位として読まなければならない」[36]と指摘

36 芳川泰久(2000)「「帰還」と「洗礼」物語のジャンク化に抗して」『ユリイカ　総特集 村上春樹を読む』青土社 32 巻 4 号 p. 209

する。すみれの帰還を「ぼく」の心の中に実感として描くことで、村上春樹は「新しい物語」に向かっていたのだといえる。

ギリシャの島から現実の世界に帰還した「ぼく」は、すみれの不在の中で、「ガールフレンド」と呼ぶ、クラス担任のにんじんという一人の少年の母親から電話で呼び出されることになる。そこで、万引きを繰り返すにんじんを前に、自分の寂寥感をありのままに語ることで、一種のカタルシスを体験する。幼いにんじんの純粋な魂に「ぼく」の言葉はしみこんでいく。にんじんの虚ろだった瞳に「少しだけ光が戻ってきたようだった」（p. 456）というように「ぼく」の話を、にんじんは受けとめてくれる。

> ひとりぼっちでいるというのは、雨降りの夕方に、大きな河の河口に立って、たくさんの水が海に流れ込んでいくのをいつまでも眺めているときのような気持ちだ。（p. 458）

死んだ犬のこと、すみれを見つけられなかったことを語る「ぼく」の言葉が、にんじんの胸に響いていることを「ぼく」は確認することができた。にんじんの盗んできた倉庫の鍵を川の中に落とすことで、現実の汚辱から自分とにんじんを解放し、すみれの喪失を乗り越えようとするのである。にんじんの母親であるガールフレンドに別れを告げることで、「ぼく」はごまかしのない新たな現実に向かって立ち向かうことを決意する。「11 月 7 日はすみれの 23 回目の誕生日であり、12 月 9 日はぼくの 25 回目の誕生日だった」（p. 467）という現実の数字に、すみれとともに生きる自分を確認している。河合俊雄氏が「象徴性のない、恣意的な世界の中で、アイコンや記号と同じように手がかりと歯止めを提供しているのが数字である」[37]と述べるように、「ぼく」は現実の確かな感覚の中ですみれの存在を実感している。「ぼく」は、「遠く乖離した感触を。鋭く尖った何かが無感覚な身体を静かに長く刺し貫いているような、実体のない真夜中の痛みを」(p. 469)抱えながら現実の中で生きるのである。

5．おわりに

『スプートニクの恋人』を書くにあたり村上春樹は、「ある種の文体に別れを告げよう」と決意し、「小説のダイナミックスを文体のレベルから物語のレベルへと漸次移行させていく」ことを試みた。また、「小説的視点の移動の問題」として「「ぼく」とすみれとミュウという三人の視点がほとんど対等に、あるときには独立しあるときには有機的に絡み合いながら機能する物語」を目指した。

『スプートニクの恋人』に挿まれたエピソードに、1991年に発表された「人食い猫」があるが、書き下ろし短編小説に描かれた喪失のイメージは温存され、中編小説『スプートニクの恋人』に再び表象される。

「人食い猫」「消えた猫」の挿話は喪失という漠然としたイメージであったが、1995年以後は内実をもって村上春樹文学

37 河合俊雄（2011）前掲書 p. 99

の核に位置する重要なる主題となる。喪失とは物的なものではなく、意識の問題として生体における仕組みを損なうことである。「物語を浄化するための別の物語」とは、おぞましい事件後の村上春樹の決意であったことから、損なわれたものの再生の物語が書き出されたことは確かである。『スプートニクの恋人』では、「あちら側」からの「タンジブル」な応答が描かれなければならない。

> ぼくらは同じ世界の同じ月を見ている。ぼくらはたしかにひとつの線で現実につながっている。(p. 475)

「ふたつの異なった世界」は、すみれの温かい血が流されることで、まとまった一つの世界として「有効な、生きた小説的物語」となる。「ぼく」がすみれの存在を信じることによって「すみれの物語」は解放された物語となることができたのである。

村上春樹は喪失からの再生の物語を創造するために、カルト教団が提示するような「インスタント完結性」に対抗することのできる「べつの物語性」を必要とした。ミュウがすみれの転居祝いに贈った鏡はすみれを「あちら側」の世界に送り込む「一枚の鏡」であったが、「ぼく」はすみれのいなくなった部屋でその鏡に違和感を覚える。すみれの失踪は時間とともに忘れ去られ、当事者のミュウでさえ白髪を人目にさらし、何事もなかったように日常を生きている。「ぼく」だけがすみれの不在に慣れることができず、すみれの帰還を信じている。お互いの誕生日をかぞえ、すみれからのコールを待ち続けている。人間は他の動物と違って、その存在を抽象的に捉える能力に優れている。時間の一次元を加えた四次元空間を創出することもできる。すべては意識の問題であり、信じる限りすみれは現実に「ぼく」の中で生き続けることができる。すみれが果敢に「あちら側」の世界にいけたのは「わたし」という命綱を握っていたからである。

村上春樹は自分の小説に求めているのは「誰かを癒すことでもなく、誰かに癒されることでもない」[38]としたうえで次のように述べている[39]。

> 求めているのは、物語というシステムを通して、自分にとっての（同時にまた読者にとっての）魂の新しい個人的領域を、見出すことである。その領域で、人はポジティブなものに出会うし、ネガティブなものにも出会うことになる。

『スプートニクの恋人』は「テクニック・コンシャスな作品」であり「物語と物語を生み出す僕との間の相関関係の働き方」を重視した作品である。「ふたつの異なった世界」をつなぐ物語を実現するには、文体である技巧を意識しながら、同時に作品との密接なかかわり方を大事にしなければならない。作者が変化すれば作品が変化するという関係が、実体のある「タンジブル」な物語を創造する。

「タンジブルなもの」とは「魂の新しい領域」に属するもので

38　村上春樹（2003）「解題」『村上春樹全作品 1990 ～ 2000 ⑦』前掲書 p. 392

39　村上春樹（2003）「解題」『村上春樹全作品 1990 ～ 2000 ⑦』前掲書 p. 392

あり、村上春樹は「文体的なレベル」と「物語的なレベル」で「魂の新しい個人的領域」を切り開いたのである。村上春樹が「他人を傷つけるよりは、自分を傷つけた方がずっとましだ」[40]と言うように、すみれは自分を傷つけながらも前を向いて進んでいく。河合俊雄氏が「村上春樹の作品の興味深いところは、それがまさに現代の最前線の意識のあり方を捉えているところであると思われる」[41]と述べているように、現代の意識の境界線を越えていくというモチーフに村上春樹『スプートニクの恋人』という作品の魅惑の核心があるといえる。

---

40 村上春樹（2003）「言葉という激しい武器」『ユリイカ　総特集 村上春樹を読む』32巻4号青土社 p. 27

41 河合俊雄（2011）前掲書 p. 104

テキスト

村上春樹（2003）『村上春樹全作品 1990 ～ 2000 ②　国境の南、太陽の西　スプートニクの恋人』講談社

参考文献

栗坪良樹・柘植光彦編（1999）『村上春樹スタディーズ 05』若草書房

今井清人編（2005）『村上春樹スタディーズ 2000-2004』若草書房

河合俊雄（2011）『村上春樹の「物語」― 夢テキストとして読み解く―』新潮社

川村　湊（2006）『村上春樹をどう読むか』作品社

＊本稿は、2017 年 7 月 8 日同志社大学で開催された「第 6 回村上春樹国際シンポジウム」における口頭発表に加筆を行ったものである。

村上春樹作品の語りの構造
―額縁構造物語の産み出す世界の「魅惑」―

落合　由治

1. はじめに

日本の近代以降の小説作品において、最も目立つ文章構成上の特徴のひとつは、「枠物語」あるいは「額縁構造」を作る作品が多くの作家に共通して見られるということであろう。[1]「枠物語（frame story）」あるいは「額縁構造」（以下、額縁構造と呼ぶ）とは、物語論の定義によれば「別の物語が埋め込まれている物語。別の物語に背景を提供することによって、枠として機能する物語」[2]であり、ここでの枠（frame）とは、「現実の諸々の相を表わし、その諸々の相の認識や理解を可能とする相互に関連する知的データの集合」で、「物語（narrative）を、現実のある種の組織化や認識化を許す枠と見なすことができる」とされている。[3]「枠」の定義から言えば、物語自体が現実を組織化

1　村上春樹作品と対照させて、今までも論じてきた。落合由治（2015）「近代から現代への〈メディウム〉としての表現史―村上春樹の描写表現の機能」森正人監修『村上春樹におけるメディウム20世紀篇』淡江大學出版中心pp. 177-204、落合由治（2016b）「村上春樹作品のテクスト機能の両義性― 文章構成と文法的要素の継承とその発展―」森正人監修『村上春樹における両義性（Pharmakon）』淡江大學出版中心pp. 313-338、落合由治（2017）「文章における質的単位の秩序について― 小説における「語り（ナラティブ）」の視点から―」沼野充義監修（2017）『村上春樹における秩序（order）』淡江大學出版中心pp. 279-310を参照。

2　ジェラルド・プリンス／遠藤健一（1991）『物語論辞典』松柏社p. 69

3　同上p. 69

するひとつの方法、様式であり、額縁構造は物語の中に物語を埋め込むことで、現実を組織化する物語を、そのような一定の方法、様式で組織化するという機能を持っていることになる。物語論での物語は、アリストテレス以来のミメーシスとしての「一ないしそれ以上の事象を再現する言説」であり、それを実現する方法が語りあるいはディスコースとしての「一・二名あるいは数名の（多少なりとも顕在的な）語り手（narrator）によって、一・二名あるいは数名の（多少なりとも顕在的な）聞き手（narratee）に伝えられる一ないしはそれ以上の現実の、あるいは、虚構の事象（event）の報告（所産と過程、物象と行為、構造と構造化としての）」を指す。[4]しかし、西洋の物語論では、枠となっている部分（以下、額縁とする）と枠の中に埋め込まれた部分（以下、物語とする）の現実を組織化する方法としての言説の差異、つまりそれぞれの部分の文章構成の差異による機能の相違は、それほど明確ではなく、作品全体を「枠物語」と考えているように見える。

物語の語り、物語言説は、言語表現あるいはマルチモーダル表現としてみれば、それは具体的には現実の、あるいは、虚構の事象（event）の報告を組織化する方法としての言説の差異に外ならないとすれば、その点で文章構成の差異による言説機能の相違が語り、物語言説の組織化の方法と様式、つまり物語構造を決めていることになる。つまり、物語の語り、物語言説（以下、語りとする）は、文章構成の差異を方法として用いた現実の組織化なのである。そう考えると、語りで最も重要な問

4　同上 p. 117

題は、文章構成の差異を捉える点にあると言える。文章の基本的構成を明らかにすることで、誰によって誰に対し何がどう語られているのかという語りを巡る問題はより明確に理解できると言えよう。本論文では、村上春樹作品の「魅惑（charm）」として、村上春樹がよく用いている額縁構造の作品の代表的な一つとして『回転木馬のデッド・ヒート』（1985）を取り上げて、額縁構造の作品の文章構成を明らかにすることを通じて、誰によって誰に対し何がどう語られているのかという語りを巡る問題を考察していきたい。

2．文章の基本的構成から見た『回転木馬のデッド・ヒート』の額縁構造

文章構成の種類は、文章の言語的特徴が明確に捉えられている永尾章曹（1986）の以下の「文章の基本的な類型」に拠った。

> 文章には、さまざまな型がある。私見によれば、基本的な類型と呼ぶことができるものだけでも二種三類のものが認められる。文章は、まず、特定の時に一回限りあった事件の話をする文章（多く童話・小説等に見られる）と、いつもそうであるという話し手の思いを述べる文章とに分けることができる。さらに、後者は、唯一の帰着点を持つもの（多く詩等に見られる）と、統合点が段階的に進むもの（多くは論説・批評等に見られる）とに分けることができるのである。[5]

5 「事件の話をする文章」と「話し手の思いを述べる文章」は、永尾章曹（1986）「第三章国語表現法の基本的な諸問題」『表現学の理論と展開

こうした文章の基本的構成の特徴から村上春樹『回転木馬のデッド・ヒート』(以下、『木馬』とする)所収の文章作品中、枠となっている額縁にあたる「はじめに・回転木馬のデッド・ヒート」(以下、序文とする)と、枠の中に埋め込まれた物語である短編8篇の中から、「レーダーホーゼン」を事例に取り上げて、それぞれの文章構成の特徴を明らかにしていくことにする。

2.1 『木馬』の序文の「語り」

序文は、21段落からなっているが、各段落の要点を示すと以下の表1のようになる。

表1　序文の内容の構成

段落	概要	要点
1	以下の短編の説明	「正確な意味での小説ではない」。
2	自分の小説の作法	小説では「現実的なマテリアル」を「溶解」し「ちぎって」使用し、「リアリティー」を産み出す。
3	この小説の資料	この文章は「原則的に事実に即している」。「多くの人から様々な話を聞いた」。
4	この小説の性格	長編に取りかかるための「スケッチ」。
5	書いているときの奇妙な体験	しかし、「話のひとつひとつがある共通項を有している」それらは「話してもらいたがっている」。
6	スケッチの意味	「小説に使いきれないおり」がスケッチ。
7	おりの原因	おりは「他人の話を聞くことが好き」なことから生まれる。

表現学大系1総論篇』教育出版センター p. 41 参照。

8	他人の話をおもしろく聞ける意味	「他人の話をおもしろく聞ける」ことからおりがたまる。
9	他人の話をおもしろく聞ける意味	「他人の話をおもしろく聞ける」ことから、我慢強さを身につけ、それはフィルター」になる。
10	人々の話の意味	「使い道のないまま僕の中につもる」。
11	カーソン・マッカラーズの小説	「もの静かな唖の青年」は、人々の話の聞き手になったが自殺した。
12	おりの特徴	「おりというものは体の中に確実にたまっていく」。
13	おりの特徴	「小説という形態を一次的に放棄したとき、ごく自然にこのような一連のマテリアルが僕の意識の表面に浮かびあがってきた」。
14	おりを書く意味	しかし、「このようなマテリアル」は「語られたがっていた」が、「僕の精神が解放されたという徴候」はない。
15	自己表現の意味	「文章による自己表現は誰の精神をも解放しない」。
16	おりの状態	「おりはあいかわらずもりのままで僕の中に残っている」。
17	おりの書き方	「僕にはそんなおりをこのような形のスケッチにまとめるしか手はなかった」。
18	スケッチと呼ぶ理由	「〈スケッチ〉と呼ぶのは、それが小説でもノン・フィクションでもないから」で、「マテリアルはあくまでも事実であり、ヴィークル（いれもの）はあくまでも小説である」。
19	おりの意味	「おりとは」「無力感のこと」で、「我々はどきにもいけないというのがこの無力感の本質だ」「我々自身をはめこむことのできる」「運行システム」は「我々自身を規定」する「メリーゴーランドによく似ている」「我々はそんな回転木馬の上で仮想の敵に向けて熾烈なデッド・ヒートをくりひろげている」。

20	事実の不自然さの原因	「事実」が「奇妙に不自然に映るのは」、「意志」という「内在的な力」が「発生と同時に失われている」ことを「認めることができず」、「その空白が」「奇妙で不自然な歪みをもたらす」ためである。
21	自己の思い	「僕は」おりという事実の不自然さの原因について、以上のように「考えている」。

以上のように、序文は第1段落で、この短編集が「正確な意味での小説ではない」とテーマを提起し、以降でその理由について説明している。第2～4段落では、まず自分の小説の作り方を紹介し、この短編集は人から聞いた話による「原則的に事実に即している」「スケッチ」であると述べている。続いて、第5～13段落では、次のポイント（話題の統合点）に話題が移り、この小説集で扱った人から聞いた話しの特徴を説明し、人から聞いた話は「おり」として「体の中に確実にたま」り、それらは「話したがっている」という形で、「マテリアルが僕の意識の表面に浮かびあがってきた」と、「おり」として溜まった素材が自然に語り出していると解説している。さらに、第14～19段落は三つ目のポイントが出され、「おり」をこのように書いても「僕の精神が解放されたという徴候」はなく、そのまま「おり」となっているので「スケッチ」と呼ぶことにし、「おり」とは「運行システム」が「我々自身を規定」する「無力感のこと」で、それが「メリーゴーランドによく似ている」ので、『回転木馬のデッド・ヒート』という題を付けたと述べている。最後の第20、21段落は、第四のポイントとして、「事実」が「奇妙に不自然に映るのは」、「意志」という「内在的な力」が「発生と同

時に失われている」ことを「認めることができず」、「その空白が」「奇妙で不自然な歪みをもたらす」ためであると、この小説のマテリアルが持つ、「事実」ではあっても「不自然」に感じられる理由を考察している。

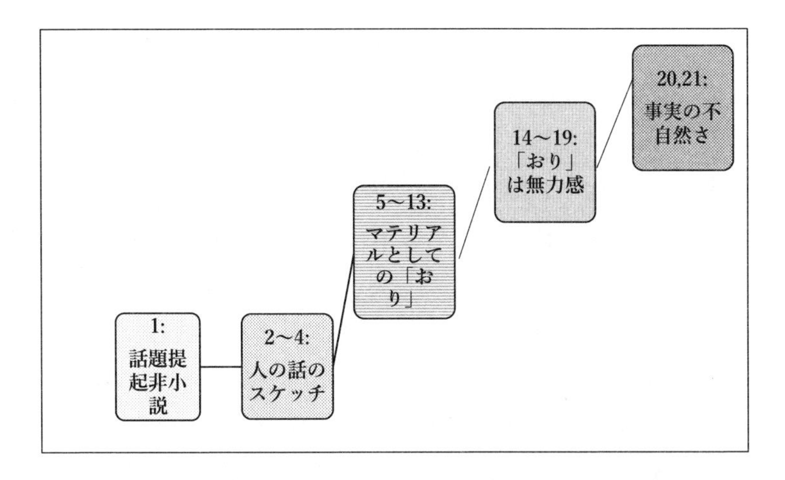

図 1　序文の文章構成：段階的に統合点の進む文章

以上の内容の進め方を見ると、話題を重ねることから一つの統合点が出され、それに基づいて次の話題に段階が進み、そこでまた話題を重ねることで次の統合点が浮かび、さらに次の新しい話題が提起される文章構成となっており、これは永尾章曹（1986）の「話し手の思いを述べる文章」の中の下位類型「統合点が段階的に進む」文章である。額縁構造を取っているこの作品で額縁となっている部分の「語り」は、実はいわゆるストーリー（ある登場者を時の経過に従って描写する文章構成、永尾章曹（1986）の「事件の話をする文章」）ではなく、広く論説、評論、随筆など「話し手の思いを述べる文章」なのである。[6]

こうした文章構成で、作者の村上春樹は読者に対して、他の人から聞いた話を書いたこの短編集は、「おり」という、「事実」ではあるが「奇妙に不自然に映」る「無力感」を与えるもので、「スケッチ」と呼ぶ他はないと、この作品集の性格をアピールして、読みの方向性を定位させようとし、同時にそうした方向での共感を求めていると考えられる。[7] そして、この序文は、以下の８つの短編全体の読みをある方向へ定位させる額縁として、それらに描かれた「事実」の意味付けをおこない、またその複数の「事実」をあるポイントへと統合化していることになる。額縁の文章構成から考えると、短編小説集として人から聞いた話を「マテリアル」として「事実」を描いた『回転木馬のデッド・ヒート』は、それぞれの作品を単独に独立した話として読むことも可能だが、それらを並べることで共通点が生まれ、全体として一定の統合点を持つ評論集、論説集、随筆集としての性格も持つことになる。村上春樹の作品集は基本的に額縁構造として発表され、それぞれ額縁としての序文やプロローグが付けられていることで、以下に収録された短編や連続していく長編に、各事実を統合化した単独に独立した話として読む可能性と同時に、それらの各事実から生まれた共通点を統

6　話し手の思い述べる文章についての実例は、落合由治（2004）「文章の基本的構成について―基本的構成から次の段階の構成へ―」『台灣日本語文學報』19, pp. 195-220 を参照。

7　額縁構造での額縁の機能については、落合由治（2010）「語りにおけるメタ・テクストとテクストとの交響的関連―夏目漱石『坊っちやん』のテクスト構成への一考察」『台灣日本語文學報』27, pp. 149-174 を参照。

合点として理解できる評論集、論説集、随筆集として読む可能性も持っていることになる。こうして額縁構造で与えられた村上春樹の物語は、多様な感受や解釈を読者に与えうる様々な可能性をもつ開かれた構造の物語となり、その柔軟で開放的な文章構成が読者に読みの自由と各自の個別的で個性的な享受を可能にする「魅力」となっていると言えよう。近代小説が芸術至上主義的な作品の作者の特権性による「マテリアル」の一定の解釈の方向性を主題の理解と作品の享受として一義的に読者に求めようとしていたとすれば、村上春樹の各作品集、長編、中編は、額縁構造を顕在的潜在的に持っていることで、むしろ作者の特権性から読者が解放され、「マテリアル」「現実の統合化」を読むこと自体が空白感や浮遊感ともなりえる解釈と享受の自由を与える「語り」となっていると言えよう。[8]

2.2 「レーダーホーゼン」の「語り」

次に、『回転木馬のデッド・ヒート』に収録された 8 篇の短編のうち、その最初に置かれている「レーダーホーゼン」（以下、短編 1 とする）について、文章構成の点からその語りの特徴について考察していきたい。全体は 36 段落（会話文は前の地の文

8　村上春樹は『回転木馬のデッド・ヒート』の短編が全集版に収録されたとき、その付録で、『木馬』の話は人から聞いた「事実」ではなく創作であると述べているが、そう述べることでさらに解釈の自由度は高まり、どの言説の方向付けを読者が選ぶかが解放されることになる。序文で人から聞いた「事実」と述べたことが、何らかの体験を描いているというリアリズムとして近代小説的方向で解釈されてしまうことを避けようとしたと考えられる。『村上春樹全作品 1979～1989』第 5 巻講談社の付録「自作を語る」参照。

の段落に含める）からなっており、その各段落の内容は以下の表２の通りである。丸数字の焦点番号は各段落のまとまりが作る話題の焦点で、その段落のまとまりが作品内で果たしている機能を額縁としてローマ数字で示している。

表２　短編１の構成

焦点番号	段落の焦点	対応する文章構成	作品での機能
①	1～2：短編集の由来	話し手の思いを述べる文章（段階的に統合点の進む文章）	額縁Ⅰ：短編集の各作品を書くことになった契機
②	3～7：話し手である妻の同級生の紹介	話し手の思いを述べる文章（いつもの話をする文章）	額縁Ⅱ：語り手の人物像の定位
③	8～13：僕が話し手の話を聞くことになった経緯	事件の話しをする文章（話し手と聞き手の対話）／話し手の思いを述べる文章（対話での話し手の会話内容による説明）	額縁Ⅲ：以下で「事実」を語る話を聞くことになった理由の説明
④	14～24：話し手と僕の対話による話し手の両親の離婚の経緯	事件の話しをする文章（話し手と聞き手の対話）／話し手の思いを述べる文章（対話での話し手の会話内容による説明）	額縁Ⅳ：以下で語られる「事実」が生じた家族の背景の説明
⑤	25～33：話し手の母親がドイツ旅行で「レーダーホーゼン」を買いに行った話	事件の話しをする文章（聞き手が語る「事実」＝物語）	作品の中心となる「事実」の提示（枠に囲われた物語）

⑥	34：話し手が語る母親の離婚の動機	事件の話しをする文章（話し手と聞き手の対話）／話し手の思いを述べる文章（対話での話し手の会話内容による説明）	額縁Ⅵ：額縁Ⅳの続き、「事実」が発生した原因の解釈と説明（額縁Ⅳと照応）
⑦	35～36：語り手の話を聞いた僕と妻の対話	事件の話しをする文章（妻と僕（聞き手）の対話）／話し手の思いを述べる文章（彼女の見解の説明）	額縁Ⅶ：額縁Ⅱ／Ⅲの続き、彼女の解釈を聞いた僕の同意（額縁Ⅱ・Ⅲと照応）

こうした作品を読む場合に大事なことは、冒頭から読んでいくと全体が事件の話をする「小説」のように受け取って自然に読み進めていくことが普通であるとしても、実はこの作品集の各短編の大半の部分は「話し手の思いを述べる文章」による額縁の連続であるという点である。額縁Ⅱは、以下のような特徴を持っている。なお、例文の数字は段落番号、丸数字は文番号である。

例１　額縁Ⅱの文章構成

3　①その話を僕にしてくれたのは妻のかつての同級生だった。②彼女と僕の妻とは学校時代はとくに親しいというわけではなかったのだが、三十を過ぎてからふとしたところでばったりと顔をあわせ、それがきっかけになって、以来かなり親しく行き来するようになったのだ。（中略）

7　①そんなわけで彼女はエレクトーンの教師をつづけ、暇さえあればスポーツに励み、定期的に不運な恋愛をした。

額縁Ⅱに当たる第3～7段落の文章構成は、以上の例文の下線部のように、あることが繰り返しあった、ある様子が続いていたことを示す表現で、一回限りの出来事を描いているわけではない。これは「いつもの話をする」形式での「話し手の思いを述べる文章」である。「いつもの話をする」ためには、当てはまらない出来事や動きを捨てて、似たこと、繰り返し、日常的に反復される動きだけを集めて描く必要があり、そうした形でここでは彼女の性格や生活の特徴を説明しているのである。続く額縁のⅢ、Ⅳは、以下のように彼女がある日、今回の話の話題を出し、その話を聞くまでの話し手の彼女と聞き手の僕の対話が描かれている。

例2　額縁Ⅲの文章構成

8　①「母が父を捨てたのよ」とある日彼女は僕に教えてくれた。②「半ズボンのことが原因でね」（中略）

9　①是非聞かせてほしい、と僕はいった。

10　①その雨の日曜日の午後に彼女が僕の家を訪ねてきたとき、妻は買物に外出していた。（中略）

12　①（前略）妻は戻ってはこなかったので、僕は彼女としばらく世間話をすることになった。②我々は鮫の話をし、海の話をし、泳ぎの話をした。（中略）

13　①しかし僕が手持無沙汰になってそろそろ次の映画でも観ようかと考えているところに、彼女が突然両親の離婚の話を始めた。（以下略）

例 3　額縁Ⅳの文章構成

14　①「半ズボンというのは正確な呼び方じゃないの」と彼女は続けた。(中略)

15　①話しをすっきりさせるために、僕は彼女の父親がどのような状況で誰にレーダーホーゼンをおみやげに買ってきてくれるように頼んだのかと質問した。(中略)

16　②「母親の妹がその頃のドイツに住んでいて、遊びに来ないかと母親を誘ったの。(以下略)」

額縁Ⅲ、Ⅳは、「ある日」彼女が下線部のように「母が父を捨てた」と述べ、その「日曜日の」午後」、しばらく映画を観たり、雑談をしたりした後、彼女が「突然両親の離婚の話」を始めた経過を述べている。ある時にあった出来事を描いてはいるが、出来事は対話部分の描写に集約されている点で、要約、集約された「事件の話をする文章」であり、また、対話部分の「　」の中の彼女の話は両親の事情や背景の説明として「話し手の思いを述べる文章」であり、要約、集約された「事件の話をする文章」の中に対話の形で「話し手の思いを述べる文章」が包まれる形になっている。額縁Ⅲは僕の妻との関係から第 35、36 段落の⑦に続き、額縁Ⅳは母親がレーダーホーゼンを買いに行った「事実」を述べている⑤の部分の後、第 34 段落の⑥に続く形になっている。

一方、額縁ⅠからⅣが包み込んでいる母親がレーダーホーゼンを買いに行った「事実」である⑤は、以下のように母親がドイツのある町にレーダーホーゼンを買いに行く経過を聞き手である僕が描く「事件の話をする文章」であり、いわゆる「小説」として描く形式になっている。

例 4　⑤事実の提示の文章構成

25　①のレーダーホーゼンを売る店はハンブルグから電車に乗って一時間ほどの小さな町にあった。②親の妹がその店のことを調べてきてくれたのだ。

③「(略)」と妹は言った。

26　母親は一人で電車に乗り、夫のみやげにレーダーホーゼンを買うためにその町にでかけた。(以下、略)

以上の例のように文章構成の質的相違に注目することで額縁構造をたどることができ、全体の関係を整理すると以上の表 2 のようにまとめることができる。短編 1 は前半にいずれも何らかの形式で「話し手の思いを述べる文章」がⅠからⅣの四種類の額縁として順番に置かれ、それに包まれる形で短編 1 の「スケッチ」となる「マテリアル」としての、話し手が語る「事実」が⑤の部分に事件の話しをする文章として描かれ、さらにその後に前半のⅣに対応する額縁Ⅵと前半のⅡ／Ⅲと照応する額縁Ⅶが置かれている。額縁は二種類の「話し手の思いを述べる文章」として書かれているが、額縁Ⅰは、聞き手である僕が「スケッチ」を書くきっかけを説明しており、「何年か前の夏」話し手である妻の友人である彼女から話を聞いたことが「マッチを擦ってくれ」る結果になって、その発火が燃え移るまでに時間がかかったが、なんとか「制限時間内」で僕の体に燃え移って一連の作品が生まれたという説明がなされている。これは、序文と同じ「話し手の思いを述べる文章」の一種「段階的に統合点の進む文章」の最初の焦点化を為している段落と言えよう。これに続く部分が論説、評論、随筆のように展開されれば「小説」にはならないが、ここでは別の形式のいつもの様子を説明する「話し手の思いを述べる文章」を以下に続けることで額縁を重ねて、その中に「小説」の典型的文章構成である「事件の話をする文章」を入れることで、「小説」を産み出している。全体の構成を整理すると、以下の図２のような構成の作品と言える。

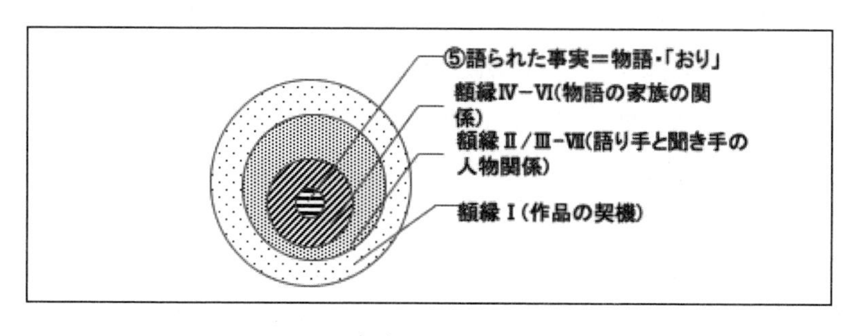

図２　短編１の文章構成

聞き手が⑤で語る「事実」は、この短編での現実の組織化としての物語であり、序文で述べられている方向から言えば「おり」のような書いても解放感のない「不自然」な出来事である。三重の額縁の説明があっても、本当に話し手の説明は妥当なのかは不定のままになっている。逆に、額縁を外してしまうとただそういう事実があったということだけが提示されて、やはり無数の解釈可能性の中に「事実」が浮遊してしまう。以上、短編1の文章構成は、複数の額縁があることで逆に包含された「物語」の意味が無数の解釈可能性の中に解き放たれるための舞台装置と言え、作者が決めた一つの読みに収斂する方向で読まれてきた近代小説から読者を解放しようとしている額縁構造と考えられる。

3．多重額縁構造物語の表現機能

こうした多重的な額縁構造は、大きく三つの側面から機能を認めることができる。

第一は語り手と聞き手の関係の相対化である。近代までの枠物語は、一人の語り手の話をもう一人の聞き手が聞くという基本的構造で展開されている場合が多い。[9]この二項対立的関係の第三項として作者が潜在的に機能し、読者に作者の存在やメッセージを強烈に伝える構造になっていると考えられる。一方、村上春樹は作品集『回転木馬のデッド・ヒート』の作品構成自体やそれに収録されている各短編も短編1のような複数の額縁にそれぞれ異なる語り手と聞き手の関係があり、それが各部分で入れ替わるという多重輻輳関係の語り手と聞き手を作り出している。表3のように語り手と聞き手の関係は地の文でも会話

9　近代小説の典型的な枠物語は芥川龍之介、志賀直哉、谷崎潤一郎などの作人に見られる。芥川龍之介の文章構成にいては落合由治（2016a）「芥川龍之介作品の現代性― 文章構成における近代の超克」『比較文化研究』124, pp. 1-16 参照。谷崎潤一郎の場合は落合由治（2017b）「文章における質的単位の秩序について― 小説における「語り（ナラティブ）」の視点から」沼野充義監修『村上春樹における秩序』淡江大學出版中心 pp. 279-310 参照。

でも作品の進行とともに常に変転していくため、私小説で言えば複数のそれぞれ異なる「僕」と「彼女」の語りを聞くことになる。読者に二項対立の第三項として対峙する作者の位置は相対化され、強固に読者を規定する日本の近代小説的物語構造も多極化されて並列化してしまう。

表3　短編1の各部分の語り手と聞き手

焦点番号	段落の焦点と額縁	〈地の文〉語り手・聞き手・対象	〈会話〉語り手・聞き手・対象	語りの中での登場者や内容
①	1 ～ 2= 額縁 Ⅰ：短編集の由来	語り手：僕 聞き手：(読者) 語る対象：彼女	NA	この作品のきっかけになった話しをしてくれた妻のかつての同級生の「彼女」の紹介
②	3 ～ 7= 額縁 Ⅱ：話し手である妻の同級生の紹介	語り手：僕 聞き手：(読者) 語る対象：彼女	語り手：妻 聞き手：僕 語る対象：彼女	この作品のきっかけになった話しをしてくれた妻のかつての同級生の「彼女」の紹介
③	8 ～ 13= 額縁 Ⅲ：僕が話し手の話を聞くことになった経緯	語り手：僕 聞き手：(読者) 語る対象：彼女	語り手：彼女 聞き手：僕 語る対象：話題提起	その日、彼女が訪ねてきたが、妻は外出していたため映画などで時間を潰した経過
④	14 ～ 24= 額縁 Ⅳ：話し手と僕の対話による話し手の両親の離婚の経緯	語り手：僕 聞き手：(読者) 語る対象：彼女の家庭と母親	語り手：彼女 聞き手：僕 対象：母親が離婚に到った経緯	「母親」と父親をめぐる彼女の家庭の話。

⑤	25 ～ 33= ⑤事件の話：話し手の母親がドイツ旅行で「レーダーホーゼン」を買いに行った話	語り手：（僕＝書き手） 聞き手：（読者） 語る対象：母親（＝彼女）のドイツでの体験	語り手：妹、ドイツ人、母親（＝彼女） 聞き手：母親（＝彼女）、ドイツ人 対象：レーダーホーゼンを買った経緯	①僕は登場しない。 ②母は「彼女」で登場する。話の中心となる母親によるドイツでのレーダーホーゼンの買い物の経験。
⑥	34= 額縁Ⅵ：話し手が語る母親の離婚の動機（額縁Ⅳと照応）	語り手：僕 聞き手：（読者） 語る対象：彼女の様子	語り手：彼女 聞き手：僕 対象：母親がレーダーホーゼンを買った結末	①彼女は妻の友人に交代。 母親のドイツでの事件が発生した原因の解釈と説明。
⑦	35 ～ 36= 額縁Ⅶ：語り手の話を聞いた僕と妻の対話（額縁Ⅱ・Ⅲと照応）	語り手：僕 聞き手：（読者） 語る対象：彼女	語り手：僕 聞き手：彼女 対象：彼女の母親への思い	彼女の解釈を聞いた僕の同意

第二は、伝統的な物語構造を浮動させることができる点が注目される。今回、取り上げた作品は短編集であるため物語に当たる語られた事実は、それぞれ異なる短編で一度ずつしかなく物語の展開構造がそこからみられるわけではないが、多重の額縁構造が作品で繰り返し用いられる全体的構成は、村上作品の流れで考えると、複数の「僕」が語り手として共存しているため『羊をめぐる冒険』に典型的に見られるような通過儀礼的な神話の構造のバリエーションには該当せず、そこに登場する「僕」や周囲の人物も 80 年代から 90 年代の作品に共通して見られるような「喪失」のモチーフや「他者」「分身」等の物語論で

構造化できる典型的キャラクターには該当しない。90年代以降の短編や長編作品は多重の額縁構造を持ち、『ねじまき鳥クロニクル』の妻、中尉、加納姉妹、綿谷ノボル等の語り、『国境の南、太陽の西』の島本さん等の語り、『スプートニクの恋人』のミュウやすみれ等を始めとして『回転木馬のデッド・ヒート』で「おり」と呼ばれるような「不自然」な記憶や語りが「僕」以外の語り手によって大きく入り込んでいる作品構造が常用され、それらの表現も同一形式の反復ではない多様な形式でしばしば見られ、村上春樹作品の重要な物語形成の構造を成している。語り手が多重化することで、その内部に響く、声も多重化多声化し、読者の読みもそれに応じて多重化多様化される。シンフォニックで一義的に受容することを求められる近代小説に対し、村上春樹はポリフォニックで多義的な小説の意味空間を創造したと言える。

第三は、『回転木馬のデッド・ヒート』の文章構成は、人間の主体とそれを支えるラングとしての言語という近代の一義的意味を帯びた認知構造を解体してしまう表現構造の試みと言える。言語モデルから見ると、ソシュールがラングの言語学として提起したコミュニケーションモデルは、語り手のメッセージがそのまま聞き手に再現されることで可能になるような二項対立モデルであり、第三項としてだれにとってもラングとしての言語の意味は一定であるという意味の一義性に基盤を置いている。このモデルは、その後、情報通信理論として発展し、現在のインターネットやクラウドコンピューティングの基礎になっている（図3参照）。

しかし、村上はラング的な一義性のコミュニケーションモデルではなく、それらを成り立たせるようなポリフォニックで多義的な語りを模索し、『木馬』では、その一つの文章構成的モデルが産み出されていると言えよう。その典型的な手法の例は、先の表3で示したように、文章構成上の部位によって人称を示す名詞の意味が変わっていくということである。②では、地の文の語り手は「僕」であるが、会話は「妻」が語り手で「僕」が聞き手の形で挿入されている。③の会話では、妻の同級生である「彼女」が語り手で「僕」が聞き手となる。⑤は「僕」は地の文の語り手ではあるが、その中には登場しない書き手である。その「僕」が書いている妻の同級生である「彼女」の「母親」のドイツでの経験の中には、語り手として妹、ドイツ人と彼女として描かれる母親が登場し、聞き手として彼女と描かれる母親とドイツ人が登場する。それが、⑥になると語り手は妻の同級生である「彼女」に戻り、聞き手は「僕」に戻る。日本の近代小説やそれを継承する現代の大衆小説では、こうした語りを構成する人物には常に一定の呼称と役割が与えられるのが一般的であると思われるが、村上春樹の場合は、非常にめまぐるしく呼称と役割が交代している。これは村上春樹の目指している文芸のコミュニケーションモデルである。

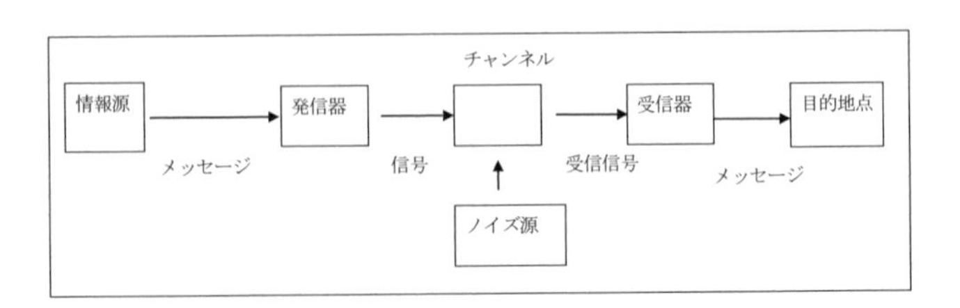

図3　シャノンによる一般的通信システム

村上春樹が直接、ミハイル・バフチンの文学観や言語観について述べたことはないと思われるが、バフチンは、ポリフォニーの概念で多様な社会的言語が相互に多声で響く文学作品についてドストエフスキー論などを通じて提起している。[10]バフチンは小説について以下のように述べている。

> 小説とは言葉遣いの社会的多様性や、ある場合には多様性の併用や、また個々の声たちの多様性が芸術的に組織されたものである。単一の国語はその内部で様々に（中略）分化しているが、このようにあらゆる言語がその歴史的存在のあらゆる瞬間において、内部に分化しているということが、小説というジャンルの不可欠な前提なのである。なぜなら、言語の社会的多様性とその基礎の上に成長する様々な個人の声たちによって、小説は自分のすべてのテーマを、描写され表現される自分の対照的意味の世界のすべてを管弦楽化するのだから。[11]

村上は『回転木馬のデッド・ヒート』において、地の文と会話文それぞれで話者と聞き手を交錯する形で交代させることで、「僕」という日本の近代小説での特権的語り手の声を超えて、短編1ではさまざまな女性の声を「僕」の声の代わりに多声化さ

---

10 ミハイル・バフチン / 伊藤一郎訳（1996）『小説の言葉』平凡社参照。論文は多数あるが、一例として高橋伸一、佐々木亮（2014）「バフチンの「言語的多様性」と「発話」の応用可能性 ： 試論 ： 言語教育と言語芸術への新たなアプローチ」『京都精華大学紀要』45, pp. 88-110 等を参照。

11 同上バフチン書 p. 16

せ、バフチンが小説の特徴と述べている「社会的多様性」あるいは「ポリフォニー」を表現構成として実現し、1970年代から80年代の日本社会の急激な変化に活きるさまざまなジャンルの人々の生を「瞬間」として現前させているとも言えよう。他の社会的ジャンルの言語作品が同時代性や実用性を失うことで価値をすぐに消失していくのに対し、文学作品が時代的制約を超えて読み継がれていく重要な背景には、こうした言語作品としての構成があることは注目すべき点である。

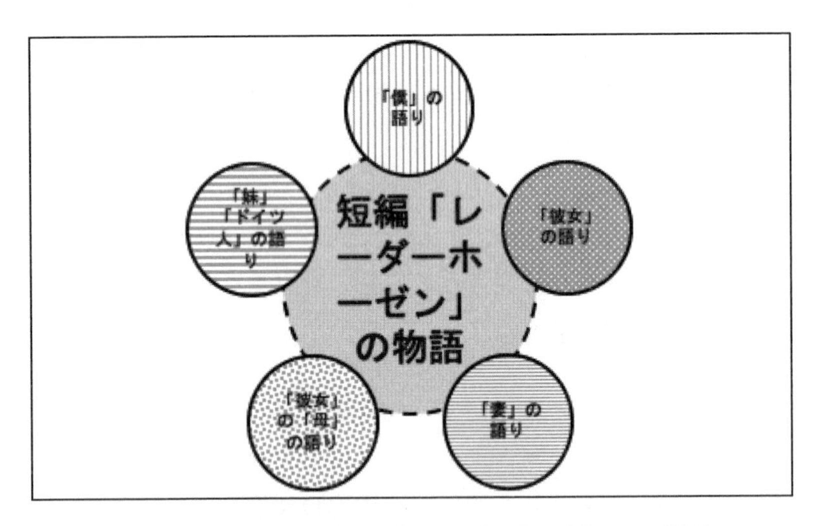

図4　ポリフォニックな「レーダーホーゼン」の語り

4. おわりに

『回転木馬のデッド・ヒート』所収の8つの短編は、それぞれがいずれも何らかの複数の額縁に囲まれている内部に、人から聞いた話がその短編の「事実」の描写として置かれ、またその後に、前の額縁の続きか、新しい額縁が添えられる形になっている。しかし、その額縁構造は近代小説のように作者の存在が作品の外から作品を枠づけることで、読者の読みを作者の思想の理解というような方向に収斂させる「物語」ではなく、作者も含め一定の枠付けがあることでむしろその枠付けから「物語」が超出して読者の側に事実の組織化が委ねられてしまう構造であると言えよう。村上春樹は異なる種類の文章構成を重ねることで、近代までの小説を規定してきた額縁の機能を超える道を模索していたと言えるであろう。近代小説と何も変わらないように見えてしまう村上春樹の文章構成上の苦闘は、実は、今回、事例として取り上げた『木馬』の文章構成のような細部の創造によって産まれており、日本語としての現代性の探究でもある。こうした点は、今後の世代が村上文学をモデルに、バフチン的なポリフォニックで社会的多様性のある時代を超える文学を継承していくために認知する必要がある要点と言えよう。

注記

本論文は、2017年7月の2017年第6回村上春樹国際シンポジウムでの発表内容を加筆訂正したものである。また、科技部専題研究MOST 105-2410-H-032 -074-MY2 ―の研究成果の一部である。

テキスト

村上春樹（1995）『村上春樹全作品 1979 ～ 1989 短編集Ⅱ』第5巻講談社

参考文献

内田康（2016）『村上春樹論―神話と物語の構造』瑞蘭國際

落合由治（2004）「文章の基本的構成について―基本的構成から次の段階の構成へ―」『台灣日本語文學報』19, pp. 195-220

落合由治（2010）「語りにおけるメタ・テクストとテクストとの交響的関連―夏目漱石『坊つちやん』のテクスト構成への一考察」『台灣日本語文學報』27, pp. 149-174

落合由治（2015）「近代から現代への〈メディウム〉としての表現史―村上春樹の描写表現の機能」森正人監修『村上春樹におけるメディウム 20世紀篇』淡江大學出版中心 pp. 177-204

落合由治（2016a）「芥川龍之介作品の現代性― 文章構成における近代の超克」『比較文化研究』124, pp. 1-16

落合由治（2016b）「村上春樹作品のテクスト機能の両義性― 文章構成と文法的要素の継承とその発展―」森正人監修『村

上春樹における両義性（Pharmakon）』淡江大學出版中心 pp. 313-338

落合由治（2017）「文章における質的単位の秩序について— 小説における「語り（ナラティブ）」の視点から」沼野充義監修（2017）『村上春樹における秩序（order）』淡江大學出版中心 pp. 279-310

高橋伸一、佐々木亮（2014）「バフチンの「言語的多様性」と「発話」の応用可能性 ： 試論 ： 言語教育と言語芸術への新たなアプローチ」『京都精華大学紀要』45, pp. 88-110

永尾章曹（1986）「第三章　国語表現法の基本的な諸問題」『表現学の理論と展開　表現学大系 1 総論篇』教育出版センター

バフチン，ミハイル／伊藤一郎訳（1996）『小説の言葉』平凡社

プリンス，ジェラルド／遠藤健一（1991）『物語論辞典』松柏社

村上春樹（1995）『村上春樹全作品 1979 ～ 1989 短編集Ⅱ』第 5 巻講談社付録「自作を語る」

Shannon, Claude E. (1948) ‘A Mathematical Theory of Communication’, Part I, *Bell Systems Technical Journal*, 27, pp. 379-423

火付けの魅惑

—村上春樹「納屋を焼く」論—

佐藤　敬子

1. 二種の「納屋を焼く」

「納屋を焼く」は1983年1月の『新潮』に掲載され、昭和62年(1987)9月25日に新潮文庫の『螢・納屋を焼く・その他の短編』のタイトルで発行された。その後、1990年9月20日に『村上春樹全作品1979-1989』第3巻短篇集Ⅰに再録されたが、「この作品にはけっこう手を入れた。雰囲気は少し変わったかもしれない[1]」と村上春樹本人が語るほど、本文の異同があり改変されている。

しかし、「納屋を焼く」の主人公「僕」が二度語り、それを村上春樹が作品化し、それぞれ『新潮』および『村上春樹全作品1979-1989』第3巻短篇集Ⅰに所収したもの、と考えることも可能であろう。

本論ではそのような考えに立脚し、第一回目の語りである『新潮』に掲載され、その後新潮文庫に収録されたものを扱うこととする。

1 「自作を語る」短篇小説への試み(『村上春樹全作品1979-1989』第3巻短篇集Ⅰ月報 p. XⅣ)。

2．火付けのもたらすもの

それにしても「彼」はなぜ「納屋を焼く」のか。

「彼」はなぜ納屋を焼く行為をやめないのか。

火付けは癖になるものらしい。

ときどき、ある狭い範囲でぼや騒ぎが続くと、たいがいが同一人物による犯行だったりする。新聞の三面記事でよく見かける騒ぎである。火付けは火付けをする人物にとって、それだけ魅惑あふれる行為なのであろう。

> 今夜で、常吉は三度目の放火をすることになる。
> 火をつけて、すぐに逃げて、すこしはなれた場所から、夜空にふきあがる炎と火の粉を見たときの、あの激しい歓喜を、常吉は忘れかねていた。
> 躰中にたまった苦悩と鬱憤が、炎と共に夜空へ吹き飛び、身もこころも軽がるとして、
> (何ともいえねえ・・・)
> 気分になってしまうのだ[2]。(p. 491)

池波正太郎『鬼平犯科帳』「火つけ船頭」から引用したが、放火犯が放火を繰り返す心情を余す所なく語っている場面ではなかろうか。

来年三十になる常吉は船宿〔加賀や〕の船頭であった。常吉

2　当該論文では「鬼平犯科帳」「秋季限定栗きんとん事件　下」「納屋を焼く」「納屋は燃える」「手袋を買いに」を引用するが、引用本文は論文末に掲載した通りである。

とて、生来の放火魔ではない。一昨年の春、おときを女房にしたが、そのおときがこの夏以来、同じ長屋の浪人と密通をして、それと知りつつ、無頼浪人に歯向かえず、その不安定な精神状態が放火という行為に常吉を走らせたらしい。

　はじめて、他人の家へ火をつけ、これが炎上するのを見たときの快感というか、感激というか、
　(忘れられるものじゃあねえ、もう一度・・・もう一度だけでもいいから、やってみてえ)(p. 493)

時代小説から引用したが、現代小説からも引用する。

　(九月十六日　月報船戸　八面コラム)
　この欄では、今年の二月から、連続放火事件について書いてきました。その結果をご報告します。八月八日、犯人は火をつけているところを目撃され、逮捕されました。もう少し早く捕まえられなかったのかと思うと残念ですが、町は広いので、難しかったのでしょう。新聞によると犯人は、「むしゃくしゃしていてやった。(火をつけるたびに)(略)大騒ぎするのが面白かった」と話しているそうです。(p. 218)

米澤穂信「秋季限定栗きんとん事件　下」では10月から翌年の8月まで、同一人物による10回ほどの放火事件があった。主人公を含む船戸高生たちは、犯人を特定するべく奔走する。その犯人が捕まったことを船戸高校学内新聞に掲載した記事を、ここでは引用した。

このように火付けは、一度やったらやめられない、魅惑あふれるものであった。火付けは火付け当事者に快感、感激を与え、「全身に衝きあがってくる快い興奮[3]」を与え、苦悩と鬱憤を吹き飛ばし、身もこころも軽々とさせる効能をもたらすものであった。

そのような魅惑に取りつかれて、「納屋を焼く」の「彼」は

「二か月にひとつくらいは納屋を焼きます」（p. 65）
と告白する。
「それくらいのペースがいちばん良いような気がするんです」（pp. 65 － 66）
「この前に納屋を焼いたのはいつ？」
「夏、八月の終りですね」（p. 69）
「この次はいつ焼くことになっているの？」（p. 69）

この「僕」の質問に対して「わかりませんね[4]」とは答えるものの、この会話が「十月の日曜日の午後[5]」で、納屋を焼くのが二ヵ月にひとつのペースで、前回が八月の終りであることを知っている読者は、そろそろ次の納屋が焼かれることを予測できる。

「次に焼く納屋はもう決まっているのかな？」[略]

3　p. 494

4　p. 69

5　p. 58

「とても良い納屋です。久し振りに焼きがいのある納屋です。実は今日も、その下調べに来たんです」
「ということは、それはこの近くにあるんだね」
「すぐ近くです」（p. 70）

と「僕」に次の納屋を焼く場所も時期もすでに決まっていることを、わざわざ宣言、あるいは告知する。

「昨年の十二月のなかば[6]」に「僕」と「彼」が再会したとき、

「納屋ですか？もちろん焼きましたよ。きれいに焼きました。約束したとおりね」
「家のすぐ近くで？」
「そうです。本当のすぐ近くで」
「いつ？」
「この前、おたくにうかがってから十日ばかりあとです」（p. 77）

このように「僕」は「彼」から報告を受けた。

3.「納屋を焼く」ことの意味するもの

主人公「僕」はベイルート経由で帰国する「彼女」を迎えに空港まで出向くが、飛行機の四時間もの遅延の間、フォークナーの短篇集を読んでいた。すくなくとも新潮文庫の『螢・納屋を焼く・その他の短編』では

6　p. 75

―飛行機は悪天候のために実に四時間も遅れて、そのあいだ僕はコーヒー・ルームでフォークナーの短篇集を読んでいた―（p. 56）

とあり、原書で読んでいたのか、翻訳されたものを読んでいたのか、定かではないが、空港での待ち時間という設定から、全集ものやハードカバーよりは、文庫本などの、時間つぶしに気楽に読めるもの、と考えられよう。改変された『村上春樹全作品 1979 － 1989』第 3 巻短篇集Ⅰ』では

―飛行機は悪天候のために実に四時間も遅れて、そのあいだ僕はコーヒー・ルームで週刊誌を三冊読んだ―（p. 241）

となっている。週刊誌に相当するものとして、かりに新潮文庫の『螢・納屋を焼く・その他の短編』の「僕」が持参したものが、新潮文庫の龍口直太郎訳の『フォークナー短編集』だとすると、その短編集に「納屋は燃える」というタイトルの作品が所収されているのに留意すべきであろう[7]。

「納屋は燃える」は、その後のフォークナーの長編作品『村』や『町』の主要人物となるスノープス家が登場し、またスノー

7 龍口直太郎は「納屋は燃える」と訳したが、1981 年に冨山房から出版されたフォークナー全集で志村正雄は「納屋を焼く」と訳していることを付け加えておく。またフォークナーとの関連は森本真一（2004）「村上春樹とフォークナー」『学苑』昭和女子大学、加藤典洋（2010）「村上春樹の短篇を英語で読む」『群像』講談社、竹内理矢（2014）「フォークナーから村上春樹へ」『群系』第 33 号などを参照した。

プス家の人々とともに重要人物となるド・スペイン大佐もはじめて登場する（新潮文庫『フォークナー短編集』あとがき[8]）、金字塔とも言うべき短編である。

「納屋は燃える」の主要人物であるアブナー・スノープスは、実際に二軒の納屋を物語内で燃やすが、それはアブナーなりの理由はあるものの、はなはだ正当性がなく、燃やされた側からすれば全くの不条理としかいいようのない理由による。しかしアブナーにはアブナーなりの正義があり、作品の中での一度目の納屋を焼くとき、わざわざ「黒ん坊」を使いに立て、「おまえさんの薪や乾草が燃えちまうぞって、あのひとがおまえさんにいってくれとさ[9]」と納屋の放火をあらかじめ匂わせる。

「彼」も「僕」に、あらかじめ納屋を焼くことを宣言する。

燃えるような納屋を持たない「僕」は、ほかの家の納屋が燃えることを想定し、どの納屋が該当するのか予測し、丹念に経過観察するものの、納屋が燃え落ちたような様子はまるでなく、「十二月がやってきて、秋が終り、朝の空気が肌を刺すようになった。納屋はそのままだった[10]」。しかし「昨年の十二月のなかば」に「彼」と再会し、納屋のことを確認すると、

「納屋ですか？もちろん焼きましたよ。きれいに焼きました。約束したとおりね」
「家のすぐ近くで？」

8　p. 287

9　p. 239

10　p. 75

「そうです。ほんとうのすぐ近くで」
「いつ？」
「この前、おたくにうかがってから十日ばかりあとです」
（p. 77）

と打ち明けられる。

アブナーの納屋を焼く理由は、アブナーの勝手な論理によるものであるが、アブナーにおける「火」の意味を、息子であるカーネル・サートリス・スノープスは次のように推測する。「つまり、火という要素が、父のなかの、ある深い、本質的な生命の泉に働きかける」ものであり、「（それがなかったら、生きて呼吸する値打ちもない）」もので、「完全な自分というものを保持するための、唯一の武器」であり、「尊敬の眼をもって見られ、慎重にとり扱われるべきもの」だという[11]。アブナー・スノープスは、他者によって完全な自分の保持が危うくなったとき、本質的な生命の泉を枯渇させないために、自分を喪失する危機に見舞った当事者の納屋を焼く、という行動を起こすのだろう。「火」は「尊敬の眼をもって見られ、慎重にとり扱われるべきもの」であるゆえに、理由もなく納屋を焼く行為は犯さない。アブナー・スノープスはどこの納屋でもよいわけではないし、自分の気晴らしのために納屋を焼くわけではない。「火つけ船頭」の常吉の、あるいは「秋季限定栗きんとん事件」の放火犯の、自分本位の火付けとは、火を付ける動機も理由も違う。

「彼」も「彼」なりの納屋を焼く理由を持っている。

---

11 p. 246

「彼」は「モラリティーなしに人間は存在できません。僕はモラリティーというのは同時存在のことじゃないかと思うんです[12]」と独自の論を展開させるが[13]、それは結局は納屋を焼く行為の言い訳としか思えない。「僕はただ自分の気持を気持として表現しただけです[14]」という心情までを短く括るならば、納屋を焼くことは「彼」の存在理由に直結する。「火」が、ひいては「納屋を焼く」ことが「完全な自分というものを保持するための、唯一の武器」であるアブナー・スノープスと「彼」とが同種の人間だとも言えよう。彼らは、自己を保持するために、納屋を焼くことを選択する。

ゆえに、「彼」は「約束したとおり[15]」に火付けをする。「僕」からすれば、火付けの宣言は受けたが、約束をした覚えはないはずだ。しかし「彼」の論理では宣言＝約束となっている。火付けは宣言した段階で、すべきもの、しなければならないもの、と変換される。その意味においても、「彼」とアブナー・スノープスは、同じ行動を採る。

---

12 p. 68

13 モラリティーについては次の一連の論文、すなわち田中実（2006）「読むことのモラリティー」『神奈川大学評論』55、田中実（2007）「読むことのモラリティー再論」『國文學』平成 19 年 5 月、田中実（2011）「村上春樹の「神話の再創成」」『〈教室〉の中の村上春樹』ひつじ書房、及び申惠蘭（2009）「納屋が消える世界— 村上春樹『納屋を焼く』論」『法政大学大学院紀要』第 62 号、西田谷洋（2012）「虚構のモラリティー—村上春樹「納屋を焼く」論」『國語國文學報』70 愛知教育大学国語国文学研究室を参照した。

14 p. 69

15 p. 77

4．「手袋を買いに」引用[16]の意味するもの

この作品には「手袋を買いに」というタイトルはない。しかし

僕はそこで手袋屋のおじさんの役をやった。子狐が買いにくる手袋屋のおじさんの役だ。（p. 77）

という部分を読めば、たいがいの読者は新美南吉の童話「手袋を買いに」を想像するだろう。ところが新美南吉の「手袋を買いに」とは違うことに読者はすぐに気付くはずだ。

でも子狐の持ってきたお金では手袋は買えない。

「それじゃ手袋は買えないねえ」と僕は言う。ちょっとした悪役なのだ。
「でもお母さんがすごく寒がってるんです。あかぎれもできてるんです」と子狐は言う。
「いや、駄目だね。お金をためて出なおしておいで。そうすれば　　　　　　　　　「時々納屋を焼くんです」
（p. 63）

新美南吉の子狐はちゃんと世に流通している通貨を持ってくるし、手袋は子狐自身のためのもので、母狐のために手袋を買うわけではない。母狐が寒がっているとは書かれていないし、あかぎれになっているという説明もない。原作は帽子屋であっ

16 本稿の「引用論」と関係する先行研究に道合裕基（2017）「村上春樹「納屋を焼く」における新美南吉童話との間テクスト性」『社会システム研究』がある。

て「手袋屋」ではないし、帽子屋は子狐が手（前足）だけを人間の手に変えて来店したのを承知で、でも子狐がうっかり狐のままの手（前足）を差し出したのも承知で、お金が偽物でないことを確認すると、「棚から子供用の毛糸の手袋をとり出して来て子狐の手にもたせて[17]」くれる。この帽子屋を、子狐にだまされて（だまされたふりをして）手袋を売ってあげた親切なおじさん、という印象をたいていの読者は抱くはずで、「ちょっとした悪役」という感慨は持たない。これは「僕」自身の記憶違いか、小学校の学芸会でやった芝居そのものが、原作から改変されているか、どちらかであろう。

しかし、新美南吉の帽子屋も、「僕」がやった手袋屋のおじさんも、根っからの商売人らしい。相手が人間だろうが、狐だろうが、金額がきちんと合っていれば、手袋を売ってくれる。新美南吉の帽子屋は、商品を渡す前に「先にお金を下さい[18]」と要求し、子狐の持ってきたお金が流通しているものかどうか、きちんと確かめてから手袋を渡すほどの徹底ぶりである[19]。芝居の手袋屋のおじさんは、子狐の持ってきたお金が足りないから手袋を売らないのであり、金額が足りてさえいれば、喜んで商売しただろう。商売はボランティアではない。金額が不足して

17 pp. 30–31

18 p. 30

19「子狐はすなおに、握って来た白銅貨を二つ帽子屋さんに渡しました。帽子屋さんはそれを人差し指のさきにのっけて、カチ合わせて見ると、チンチンとよい音がしましたので、これは木の葉じゃない、ほんとのお金だと思いましたので、棚から子供用の毛糸の手袋をとり出して来て子狐の手に持たせてやりました（pp. 30 － 31）」。

いれば、商取引が成立しないのは自明である。そのような商売に徹底した手袋屋のおじさんを「ちょっとした悪役」と評する「僕」は、お人よしの部類にでも入るだろうか。

損する商売をしない手袋屋のおじさんは、中途半端な同情心や義侠心から手袋を売ったりはしない、自分に正直な人だ、ということもできる。

アブナー・スノープスも自分に正直である。

いくらマリファナを吸って「グラスをやるとしゃべりすぎる[20]」状態にあったとはいえ、「僕」に「はっきりとした犯罪行為[21]」を告白する「彼」も、ある意味では正直な人、と言えるだろう。

> 「いや、駄目だね。お金をためて出なおしておいで。そうすれば　　　　　　　　　「時々納屋を焼くんです」
>
> (p. 63)

この「僕」の演じる手袋屋のおじさんの台詞と「彼」のことばをポリフォニーに響かせることによって、手袋屋のおじさんと「彼」の人物造形が重なる錯覚を読者に起こさせる。

あるいは犯罪行為を忌避しない「彼」と重ねるために、手袋屋のおじさんを「ちょっとした悪役」と表現したのかもしれない。

「火付けをする奴に、本当の悪漢はおらぬものよ[22]」とは「火

---

20 p. 69

21 p. 66

22 p. 510

つけ船頭」の末に長谷川平蔵がもらす感懐であるが、「ちょっとした悪役」は、手袋屋のおじさんと、「彼」と船頭の常吉とをオーバーラップさせる。

5.「納屋」の意味するもの

さて、「彼」は納屋を焼いた、と言う。

八月の終りと、「僕」の家を訪問した十月の日曜日の十日あまりあと、と。

「僕」は家の周囲の納屋の焼けるのを注視していたのに、その事実を見つけられなかった。本当に納屋が焼けたのであれば、それは放火であるから、納屋の持ち主は然るべき担当部署（消防署とか警察署とか）に連絡して、調査を依頼するはずである。「彼」は用心して「大きな火事にならないよう[23]」納屋だけを焼く。しかし、焼かれた側は「彼」の用意周到さを知らない。類焼を恐れる納屋の持ち主は防御策をとるべく担当部署に連絡したり、調査を依頼したり、放火の事実を町内に知らせたりするはずである。江戸時代や戦前ほどではないにせよ、基本的にはまだまだ木造家屋が大部分の日本では、市井の人々の火事への恐怖心は強いし大きい。冬の夜に、消防が、あるいは町内の有志が「火の用心」の夜回りをするのは、その恐怖の元凶を回避することを端的に表している[24]。「僕」の家の「すぐ近く」を焼

23 p. 66

24「秋季限定栗きんとん事件　下」でも「連続放火のせいで、街のあちこちでパトロールも行われている（p. 164）」とある。

いたのだから、そういった知らせは、「僕」の耳目に触れるはずである。ましてや「僕」は、いつ、どこの納屋が焼かれるのか、注視していたのだから。

実は、「秋季限定栗きんとん事件」の最後の放火対象は、納屋であった。

> 家が燃えているのではない。家の脇に車庫がある。車庫の隣に、小屋がある。このあたりは農家が多い。あの小屋は、さしずめ作業道具を入れておく倉庫だろう。ひがつけられているのはその倉庫。木造なのが最悪だ。(p. 142)

> そして、周囲は騒然となる。
>
> 誰が呼んだのか、消防車がもう到着した。「火事だ」という叫び声も何度か聞こえた。近所の住人が集まりだしている。すぐに警察も来るだろう。騒がしい夜になった。
>
> (p. 155)

「秋季限定栗きんとん事件」では「倉庫」と表現されているが、農家の作業道具を入れておく小屋は納屋そのものである[25]。納屋を焼けば、納屋だけひっそりと焼け落ちておしまい、という展開にならない証左になろうか。

それでも「僕」は気付かなかった。本当に「彼」は「僕」に気付かれずに、納屋を焼いたのだろうか。

---

25 納屋は「農具などを入れておく物置小屋」(2005『新明解国語辞典　第六版』三省堂 p. 1114)。

その可能性もある。

しかし、納屋が比喩だとしたら、どうだろうか。

十月に「彼」が焼いたのは「とても良い納屋」で「久し振りに焼きがいのある納屋[26]」だという。あるいは「みんな僕に焼かれるのを待っているような気がする[27]」という告白から、「彼」の納屋を焼く行為は、「彼」の趣味であり、レクリエーションであるとしか感じられない。「彼」と「火つけ船頭」の常吉は、そして「秋季限定栗きんとん事件」の放火犯は火付けという行為に魅惑を感じている点で、同じである。この場合、火付けは火遊びと同意となる。「遊ぶ」とは「仕事や生活の束縛から解放されて自分のしたいと思う事をして、楽しみながら時間を過ごす[28]」ことと説明されているが、火を付けることに愉悦を感じ、快楽を覚えるのであるならば、火付けとはすなわち火遊びと相違なくなる。そして火遊びが「その場限り（遊び半分）の情事[29]」を意味することは、周知の通りである。

「彼」が「情事」を「納屋を焼く」と表現していたとするならば、「僕」が近所の納屋をいくら注視していても、気付かないはずである。

十月の日曜日の十日ばかりあとの納屋を焼いた、つまり情事をした相手は「僕」の妻だったのではないか、そんな推理も無

26 p. 70

27 p. 68

28 （2005）『新明解国語辞典　第六版』三省堂 p. 24

29 （2005）『新明解国語辞典　第六版』三省堂 p. 1234

理ではあるまい。

十月の日曜日、「実は今日も、その下調べに来たんです[30]」というのは、「彼」の次の情事の相手（＝「僕」の妻）の家の様子を探りに来たのに他ならず、「僕」は「僕」の妻が「彼」に寝取られてしまったことなど夢にも思わないから、「あまりにも近すぎて、それで見落としちゃうんです」「近すぎるんですよ[31]」と「彼」に言われてしまう事態となる。とにかく「彼」はその焼くべき納屋が「僕」に近いことを、焼く前も焼いた後も強調する。「とても良い納屋」[32]とは「僕」の妻が魅力に富んだ女性であり、「久し振りに焼きがいのある納屋」[33]とは、寝取る人妻の夫を現前にして宣言する「彼」の闘志を表現してはいまいか。情事の相手の格付けとして、男性側からの法則に「一盗二婢三娼・・・」という俗諺がある。人妻は情事の相手としては最高位に位置する。その最高位にこれから取り組もうとするのだから「久し振りに焼きがいのある」と形容したのかもしれない。「みんな僕に焼かれるのを待っているような気がする[34]」は「彼」の気持を忖度して「みんな僕に抱かれるのを待っているような気がする」と変換できよう。

なぜ「彼」は「僕」にそのような仕打ちをするのか。

---

30 p. 70

31 p. 77

32 p. 70

33 p. 70

34 p. 68

「僕」が「彼女」と「仲良くなった[35]」からに他ならない。

「彼」は「彼女」にとって「最初の、きちんとした形の恋人[36]」だった。「彼女」と出会ったのが、「彼」よりは「僕」のほうが先であっても、きちんとした形の恋人が、「彼女」のデート相手である「僕」に嫉妬心を抱いても不思議ではあるまい。「僕」は妻帯しているのだから、「彼女」との関係は遊びであり、そのことも「彼」には許せなかったのかもしれない。その嫉妬が昂じて「僕」の妻と火遊びをする。この自分本位の勝手な理屈は、まさしくアブナー・スノープスの納屋を焼く論理と同じである。換言すれば、「彼」も「彼」自身の「完全な自分というものを保持する」ために、二ヵ月に一度くらいのペースで火付け、火遊びに邁進する。

「僕」の妻をなぜ「彼」は籠絡できたのだろうか。

「僕」と「僕」の妻との間が相思相愛の間柄を維持できていたのならば、いくら「彼」が「僕」の妻を籠絡しようとも、上手くいかなかったに違いない。しかし、「僕」と「僕」の妻はあまり上手くいっていなかったことが作品の行間から読み取れる[37]。まず「僕」は「彼女」といると「とてものんびりとした気持になることができた[38]」という。妻では「のんびりとした気持になるこ

---

35 p. 51

36 p. 55

37 「僕」と「僕」の妻が上手くいっていないことは申惠蘭の指摘がある（同注 13、p. 329）。

38 p. 54。『村上春樹全作品 1979-1989』では「彼女と二人でいると、僕はのんびりと寛ぐことができた」（p. 239）とある。

とができ」ない「僕」がここにいる。十月の日曜日、「妻は朝から親戚の家にでかけていて、僕は一人」でいて「もう七個もりんごを食べてい[39]」て「全部をきちんとかたづけるには時間が不足してい[40]」るほど部屋は散らかっていた。

ここから「僕」の妻は朝ごはんの支度もせずに、部屋の掃除もしないで親戚の家に行ったと推測できる。もし「僕」の妻が食事の支度も片付けも掃除もきちんとしていったのに「僕」が妻の料理を摂取せずにりんごだけを食べたり、部屋を散らかしたりしていたのだとすると、「僕」と「僕」の妻の間はもっと深刻な関係であると断言できよう。「僕」が「彼女」と仲良くなったころ、「ちょうどその頃頭を悩まさなければならないことが他にもいっぱいあった[41]」状態だった。もしかしたら「僕」の妻は「僕」との婚姻関係の維持の今後についての相談に親戚の家にいったのかもしれない。そのような状況下だったからこそ、「彼」が「僕」の妻に接触することを可能にしたのではないか。それがうまく解消されて、「僕」は「妻のためにグレーのアルパカのセーター[42]」を購入したのかもしれない。

---

39 p. 58。『村上春樹全作品 1979–1989』では「ときどきそういうことがある。病的にりんごが食べたくなるのだ。あるいはそういうのは何かの予兆なのかもしれない」（p. 242）と加筆されている。

40 p. 58

41 p. 51

42 p. 75。新潮文庫では「僕はいろんな人にいろんなクリスマス・プレゼントを買うために街を歩いていた。妻のためにグレーのアルパカのセーターを買い、いとこのためにウィリー・ネルソンがクリスマス・ソングを唄っているカセット・テープを買い、妹の子供のために絵本を買い、

「彼」は「僕」と「僕」の妻との関係が不安定なことを、「彼女」から何かの拍子に聞いたのかもしれない。ちょうど「僕」と「彼女」が「彼」の噂を57頁から58頁でしたように。

「二ヵ月にひとつくらいは納屋を焼きます[43]」と「彼」は言うが、そのくらいのペースの情事は十分に可能であろう。「そのくらいのペースがいちばん良いような気がするんです[44]」とは「僕」が直接に聞かされた「彼」の計画であり方針であった。二ヵ月に一度の放火が続いたら、その騒ぎはそれなりに大きく報道されるだろう。警戒もされ阻止すべき方策も厳しく対処されるだろう。いつまでも計画通りに納屋を焼きつづけることはできまい。繰り返すが、「彼」が二ヵ月に一度のペースで実際に納屋を焼く行為をし続けてきていたとは想定しにくい。

物語の最後で、「彼女」は行方不明となる。「彼」と「彼女」が別れたのか[45]、「彼」が「僕」を警戒して、「彼」が「彼女」の存在を「僕」から隠し、その上で「彼女」の行方を知らないふりをしているのか、「僕」の妻と「彼」のその後の関係は継続されてい

ガール・フレンドのために鹿の形をした鉛筆けずりを買い、僕自身のために緑色のスポーツ・シャツを買った」とあるのに対し、『村上春樹全作品 1979-1989』では「僕はいろんな人へいろんなクリスマス・プレゼントを買うために街に出た」（p. 255）という記述で終わっている。

43 p. 65

44 p. 66。

45 「納屋を焼く」とは「彼女」を殺したことだと解釈するのが、平野芳信（1996）「構造と語り」『日本文芸の系譜』笠間書院、加藤典洋（2004）『イエローページ村上春樹 2』荒地出版社、小島基洋（2008）「村上春樹「納屋を焼く」論」『文化と言語』の各論考である。

るのか解消されたのか、分からないまま物語は閉じられる。

しかし、火付け、火遊びに魅了された「彼」は、相変わらず火付け、火遊びの魅惑から逃れられずに、今でも二ヵ月に一度のペースで、火付け、火遊びを繰り返しているかもしれない。

テキスト

池波正太郎（1998・2011）「火つけ船頭」『完本池波正太郎大成　第六巻　鬼平犯科帳三』講談社、なお、初出は『オール讀物』文藝春秋社 1977 年 5 月号

米澤穂信（2009・2010）『秋季限定栗きんとん事件　下』創元推理文庫。なお、本書は文庫書き下ろし作品

新美南吉（1995）「手袋を買いに」『ポケット日本文学館⑯ごんぎつね・夕鶴』講談社、なお、初出は『牛をつないだ椿の木』大和書店・昭和 18 年 9 月[46]

フォークナー（1955・1960・1990）「納屋は燃える」『フォークナー短編集』龍口直太郎訳・新潮文庫

村上春樹（1987・1995）「納屋を焼く」『螢・納屋を焼く・その他の短編』新潮文庫

村上春樹（1990・2001）「納屋を焼く」『村上春樹全作品 1979 － 1989 短篇集Ⅰ』講談社

参考文献

加藤典洋（2004）『イエローページ村上春樹 2』荒地出版社

加藤典洋（2010）「村上春樹の短篇を英語で読む」『群像』

小島基洋（2008・11）「村上春樹「納屋を焼く」論」『文化と言語』

46　半田淳子（1998）「新美南吉「手袋を買ひに」を読む―父ぎつねの不在を巡って―」東京学芸大学国語国文学会『学芸国語国文学』第 30 号 p. 122 に依拠した。

申惠蘭（2009）「納屋が消える世界― 村上春樹『納屋を焼く』論」『法政大学大学院紀要』第 62 号

『新明解国語辞典　第六版』三省堂 2005 年 2 月第一刷発行

竹内理矢（2014）「フォークナーから村上春樹へ」『群系』第 33 号

田中実（2006・11）「読むことのモラリティー」『神奈川大学評論』

田中実（2007・5）「読むことのモラリティー再論」『國文學』

田中実（2011）「村上春樹の「神話の再創成」」『〈教室〉の中の村上春樹』ひつじ書房

西田谷洋（2012）「虚構のモラリティー― 村上春樹「納屋を焼く」論」『國語國文學報』70 愛知教育大学国語国文学研究室

半田淳子（1998）「新美南吉「手袋を買ひに」を読む― 父ぎつねの不在を巡って」東京学芸大学国語国文学会『学芸国語国文学』第 30 号

平野芳信（1996）「構造と語り」『日本文芸の系譜』笠間書院

道合裕基（2017・3）「村上春樹「納屋を焼く」における新美南吉童話との間テクスト性」『社会システム研究』20 号、京都大学学術情報リポジトリ紅（http://dx.doi.org/10.14989/220415）

森本真一（2004・4）「村上春樹とフォークナー」『学苑』昭和女子大学

魅惑の傷痕

―村上春樹「木野」論―

齋藤　正志

1．心的な傷痕

村上春樹の短篇「木野」は、同僚と不倫関係に陥った妻と離婚し、その不倫現場発見を原因として、17 年も勤めたスポーツ用品販売会社を退職した木野という男が「青山」の「根津美術館の裏手の路地の奥」に開いた、自らの姓を名付けたバーで経験したこと、そして或る事情のため一時的に四国や九州へ放浪した時の体験が叙述された小説である。

本稿では、主人公の木野という人物が如何なる精神の担い手であるか―すなわち鈍感な人物であるのか、ということを主として考察する際に、この短篇の持つ魅惑を作中人物の心理的・肉体的な「傷痕（きずあと）」に焦点を当てて論じるものとする。ただし、この文学テクストは語り手の意識的な操作により、神秘性のみが重点に置かれているかのように幻惑されてしまう読者もいるようだが、よく読めば分かるように世俗的で現実性の濃厚な大人の短篇小説となっている。神秘性に惑わされてしまいがちな読者のために、本稿では意図的に叙述を追跡し、粗筋を意識した論述を進めていく。

ところで、曾秋桂氏に拠れば、この短篇「木野」は特に「両義性」という言葉が頻出している「木野」の中で、重要な役割を果たしている蛇の「両義性」の構造について、デリダが定義した「両義性」に従って分析すると、「木野」が持つ重層的な物語世界がくっきりと見えて［略］「木野」の物語は、世界的な古代神話に起源を持つ「両義性」を巧みに取り入れているばかりではなく、嫉妬を主題とした日本の歌舞伎「蛇柳」を対比させ、さらに遡って古層には「蛇柳」と深く関わった弘法大師の仏教的人間認識があり、新層には漱石文学の男の嫉妬物語がある［略］[1]。（p. 26）

と認定される作品である。ここで曾氏の重要なる指摘は、短篇「木野」の持つ構造的な重層性であり、「古代神話」・「歌舞伎」・「漱石文学」という画期的な論点を用いて、当該テクストを高く評価し、凡百の「不毛な読み」を否定し去っている[2]。この論文を踏まえつつ、作中に出現する「蛇」について、曾氏は、

1 匹目の蛇は「褐色の蛇」（p. 242）で、「無数の暗褐色の火傷の痕」（p. 241）のある女が連想されよう。［略］2 匹目の蛇は「青みを帯びた蛇」で［略］別れた妻が容易に連想されよう。［略］3 匹目の蛇は「黒みを帯びた蛇」（p. 243）で主人公自身のことと見てよかろう。

---

1 曾秋桂（2015）「村上春樹の男嫉妬物語「木野」の蛇の持つ「両義性」―重層物語世界の構築へ向けて」『台灣日本語文學報』第 38 号台灣日本語文學會 pp. 25-48

2 曾秋桂（2015）「村上春樹の男嫉妬物語「木野」の蛇の持つ「両義性」―重層物語世界の構築へ向けて」『台灣日本語文學報』第 38 号台灣日本語文學會 p. 44

と指摘し[3]、木野という人物が作中末尾で何者かによって三回目に部屋のドアをノックされた際、妻と不倫相手とのベッドシーンを脳裏に再び蘇らせたことを示唆する。その九州での体験の中で、木野は、かつての妻のことを思い出し、作中で主人公を救ってくれたことになっている人物が言った「記憶は何かと力になります」という言葉を心中思惟の中で引用し、離婚した妻と最後に会った際の彼女の姿を思い出す。

> 記憶は何かと力になる。そして髪を短くし、新しい青いワンピースを着たかつての妻の姿を思い浮かべた。何はともあれ、彼女が新しい場所で幸福で健康な生活を送っていることを木野は願った。身体に傷を負ったりしないでいてくれるといい。(p. 260[4])

「夏の終わりに」正式な離婚手続きを経て別れた際の彼女の服装が「新しい青いワンピース」であり、ショートヘアであり、彼女の「表情も前より明るく、健康的に見え」て「首筋と腕についた贅肉もきれいに落ちて (p. 238)」いる (網掛け、下線は当該論考筆者による) と、彼の眼には映った。だとすれば、彼女は彼と離婚したことによって「充実した生活 (p. 238)」を送る

3　曾秋桂 (2016)「男の嫉妬物語を視点に見た夏目漱石と村上春樹―「木野」における「両義性」から示唆されつつ」森正人監修　小森陽一・曾秋桂編『村上春樹における両義性』淡江大學出版中心 p. 120。なお、本稿では、こうした「連想」は、テクスト解釈の上で重要な論点となる、と考えている。

4　村上春樹 (2014)「木野」『女のいない男たち』文藝春秋

ようになっていた（下線は当該論考筆者による）のであり、彼は彼女にかつて健康的に、充実しない生活を与え、暗い表情をさせていたのかもしれない（傍点、下線、網掛けは当該論考筆者による）。

つまり、離婚の直接原因は彼女の不貞行為であっても、不貞行為を生じさせた遠因は夫だった彼にあったことになると考えられる。木野の眼に映った、かつての妻の描写から、木野との夫婦生活が妻にとって望ましくないものだったことが読み取れるのである。

さて、今ここに掲げた本文の中で、彼は彼女が「身体に傷を負ったりしないでいて」ほしいと願っている。この「傷」の発想は離婚手続きの際の印象に基づくのだろう。

> 彼女の着ている新しい青いワンピースに木野は目をやった。[略] その身体はもう彼のものではない。それを見ることも、それに触れることもできない。彼はただ想像を働かせるしかない。目を閉じると、無数の暗褐色の火傷の痕が、彼女の滑らかな白い背中を、生きた虫の群れのようにもぞもぞと蠢き、思い思いの方向に這って移動していた。彼はその不吉なイメージを振り払うために、何度か小さく首を左右に振った。（p. 241）

「無数の暗褐色の火傷の痕」が「生きた虫の群れのように」彼には感じられた、というが、それはあくまでも想像上の傷痕である。想像上の傷痕にもかかわらず、彼は彼女に「不吉なイメージ」を抱いて、それを「振り払」おうとする。彼が彼女にそういう印象を持ったのは、この場面に先立つ店の女客との関係が記憶されていたからに相違ないが、それだけではなく、彼女が自ら彼に語ったように、彼を傷つけたのは彼女だったからである。

「あなたに謝らなくてはいけない」と妻は言った。
「何について？」と木野は尋ねた。
「あなたを傷つけてしまったことについて」と妻は言った。「傷ついたんでしょう、少しくらいは？」
「そうだな」と木野は少し間を置いて言った。「僕もやはり人間だから、傷つくことは傷つく。少しかたくさんか、程度まではわからないけど」（p. 239）

木野は自分を傷つけたのが「かつての妻」だったことを認めている。その原因は、前述のように、妻の不貞行為—「彼が会社でいちばん親しくしていた同僚と妻が関係を持っていた［略］木野は東京にいるよりは出張に出ていることの方が多い。［略］その留守の間に二人は関係を持っていた。［略］もしたまたま一日早く出張から戻らなければ、いつまでも気づかないまま終わったかもしれない。（p. 217）」にあった。しかし、その事実を知った際に、彼は不貞の現場に直面したのにもかかわらず、その場を去るだけであり、しかも奇妙なことに「別れた妻や、彼女と寝ていたかつての同僚に対する怒りや恨みの気持ち（p. 221）」は、その時の彼には生じなかった、と叙述されており、この場合の「傷」が心的な傷痕になっていて、篇末になってようやく、彼は、そのトラウマを自認することになる。

初夏の風を受け、柳の枝は柔らかく揺れ続けていた。木野の内奥にある暗い小さな一室で、誰かの温かい手が彼の手に向けて伸ばされ、重ねられようとしていた。木野は深く目を閉じたまま、その肌の温もりを思い、柔らかな厚みを思った。それは彼が長いあいだ忘れていたものだった。ずいぶん長いあいだ彼から隔てられていたものだった。そう、おれは傷ついている。それもとても深く。木野は自らに向かってそう言った。そして涙を流した。その暗く静かな部屋の中で。

そのあいだも雨は間断なく、冷ややかに世界を濡らしていた。（p. 261）

木野の「内奥」の「一室」で「伸ばされ」るのは想像上の「手」に過ぎないが、想像上の「手」ではあっても、彼を慰藉するには十分な「温もり」と「厚み」があり、その結果、彼は「傷ついている。それもとても深く」と、心的な傷痕の与えた痛みを篇末まで自覚していなかったことがわかるのである。

2．鈍感な木野

このように妻と「いちばん親しくしていた同僚」の不貞行為は、木野に心的な傷痕を残したわけだが、その心的な傷痕の与えた痛みの自覚が篇末まで遅延しているのは故なきことではない。そもそも彼は鈍感な男なのである。

例えば、テクスト冒頭で語り手は店の客に言及しているが、この客の男は偶然の客ではなかったことが（男の発言を信じるならば、それによって）作中で後に明らかとなる。木野には母の姉に当たる伯母がおり、その伯母の家作を借りてバーを開いたのだが、冒頭に登場する「きれいな坊主頭」の「痩せているのに肩幅が広く、眼光がどことなく鋭」くて「頬骨が前に出て、額が広」く「三十代前半」の、一見すると「その筋の人間（p. 213）」にも見える男は、「カミタ」と自称し、テクスト後半で、

> 「あなたの伯母さんをよく存じ上げています。実を言うと、彼女に前もって頼まれていたのです。あなたの身に悪いことが起こらないよう目を配っていてほしいと。（p. 250）

と木野に伝え、開店当初から「あなたの身に悪いことが起こらないように」していたと語る。この点に彼は全く気付くことがなかったわけである。この場合、彼に気付く可能性はあったのだろうか？

卑見では、木野には、カミタの正体について気付く機会と可能性があったと考えられる。作中の挿話として、開店してから四か月ほど経った或る雨天の日、カミタも店内にいたときに、「ダークスーツを着た二人連れの男の客」が「軽い口論」から「鋭い言い争い」へと発展し、「一人が席から立ち上がろうとして［略］ワイン・グラスがひとつ床に落ち、グラス」が「粉々に割れ」る、という事件が起きて、店主である彼が二人と対峙する羽目になった、という出来事が起きている。この時、カミタと名乗る男が、この二人とともに外に出て、「十分ほどあとで」一人で戻り、「何もなかったように」過ごした、という結果に至っている。

この騒動が何を意味するのか、作中では特に説明されないが、そもそも「本物のやくざではないが、それに近い筋かもしれない」二人の男が持参のワインを飲みつつ、確かに禁煙とは明記されてはいないものの、店主が喫煙することのない店内で喫煙し、そのうちに口論を始めて、その上で店のグラスを割った時点で、そのグラスの破損が故意に起こされたことに木野は気付いていなかったようである。グラスの破損は店主と対峙するためのきっかけに過ぎず、「申し訳ないがもう少し声を小さくしてもらえないか」と店主である木野が頼んだ途端に態度を変えた二人は、「連携して木野に立ち向かうことに決めたらしし」く、「二人の呼吸は見事なほど合っていた。そういう展開になることを密かに待ち受けていたみたいに。(p. 224)」と語り手は叙述する。

ここでは、「… みたいに」と、わざわざ仮定的に叙述しているが、言うまでもなく「二人」は「そういう展開」を「待ち受けていた」のであって、これは彼らにとっては予定通りの行動だったのであろう。通常なら、この時点で事件と無関係な第三者である先客の男、すなわちカミタは巻き添えになることを避けるために帰ってしまい、その後は木野と二人の客だけが残り、暴力沙汰になった挙句に彼が二人に少なからぬ金額を支払って帰らせ、それ以後、店を保護するという名目で二人の客に今後ずっと恐喝され続ける、といった事態に陥ることが容易に想像できる。察するに「ダークスーツを着た二人連れの男の客」は意図的にワイン・グラスを破損させ、店主である木野を恐喝する目的で入店していたのであろう。グラス破損の時点で警察に通報すべきだったのかもしれないが、故意なのか、過失なのか、その時点で判断できない以上、木野が困った立場に追い込まれていった可能性は想像できる。

だが、カミタは二人の客を外に連れ出すべく、自ら先に店を出て、木野に来ないよう指示し、二人の客がカミタの後を追って外で出ていき、その後は何事もなかったかのようにカミタだけが店内に戻り、そして帰っていった。カミタが「二人の男たちを数秒のうちに殴り倒」したのか、と木野は推測するものの、しかし「格闘したようなあともなく、血も流れていな(p. 229)」かったことを彼は外に出て視認しており、この事件の顛末もカミタの正体も彼には同じく「謎(p. 230)」だった。ただ、この時点でカミタが伯母の差し金であったか否か、ということまで気付くことは無理だとしても、彼には自分を守ってくれる存在がいる可能性があるという印象さえ持たなかった、ということは確かである。この点を本稿で強調しておきたい。ここが鈍感な木野、という理解になる。

ただし、カミタの正体は、作中では最後まで明確ではなく、木野を守る「柳の化身」なのかもしれない[5]が、そういった解釈も無視すべきではない。それは前述の通り、「木野」という短篇テクストに「重層性」を認めることを本稿も積極的に支持しており、また、蛇が唐突に出現し、且つ作中での伯母の発言によって、その出現がこの作品に何らかの意味を与えているであ

5　曾秋桂(2015)「村上春樹の男嫉妬物語「木野」の蛇の持つ「両義性」――重層物語世界の構築へ向けて」『台灣日本語文學報』第38号台灣日本語文學會 p. 35

ろうこともまた、否定することはできないからである。特に「化身」という観点に立脚するなら、曾秋桂氏の独自の新見はもちろんのこと、そればかりではなく、今後、短篇「木野」において先行する他のテクストからの暗示引用を考察することも当然ありうるからに相違ない。

だが、短篇「木野」を世俗的で現実的なテクストだと解釈する本稿の立場から考えた時に、カミタを警察官と想定することは、決して不可能ではないのではないだろうか。そういう立場であれば、カミタが「二人の男」は「二度と顔を見せません。木野さんに迷惑をかけることもないでしょう。(p. 228)」と断言したのも首肯できる。もちろん本稿筆者の憶測、想像の域を出ないが、「週に一度か多くて二度(p. 214)」来店するのだから、現職である可能性もあるだろうし、伯母がカミタに「目を配っていてほしい」と願っていたとカミタ自身の言葉によって語られていることを信じるのならば、少なくとも店を保護(あるいは警備)してくれる立場の人であることも否定できないのではないだろうか。したがって、「柳の化身」かもしれないし、現職警官や警備員である可能性もあるのではないか、と卑見では考える次第である。というのは、前述の通り、世俗的で現実的な小説世界を「木野」の世界に読み取ることは問題なく可能だと思われるからである。

このように、前述した妻と同僚の不貞に気付かず、またカミタが店の常連になったのが伯母の差し金であった(とカミタ自身の発言を信じるならば、その)ことにも気付かなかった木野という男が鈍感であることは、彼にとっては無意識のうちの処世術だったのかもしれないが、そういった木野の性質は別の挿話にも看取できるのである。

3．火傷の暴力

カミタが窮地を救ってくれた「一週間ほど後に、木野は客の女性と寝た。（p. 230）」。

> 女は前にも何度か店に来ていた。いつも同年代の歳の男と一緒だった。男は鼈甲縁の眼鏡をかけ、顎の先に昔のビート族のような尖った鬚をはやしていた。髪は長く、ネクタイを締めていなかったから、たぶん普通の勤め人ではないのだろう。彼女はいつも細身のワンピースを着て、それはすらりとした身体を美しく目立たせていた。二人はカウンター席に座り、時折ひそひそと言葉を交わしながらカクテルかシェリーを飲んだ。それほど長居はしなかった。[略] 二人とも不思議なくらい表情に乏しく、とくに女が笑ったのを木野は目にしたことがなかった。[略] 実を言うと、木野はその女とはあまり関わり合いにならないように注意していた。彼が彼女と親しくすることを、連れの男が歓迎していないように見えたからだ。[略] 男は疑念を含んだ冷やりとする目を木野に向けるようになった。（pp. 230–231）

木野に限らず、他人の恋人に関心を抱くことは、ある意味で非常に危険な態度である。まして彼は客商売なのだから、客の恋人に要らぬ関心を抱くことで仕事に支障をきたすのは得策ではない。彼の観察では二人の酒席は「長く濃密な性行為」を想定させ、行為前なのか、行為後なのか、そこまでは推察できなかった。バーには低アルコール濃度のカクテルもあるだろうが、おそらく二人が注文するカクテルは高濃度の酒であることが想像できるし、またシェリーはワインにブランデーを混ぜたものなので高濃度である。したがって、酔いやすいと判断され、木野にはそういった想定ができたのであろうか。

長雨のある夜、木野の眼には「年齢は三十か、三十を少し越えているか、そのあたり」で、「美人という範疇に入るかどうか」が「微妙」な「髪がまっすぐで長く、鼻が短く、人目を惹く独特の雰囲気」を持つ「物腰や話し方」の「気怠い印象」のある「表情を読み取るのがむずかし（p. 230）」い女客は、男連れではなく、単身、入店してきたが、その時、店内には木野だけしかいなかった。

> 彼女はカウンターに座ってブランデーを注文し、ビリー・ホリデーのレコードをかけてくれと言った。[略] 女は時間をかけてブランデーを三杯飲み、更に何枚かの古いレコードを聴いた。エロール・ガーナーの『ムーングロウ』、バディー・デフランコの『言い出しかねて』。いつもの男と待ち合わせをしているのだろうと、木野は最初思っていたのだが、閉店の時刻が近づいても男は姿を見せなかった。女もどうやら、男が来るのを待っているわけではなさそうだった。その証拠に一度も時計に目をやらなかった。[略] 彼女は黒い半袖のワンピースに、紺色の薄いカーディガンを羽織っていた。耳には小さな模造真珠のイヤリングをつけていた。[略]

> 「今日はお連れの方は見えないんですか？」、そろそろ閉店時刻が近づいた頃、木野は思い切って女に尋ねた。（p. 232）

前掲の本文では省略したが、この女客は店内でかかる音楽について木野に話し掛け、自分がジャズを好み、父親が古い曲を聴いていたことを懐かしがっていた。それを踏まえて一人で来店した彼女は古い曲を所望し、あたかも彼女自身の心境を表すかのように『言い出しかねて』という曲を聴き、男が来ないことを察し得た木野は彼女に、その旨を尋ねた。すると、彼女は「遠いところにいるから」男が来ず、自分たちとしては「これ以上会わないようにしよう（p. 233）」と思っていると打ち明けてきた。そして、自分と男との関係が正常でないことを木野に伝えるために、自分の背中を見せてきた。

> 女はカーディガンを脱ぎ、スツールの上に置いた。それから両手を首筋の後ろにまわり、ワンピースのジッパーを下ろした。そして背中を木野に向けた。白いブラジャーの背中部分の少し下に、いくつかの小さな痣らしきものが見えた。褪せた炭のような色合いで、その不規則な散らばり方は冬の星座を思わせた。暗く枯渇した星の連なりだ。伝染性の病気の発疹の名残りかもしれない。それとも何かの傷痕だろうか。（pp. 233-234）

店内に二人だけしかいないとはいえ、まだ閉店前なのだから、彼女の行動は非常識である。そうした非常識な行為に挑発性を認めることは難しくないと考えられる。しかも彼女は見せた後で「ジッパーを上げ、こちらを振り向いた。カーディガンを羽織」って、「火のついた煙草を押しつけられたの（p. 234）」と言い、さらに「『こういうのが他にもあるの』と女は表情を欠いた声で言った。『なんていうか、少し見せにくいところに』」と木野に告げ、「明らかに男に― 現実的には木野に― 抱かれることを強く求め（p. 235）」たのだった。すなわち、彼女の行動は非常に挑発的だったのである。その後、店を閉めた彼は、二階の寝室で、彼女の身体の「火傷の痕」を見せられ、「女は木野の手を取り［略］すべての傷痕をひとつひとつ順番に触らせ」て「彼の指先は彼女に導かれるまま、その暗くこわばった傷痕を辿」り、そして二人は行為に及んだ。

> 女は木野の服を脱がせ、二人は畳の床の上で交わった。会話もなく前戯もなく、明かりを消す余裕も、布団を敷く余裕もなく。［略］窓の外が明るくなり始めた頃、二人は布団の中に入り、暗闇に引きずり込まれるように眠った。木野が目を覚ましたのは正午の少し前で、そのとき女は既に姿を消していた。［略］白い枕には何本もの長い黒髪が渦を巻き、これまで嗅いだことのない強い匂いがシーツに残されていた。（p. 236）

激しい情事の様子は認められるが、朝方にはシーツを掛けた布団を敷き、おそらく毛布なども掛けて、枕を共にして眠ったようである。その枕の上に抜けた髪の毛が残され、シーツに女の残り香が強く残っていた、と語り手は叙述する。

ただ、ここで注意しておきたいのは、「彼女は木野が、妻と別れて最初に性交した相手だった。(p. 230)」という点である。つまり、それまで木野は開店以来、一人で暮らしていたのであり、既に四か月以上が経過していた。だから、確かに彼の性的欲望は女の誘いに応じ得たわけだが、彼が「これまで嗅いだことのない強い匂い」は、あくまでも久しぶりの性行為での印象に過ぎないのであって、彼女が〈「黒みを帯びた蛇」の化身[6]〉であるという説に首肯することを本稿では躊躇せざるをえない。ただし、「化身」か否かという点を批判するのではなく、あくまでも、この女性が「蛇の化身」だとしても、「黒みを帯びた蛇」かどうか、という点に本稿は疑義を抱く、ということであり、これが「連想」ならば特に疑義はない、ということでもある。こうした「化身」という解釈もまた可能な点が短篇「木野」にはあることを本稿は決して否定しない。

さて、彼女は自分たちとしては「これ以上会わないようにしよう」と思っていると打ち明けてきたのにもかかわらず、「その後も女は客として何度か店を訪れた。いつもの顎鬚の男と一緒(p. 237)」に。しかし、その一方で、「女は主に音楽につい

6　小林由紀(2015)「『女のいない男たち』における『木野』の「両義」性—物語構造連鎖から読み解く」『比較文化研究』No. 119 日本比較文化学会では「「『黒みを帯びた蛇(p. 243)』の化身と思しき『火傷の女』」p. 55、及び「注 14　『火傷の女』との激しい性行為の後、『白い枕には何本もの長い黒髪が渦を巻き、これまで嗅いだことのない強い匂いがシーツに残されていた。(傍点引用者 p. 236)』とあることから、『火傷の女』は『黒みを帯びた蛇』の化身と目される」p. 58 とされる。なお、論中でも述べたように、本稿では同意しかねる、と述べているのであって、先行研究を否定したり、批判したりしているのではない、ということを断っておく。

て、木野と短く言葉を交わした。[略] 女の目の奥には、深い欲望の光のようなものがあった。(p. 237)」と、女の「目の奥」に、先夜の激しい性行為を髣髴とさせるものが見えた、と彼には思われる。この時点においても木野は、彼女が主体的に木野という男を選んだ、と解釈しているようである。しかし、果たして、そうであろうか?

> 女と木野が言葉を交わしているあいだ、連れの男は行間を読み取るのに長けた読書家のような目で、注意深く子細に木野の顔つきや素振りを観察していた。その男女のあいだには、ねっとりと纏わりつくような感触があった。二人にしか理解できない重い秘密を、彼らはひっそりと分け合っているようだった。彼らが店を訪れるのが性行為の前なのか後なのか、木野には相変わらず判断できなかった。でもそのどちらかであることは確かだった。そして不思議と言えば不思議なのだが、二人とも煙草はまったく吸わなかった。(p. 237)

この叙述を読んでから、前述の「彼が彼女と親しくすることを、連れの男が歓迎していないように見えた [略] 男は疑念を含んだ冷やりとする目を木野に向けるようになった」という叙述を考えてみると、「連れの男」が彼女と木野が寝た後で「注意深く子細に木野の顔つきや素振りを観察」するようになったことは興味深い。以前は父親の思い出話をしただけでも嫉妬心を露わにして、彼女が木野と親しそうに話した後で、木野の顔を「疑念を含んだ冷やりとする目」で見ていた男が今は「顔つきや素振りを観察」しているのは、どういうことなのだろうか？嫉妬心は消え去ったのだろうか？

否、そんなはずはないだろう。なぜなら、木野の観察に拠れば、「男女のあいだには、ねっとりと纏わりつくような感触があった。二人にしか理解できない重い秘密を、彼らはひっそりと分け合っているよう」なのだから。そして、そういう木野の印象は、女が木野を主体的に選んだ可能性を否定していく。

> 女はまたいつか、おそらくは静かな雨の降る夜に、一人でこの店を訪れるだろう。
> 連れの顎鬚の男がどこか「遠いところ」にいるときに。木野にはそれがわかった。女の眼の奥にある深い光がそのことを告げていた。[略] それがいつなのか、木野にはわからない。でもいつかだ。それは女が決める。そのことを考えると喉の奥が乾いた。
> いくら水を飲んでも癒されることのない渇きだった。（pp. 237–238）

木野は自分と女との関係が再開することを意識しており、その可能性に想いを馳せている。それは、「二人にしか理解できない重い秘密」が「火傷の痕」なのだとすれば、木野もまた同じく「分け合って」いるからであろうか？

否、それも正しくはない、と本稿は考えたい。

4．魅惑と共鳴

つまり、どういうことなのか、というと、ここで、木野には気付くべき点があるのだ。「彼らが店を訪れるのが性行為の前なのか後なのか、木野には相変わらず判断できなかった。でもそのどちらかであることは確かだった。そして不思議と言えば不思議なのだが、二人とも煙草はまったく吸わなかった」と語り手は叙述している。この小説の焦点人物は心中思惟を叙述されている木野であり、それ以外の人物の心中思惟は叙述されていない。したがって、木野が憶測したり、推察したりすることはあっても、その他の作中人物の真意は、その心中思惟を知り得ないのだから、決して読者に対して明示されることはない。

ところで、短篇「木野」における〈魅惑〉とは決して癒されることのない狂おしく求める渇きである。端的には主人公の渇きは火傷の女が齎したものであり、延いては火傷という傷痕そのものに他ならない。火傷の持つ暴力性は性的欲望を喚起させ、この場合、連れの男と火傷の女、火傷の女と木野、それぞれが支配されているように思われる。だからこそ、本稿の題目は「魅惑の傷痕」なのだが、だとすれば火傷の女を媒介項として、連れの男と木野とは共鳴し合っているのだろうか？

そういう読み方も可能かもしれない。

だが、「〈読み〉とは、テクストと読者との対話である。潜在的なものまでを秘めながら、乱脈といえるような網状に織結されているテクストに対して、これもまた、無意識的なものまでを抱えた、さまざまな体験、特に読書体験で織り込まれている私たち読者の〈現在〉が、出合い、対話し、拮抗し、今までの誰もが読み取れなかった意味を生産して行くことが、文学のテクストを〈読む〉という行為[7]」だとすれば、ここで卑見では、木野が自らの欲望を「女の目の奥」に〈共鳴〉的に読み取ってしまっただけであって、決して女が彼を再び求めることはないことを読み取らねばならないのである。

ここで前述の「二人とも煙草はまったく吸わなかった」という叙述に注目しなければならない。もちろん店主の木野がふだんから喫煙しないので、二人が喫煙しなかったのかもしれないが、前述のように禁煙バーを標榜しているわけではない店の中で、彼女が吸わなくとも、連れの男は吸うことができるはずである。だが、男も吸わない。

これが意味するところは何であろうか？

ひょっとすると、火傷の女の身体に残された傷痕は、女の言い分とは少々異なり、連れの男ではない別の男に「煙草の火を押しつけられた」のであろうか？

もし、そうだとしたら、「遠いところ」にいた、という連れの顎鬚の男が嫉妬するに相違ないだろうし、おそらくそれはありえまい。だとすれば、もともと二人には、喫煙の習慣はないのではないか。すると、あの煙草の火傷の痕は何を意味するのか？

ここで想起されたいのが連れの顎鬚の男の変化である。彼は木野と女が寝た後で、木野の顔つきや素振りを観察するようになっていた。その真意は、あくまでも推察し、憶測するしかな

7　三谷邦明（1992）「第二章〈読み〉とテクスト—竹取物語の『あたり』あるいは終焉のない〈読み〉への招待状」『物語文学の言説』有精堂 pp. 141–142

いのだが、女と木野の関係、すなわち二人が寝たことを知っていて、それを連れの男は自分が知っていることを知らせずに、木野の様子を観察することによって、彼と彼女とは「二人にしか理解できない重い秘密を、彼らはひっそりと分け合っ」たのではないだろうか。

つまり、煙草の火傷は二人の性的遊戯だったのであり、それを第三者である木野に見せつけ、木野の欲望を喚起させ、木野の性行為を誘発することが二人の目的だったのではないだろうか。木野が離婚経験者であるとか、今は一人暮らしで他の女性と交際していないとか、そういうことは二人が知る由もなかろう。しかしながら、「その手の面倒からできるだけ距離を置くように常日頃から心がけ」つつ、「人間が抱く感情のうちで、おそらく嫉妬心とプライドくらいたちの悪いものはない。[略] 木野はなぜかそのどちらからも、再三ひどい目にあわされてきた。おれには何かしら人のそういう暗い部分を刺激するものがあるのかもしれない（p. 231）」と思っていた木野という人物を「刺激する」ことによって生じる嘲笑が二人には悦楽だったのではないだろうか。

そういう意味で、本稿は心的外傷を抱えた木野という人物に焦点を当て、粗筋のようにも見えようが、作中の叙述を具に追跡することによって、彼の「傷痕」に「魅惑」を読み取ったのである。

テキスト

村上春樹（2014）「木野」『女のいない男たち』文藝春秋

参考文献

小林由紀（2015）「『女のいない男たち』における『木野』の『両義』性― 物語構造連鎖から読み解く」『比較文化研究』No. 119 日本比較文化学会

曾秋桂（2015）「村上春樹の男嫉妬物語「木野」の蛇の持つ「両義性」― 重層物語世界の構築へ向けて」『台灣日本語文學報』第 38 号台灣日本語文學會

曾秋桂（2016）「男の嫉妬物語を視点に見た夏目漱石と村上春樹―「木野」における「両義性」から示唆されつつ」森正人監修／小森陽一・曾秋桂編『村上春樹における両義性』村上春樹研究叢書 TC003 淡江大學出版中心

三谷邦明（1992）「第二章〈読み〉とテクスト― 竹取物語の『あたり』あるいは終焉のない〈読み〉への招待状」『物語文学の言説』有精堂

『女のいない男たち』の延長線として読む『騎士団長殺し』の「魅惑」

——東日本大震災への思いを馳せて——

曾　秋桂

1．はじめに

『1Q84』(2009-2010、新潮社）以後、7年ぶりの本格長編小説『騎士団長殺し』(第1部・第2部、新潮社）が2017年2月に新潮社によって出版された。今回近年試みた第三人称の語りに代わって初期作品の第一人称の「僕」の語りに戻ったが、「僕」と違った「私」の視点から語る形を採っている[1]。作品中、東日本大震災（以下、311と略称する。）を思わせる記述の初登場[2]は、特に注目すべき所である。

『騎士団長殺し』で語った内容は、「私と妻は結婚生活をいったん解消しており、正式な離婚届に署名捺印もしたのだが、そのあといろいろあって、結局もう一度結婚生活をやり直すことになった」(第1部p. 14）とあるように、「元の鞘に収まっ」(第

1　川上未映子、村上春樹（2017）『みみずくは黄昏に飛びたつ 川上未映子 訊く / 村上春樹 語る』新潮社pp. 79-80では、村上春樹が「「私」という新しい人称を使うことで、これまで僕が使った「僕」とは少し差違をつけたかったということもあると思います。同じ一人称でも、これまでの一人称とはひとつ違うんだと。(中略）書き始めてみて、やっぱり見える風景みたいなものが少し違うなと感じました」と触れている。

2　「三月十一日に東日本一帯に大きな地震が起こった」(第2部p. 529）の記述がある。

1部 p. 14）り、「二度の結婚生活」（第1部 p. 14）を焦点化とされている。離婚し「女のいない男」になったが、また結婚し「女のいる男」[3]に代わった「この時期のできごとを思い返すとき（そう、私は今から何年か前に起こった一連の出来事の記憶を辿りながら、この文章を書き記している）」（第1部 p. 15、下線部分は論者による。以下同様。）と語り手の姿勢が強調されているが、そう書く必要性は、『騎士団長殺し』では、『ノルウェイの森』（1987）と同じように、語り手が物事をうまく理解するために文章を書く[4]と言った明確な動機は見られない。ただ二度の結婚生活後、311を取り立てて入れた設定が特に注目に値する。

したがって、以上の問題意識に基づき、本論文では、長編小説を書く際に物事を「立体的に進めている」[5]という村上春樹の認識を参考に、「元の鞘に収まる」（第1部 p. 14）結婚生活の経緯、物語を書く必要性、311の3つの事柄との相関性を立体的に

3　妻の不倫を探る本論文では「女のいない男」と「女のいる男」の言い方は、妻に限って言うことにする。

4　村上春樹（2003・初1991）『村上春樹全作品 1979–1989 ⑥ノルウェイの森』講談社 pp. 10–11では、「だからこそ僕はこの文章を書いている。僕は何ごとによらず文章にして書いてみないことには物事をうまく理解できないというタイプの人間なのだ」とある。

5　前掲川上未映子、村上春樹書籍 p. 80では、村上春樹が「長編小説というのはね、ワンテーマでは絶対に書けません。いくつかのテーマが複合的に絡み合っていかないと成り立たない。長ければ長くなるほど、その要素はたくさんないといけなくて、少なくとも僕の出だしは三つあって、三つあると三角測量みたいな感じで立体的に進めていけるわけ、物事が」と触れている。

思考し、「女のいない男」の延長線として読む『騎士団長殺し』の「魅惑」を考察することにする。

2.「魅惑」の定義

本題に入る前に、まず「魅惑」の定義を見てみよう。『大漢和辞典』によると、「魅惑」は「魅力を以てひきつけまどはすこと。蠱惑」[6]という。また、『大辞林』(第3版)の解説では「人の心をひきつけ、まよわせること」[7]と説明されている。それを参考に本論文では、「人の心をひきつけ、まよわせること」という意味で「魅惑」をさすことにする。

3.『騎士団長殺し』を概観して

以下、311への眼差し、繰り返された妻への未練、語り手の心境変化の3点に分けて、「元の鞘に収まる」(第1部 p. 14)結婚生活の経緯を述べることにする。

3.1 『騎士団長殺し』の書く時点の「今」―311への眼差し

物語の終結に「再び生活を共にするようになってから数年後、三月十一日に東日本一帯に大きな地震が起こった」(第2部 p. 529)と現実に起きた311を思わせる語りがされている。また「東北の地震の二ヶ月」(第2部 p. 533)、身を寄せた小田原の家に「五月の連休明けの未明」(第2部 p. 533)起きた火事

6　諸橋轍次監修(1986・初1959)『大漢和辞典　修訂版　巻十二』大修館 p. 689

7　http://www.weblio.jp/content/%E9%AD%85%E6%83%91(2017年5月8日閲覧)

に触れられているため、その時点が2011年5月上旬のはずであり、まりえがその時に「高校の二年生」（第2部p. 536）である。それを逆算すれば、まりえが「公立中学校の一年生」（第1部p. 220）、13歳（第1部p. 413）の時点は、2007年[8]だと推定されよう。まりえが2007年に13歳だとすると、2011年5月の高校二年生のまりえは17歳になるはずである[9]。要するに、「私」が言った「今から何年か前に起こった一連の出来事」の「今」とは2011年で、「何年か前」とは、4年前の2007年のことになる。物語を書く時点の「今」から、311を挟み、4年前の2007年の出来事に遡ることが判明した。

3.2 秋の季節に執拗に拘っている表現仕方― 別れた妻への未練

所々15歳のとき12歳で亡くなった妹のことや30歳に妻と出会ったことなどを回想する形で、進行中の物語に挿入させているが、本作品の大半は、語り手の「私」が2007年3月中旬から2011年5月上旬までの4年間に起きた出来事を中心に語ったものである。

ただし、全篇を通して見ると、その物語を語ったテンポに時間的差異が見られる。毎日の出来事を曜日単位の小刻みに詳細に語った部分もあれば、「数ヶ月経った頃」[10]（第1部p. 68）、「数

---

8 大森望・豊﨑由美（2017）『村上春樹「騎士団長殺し」メッタ斬り！』河出書房新社p. 28では、「東日本大震災の五年くらい前、二〇〇六年頃の話」とあるが、それは誤読であろう。

9 推定した秋川まりえの17歳は、「彼女は十代の後半を迎え、（後略）」（第2部p. 538）と符合している。

10 テキストには、「私が『騎士団長殺し』というタイトルのついた雨田具

週間」（第1部 p. 103）とあるように、さっと飛んでいる部分もある。特にその毎日の出来事を曜日単位の小刻みに詳細に語った部分、いわば、カレンダー式の語りは一箇所、一季節に集中している。また、カレンダー式の語りが秋に集中している。例えば、「夏もそろそろ終わりを迎えた頃」（第1部 p. 106）、「秋の夜」（第1部 p. 181）、「秋の虫」（第1部 p. 263）、「秋の太陽」（第1部 p. 263）、「秋の夕暮れ」（第1部 p. 263）、「秋の朝」（第1部 p. 275）、「秋の早い夕暮れ」（第1部 p. 433）、「秋が徐々に深まっていった」（第1部 p. 495）、「十一月に入って」（第1部 p. 504）、「秋の太陽」（第2部 p. 9）、「来たるべき冬の到来のような冷ややかな雨」（第2部 p. 67）のように、第2部まで秋という季節に執拗に拘っている。さらに、「冬が近づいている」（第2部 p. 78）、「冬がすぐそこに近づいている」（第2部 p. 106）、「もう冬が近づいている」（第2部 p. 149）と季節を冬と明記したにも関わらず、再び「秋の太陽の光がそこからまっすぐ地面に向けて差し込んでいた」（第2部 p. 162）、「晩秋の静かな死を避けがたく迎えていた」（第2部 p. 163）と逆戻りした。この逆戻りからも秋への執着が見られる。第2部の半分を過ぎたところ、「もう十二月に入っている」（第2部 p. 253）、「まだ十二月に入ったばかり」（第2部 p. 502）、「冬の雨の朝」（第2部 p. 502）と、季節が秋から冬へと変わったと正式に宣告した。大まかに計算すると、語った物語の進行時点の季節を秋に設定

彦の絵を発見したのは、そこに越して数ヶ月経った頃のことだった」（第1部 p. 68）とある。

した部分が、全作品の4割以上も占めていることが判明した[11]。それで、『騎士団長殺し』は秋の物語と言っても過言ではない。

秋と言えば、すぐ『枕草子』のことが思い出されるが、確かに作品中「秋の夕暮れ」の言葉が使われており、それらしい描写もあるが、それだけでは、なぜ秋という季節に執拗に拘っているか、まだ説明しきれない。結論を先に言ってしまえば、それは別れた妻への未練を反芻するような表現法だと言えよう。理由は以下の通りである。「私」が妻ユズに初めて出会った時に、「ほとんどその場で彼女と恋に落ちた」（第1部 p. 44）と回想している。それは亡くなった妹を思わせる所[12]があったと「私」は自覚した。ユズと付き合って「半年ばかり」（第1部 p. 501）、二人で「最初に性交した」（第1部 p. 501）情景を、「秋の初めの月光の白さ」（第1部 p. 502）、「秋の虫たちが賑やかに鳴いていた」（第1部 p. 502）と共に「私」の記憶に留まり、「それまでの人生における最も輝かしい瞬間であったかもしれない」（第1部 p. 502）と思うようになった。と同時に「この女を手放すようなことは絶対にするまい」（第1部 p. 502）と決心をした。妻ユズと最初に結ばれた秋は、その忘れ難い紀念すべきものであろう。一方、離婚すると言い渡された後の「私」は、

11『騎士団長殺し』は、第1部の507頁、第2部の541頁を合わせて1048頁を有する作品である。作品中、「夏の終わり」（第1部 p. 106）から、「来たるべき冬の到来のような冷ややかな雨」（第2部 p. 67）までは、凡そ466頁の紙幅がある。それを比率すると、45パーセント近くなる。

12「その原因に思い当たるまでに数週間がかかった。でもあるときはっと思い当たった。彼女は、死んだ妹のことを私に思いださせたのだ」（p. 44）とある。

性行為に乗り気ではなかった妻の行動から、妻の不倫が「去年の十月か十一月」（第1部 p. 37）からだと推測した。そのことについては、「私」は、「秋の夕方。大きなベットの上で、どこかの男の手が妻の衣服を脱がせていく光景を想像した」（第1部 p. 37）と臆測した。妻と結ばれた紀念すべき時も、妻の不倫に傷付けられただろう時も、「秋」の季節[13]だということは、「私」をして、語りのテンポを緩めて、カレンダー式の語りに変えさせたのである。それにより妻への捨て難い未練を浮き彫りにさせたと理解されよう。

3.3 「女のいない男」から再び「女のいる男」になった語り手の心境変化

妻の不倫のため離婚し「女のいない男」になったが、二度結婚し「女のいる男」になった「私」の心境変化を妻に別れ話を言われる前、妻に言われた当時、旅行中、小田原滞在中、穴に閉じ込められた時と言った5段階に分けて見てみよう。

3.3.1 妻に別れ話を言われる前——健全的な結婚生活に満足、安心している語り手

旅行中の「私」が「我々は基本的に健全な結婚生活を送っていたし、精神的にも肉体的にもうまくお互いを受け入れ合っていた」（第1部 p. 49）り、「私自身はそのような妻との関係性に、素直に安心しきっていたところがあ」（第1部 p. 51）りして、「ユズと日常的にセックスをすることで私の性欲は十分満たさ

13 語り手の妹が語り手の15歳の「五月頃」（p. 165）という季節に亡くなったため、秋が妹との関連よりも、妻への未練との関連性の方が高いと推定できる。

れていた」（第 1 部 p. 309）と結婚生活を回想している。この 6 年間の結婚生活に満足している「私」の様子が分かった。

3.3.2　離婚すると妻に言われた当時——放心状態に陥っていた語り手

「健全な結婚生活」を送っているだけに、「何の前触れもなく」（第 1 部 p. 309）、妻に「あなたと一緒に暮らすことはこれ以上できそうにない 」（第 1 部 p. 309）の一言から受けた打撃が大きい。また「そんな先のことまで考える意識の余裕は、私にはなかった。（中略）今ここに立っていることで、ほとんど精一杯なのだ」（第 1 部 p. 33）と当時のことを語ったことからも、後になって「家を出るとき自分がどんな服装をしているか、まったく考えもしなかった」（第 1 部 p. 35）、「混乱し、どう反応すればいいのかわからない。言葉が出てこない」（第 1 部 p. 309）と回想したことからも、「私」は心の準備が出来ていないまま、あまりのショックで心を引き裂かれ、放心状態に陥っていたことが明確である。

3.3.3　旅行中——妻の不倫のベッドシーンを想像し、嫉妬に燃えた語り手

旅行中の「私」が、「私は妻が誰か他の腕に抱かれている光景」（第 1 部 p. 36）、「大きなベッドの上で、どこかの男の手が妻の衣服を脱がせていく」（第 1 部 p. 37）、「妻と、おそらく今頃どこかのベッドの上で彼女を抱いているのであろう無名の手のことを」（第 1 部 p. 43）と「私」が妻の不倫相手の「手」を気にし、絶えずに妻の不倫のベッドシーンを想像し、嫉妬に燃えている。そして「旅をしているあいだずっと、夜になると私は

ユズの身体を思い出した。(中略) ときおり、私はそのような記憶を辿りながら一人で射精した」(第 1 部 p. 309) と妻の身体に執着している。小田原入居後に回想した「四月十九日」(第 2 部 p. 189) に見た「淫靡な夢」(第 2 部 p. 189) は、まさに、「私はユズの身体を抱きたかったし、彼女の中に入りたかった。私はそのような強い欲望に取りつかれていた」(第 2 部 p. 192) ことの反映であろう。旅に出た「私」が妻への執着が相変わらず根強いものである。

3.3.4 小田原滞在中――妻の不倫から受けた傷、怒り、麻痺感覚のメカニズム

小田原入居後、「結婚生活の最後の頃には、もうぼくとは性的な関係を持たないようになっていた。もっと早くそれに気がつくべきだったんだ」(第 1 部 p. 338) と「私」が友人雨田に「一人で心に抱えこんできたこと」(第 1 部 p. 338) を始めて打ち明けた。また離婚届が送られてきた時「あのユズがこの私に抱かれることを拒み、他の誰かに抱かれることを選んだことについては (中略) それほど容易く理解することはできなかった」(第 1 部 p. 471) と「私」が妻に選ばれなかったことが納得いかない。さらに「私」にユズが恋人がいるかどうかと聞かれた際、雨田が「人にはできることなら知らないでいた方がいいこともあるだろう」(第 1 部 p. 339) とアドバイスしたが、「知っていても知らなくても、やってくる結果は同じようなものだよ。遅いか速いか、突然か突然じゃないか、ノックの音が大きいか小さいか、それくらいの違いしかない」(第 1 部 p. 339) と、「私」が「ノックの音」でやってくる結果を暗喩する所が示唆的であ

る。その後、雨田に「ユズのことがまだ好きなんだな?」(第1部 p. 340) と聞かれると、「彼女のことを忘れなくちゃいけないとは思っても、心がくっついたまま離れてくれない。」(第1部 p. 340) と、妻への未練が一層深まっている。小田原滞在中、妻の言った「あなたと一緒に暮らすことはこれ以上できそうにない」(第1部 p. 309) の一言のため、「思いのほか、予想を遥かに超えて私を傷つけた。いや、正確に言えば、私を傷つけたのは実際には私自身だった」(第1部 p. 309) と、ようやく自分が妻の不倫から受けた傷に直面することが出来たと同時に、その傷の原因は自分にあると反省するようになった。さらに、離婚届が送られてきた時に、「私が今こうして受けているのはひどく理不尽な、酷く痛切な仕打ちであるように私には思えた。そこには怒りはない (と思う)。(中略) 私が感じているのは基本的には麻痺の感覚だった。誰かを強く求めるのに、その求めが受け入れられないときに生じる激しい痛みを和らげるべく、心が自動的に起動させる麻痺の感覚だ」(第1部 p. 472) と麻痺感覚で受けたショックを誤魔化したが、「私の心はまだ彼女を求めていた」(第1部 p. 472) と内心では妻への未練が残っている。さらに妻が子供を妊娠したことを雨田から知らされても、自分が求めているものを「ユズはそれを持っていた」(第2部 p. 181) と認めた上、「ぼくが人生の途中でなぜか見失って、そのあと長く探し続けていたものであるはずだ。人はみんなそうやって誰かを愛するようになるのじゃないのか?」(第2部 p. 181) と、見失うことはあっても、妻への愛を確信するようになった。

3.3.5　穴に閉じ込められた時——別れた妻に会うことへの決心

友人雨田と共に伊豆高原の施設に入っている彼の父親を見舞い中、「私」がその場に現れた騎士団長の指示に従い、彼を殺した後、「地底の国を通り抜けて」（第 2 部 p. 412）、翌週の火曜日に家の裏の祠の近くにある穴に戻り、そこに閉じ込められた。その時、「私」が、「もしこの穴の底から出ることができたなら、思い切ってユズに会いにいこう。彼女がほかに恋人を作り、唐突に私から去っていったことで、私はもちろん心に傷を負ったし、それなりに怒りを感じたと思う。（中略）でもいつまでそんな気持ちを抱えたまま生きていくわけにはいかない。一度ユズに会って、きちんと向き合って話をしよう。（中略）何を求めているのかを本人に確かめなくてはならない。まだ手遅れにならないうちに……。私はそう心を決めた。心を決めてしまうと、いくらか気持ちが楽になった」（第 2 部 p. 389）と、妻の不倫に対して今まで抑え続けてきた怒りをようやく外に出すことが出来た。それにも関わらず、いつまで怒りを抱えたまま生きていくわけにはいかないことに気づき、妻に会って彼女の気持ちを確認しようと決心した途端、気が楽になった。ここまで来ると、現実回避を断念し、問題の核心に迫っていく「私」の真摯さを見せたのである。穴から脱出した「私」は決心した通り、ユズに電話し、「一度君に会って、ちゃんと顔を合わせて、いろんことを話したいと思っていたんだ」（第 2 部 p. 425）と言えるようになった。その後、「これからユズに会おうとしている。まもなくほかの男の子供を産もうとしている別れた妻に。（中略）でも自分が正しいことをしたのかどうか、今ひとつ自信が持てなかった」（第 2 部 p. 427）と「私」が一度決めたことにまだ迷いはしたが、「でもまったく正しいことか、まったく正しくないことなんて、果たしてこの世界に存在するものだろうか？」（第２部 p. 427）と開き直った。そして、妻に対面した時、「もう一度君のところに戻ってかまわないだろうか？」（第２部 p. 526）と、「私」が率直に本当の気持ちを言い出せたのである。

このように、５段階に分けて辿ってきた結果、結婚生活の破綻によって受けた衝撃から現実逃避をし、放浪の旅に出て、妻への捨て難い未練を繰り返しているうち、妻への愛を確認した後、直接に妻に対面することを決め、縒りを戻す本心を打ち明けることが出来るようになった「私」の変貌が見られる。

４．『騎士団長殺し』で獲得した視点—— 一体両面的に見ること

村上春樹作品では、妻の不倫の主題がよく見られ、近年では明確に『女のいない男たち』（2014）、『騎士団長殺し』（2017）に見られる。しかし、『騎士団長殺し』に至って不倫すること[14]と不倫されること[15]が一体両面的に描かれている。さらに、肖

---

14 例えば、語り手が肉体関係が出来た一人目の人妻を「夫は私立高校の歴史の教師で、家では妻を殴った」（p. 18）と述べた後、彼女が求めているのは「親密さ」（p. 19）だと決め付けた。また、二人目の人妻を「幸福な家庭生活を送っていた。少なくともどこといって不足のない家庭生活を送っているように見えた」（p. 19）としている。

15 例えば、「私は妻が誰か他の腕に抱かれている光景を想像した」（p. 36）、「秋の夕方。大きなベッドの上で、どこかの男の手が妻の衣服を脱がせていく光景を想像した」（p. 37）、「妻と他の男が抱き合っ

像画を頼んだ依頼主の免色を、「私が現在関係を持っている女性の夫ではあるまいか？（中略）でもどうして彼女の夫が、大金をはらってわざわざ妻の浮気相手に自分の肖像画を描かせなくてはならないのだろう？」（第1部 p. 114）と、不倫相手の夫が近づいてくることを想像した描写も見られる。

このように、不倫する方と不倫される方を兼ねて一体両面的に見る視点の獲得は、不倫で人に傷つけられたこともあろうが、逆に人を傷付けることもあるという両面性の受容であり、こうした人生の営みの形態を、『騎士団長殺し』に至って始めて把握したと言えよう。

5. 妻に去られた先行作品における位置づけ——選択肢としての共生の道を提示

妻との離婚や妻の不倫を明確に書いた作品、明確に書かれていない作品を対象に、本作品で思わせる311を基準点に、震災の前と震災の後に分けて以下で総討論する。

5.1 震災の前

村上春樹の作品では、妻との離婚あるいは妻の不倫を題材にすることは珍しくない[16]。『羊をめぐる冒険』（1982、講談社）の

ている光景をなんとか頭の中からよそに追いやろうと努めた」（p. 38）のように、妻と不倫相手のベットシーンを執拗なほど想像している。

16『羊をめぐる冒険』（1982、講談社）の「僕」、『世界の終りとハードボイルド・ワンダーランド』（1985、新潮社）の「ハードボイルド・ワンダーランド」の主人公「私」、『ダンス・ダンス・ダンス』（1988、講談社）の「僕」、『TVピープル』（1989、文藝春秋）の「僕」、『ねじまき鳥

「僕」に遡ることが出来る。だが、その内実は明白にされていない。例えば、『ねじまき鳥クロニクル』の「僕」は、平穏に暮らしている日々の中、雑誌編集者として働く妻クミコが突然姿を消してしまった。また『神の子どもたちはみな踊る』収録の「UFOが釧路に降りる」の小村の妻は「地震」発生後の5日間、ずっとテレビの震災画面に釘付けにされ、「もう二度とここに戻ってくるつもりはない」と書いた手紙を残し、理由の分からぬまま姿を消し、離婚届を郵便で送ってきただけであった。

5.2 震災の後

震災後、妻の不倫に触れた『女のいない男たち』(2014、文藝春秋)は『騎士団長殺し』と共通するモチーフが見られる。

5.2.1 『女のいない男たち』の続きとして見られる『騎士団長殺し』

『女のいない男たち』では、妻の不倫が共通話題として見られる「ドライブ・マイ・カー」、「木野」[17]の2作に注目すべきである。

クロニクル』(1994-1995、全3巻、新潮社)の「僕」、『神の子どもたちはみな踊る』(2000、新潮社)に収録した「UFOが釧路に降りる」の小村などが挙げられるが、『海辺のカフカ』(2002、新潮社)と『1Q84』(2009-2010、新潮社)では不倫らしい行動を取った母親を夫でなく、子供としての目から見た作品もある。

17 『女のいない男たち』に収録された「ドライブ・マイ・カー」も「木野」と同じく妻の不倫を話題にした作品である。「ドライブ・マイ・カー」の主人公家福と妻の不倫相手高槻が入った店の一つが店「木野」である。それは、店の場所、内装、野良の灰色猫などの設定から判明した。そうだとすれば、「木野」の読みが自然に「ドライブ・マイ・カー」の作品時間を左右することになる。このように、『女のいない男たち』内の作品は、一見すると無関係のようだが、作品が相互的に関係し合うこと

「ドライブ・マイ・カー」は、妻の不倫から受けた傷を24年間抱えて、ようやく自分の亡き娘と同じ年の専属運転手みさきに言い出せた家福の物語である。妻の死後、家福はかつて妻と不倫に陥った男に会い、妻の話を聴く。別れ際に、握手した、かつて妻の体を触った不倫相手の「手」[18]がクローズアップされている。その「手」の表現の仕方は、『騎士団長殺し』で妻が不倫相手とのベッドシーンで強調されている不倫相手の「手」[19]と同様である。ちなみに、最初に不倫相手の夫と仮想した免色という人物とよく握手した「手」の場面[20]もそれに類する。

「木野」では、主人公木野が妻と不倫相手とのベッドシーンを目撃し、受けた傷を7ヶ月抱えた後、旅行先の熊本のホテルで3回ノックがされたことで徐々に傷ついた心を回避せずに直視す

によって、「木野」の世界をさらに重層化させることにもなる。詳しくは、曾秋桂（2015）「村上春樹《沒有女人的男人們》中的城市拼圖」『世界文學』9期　淡江大學・聯經出版公司 pp. 231–241を参照されたい。

18 「ドライブ・マイ・カー」では、「あの手が、あの指が妻の裸の身体を撫でたのだ」（p. 45）、「分かれ際にまた二人は握手をした」（p. 55）とある。

19 「秋の夕方。大きなベッドの上で、どこかの男の手が妻の衣服を脱がせていく光景を想像した」（p. 37）、「そのあいだ私はやはり妻のことを考え続けていた。妻と、おそらく今頃どこかのベッドの上で彼女を抱いているのであろう無名の手のことを」（第1部 p. 43）」とある。

20 『騎士団長』の語り手が不倫をした女性の夫と最初に仮想した免色ともよく握手という動作をした。例えば、「男は私の手を握った。（中略）私の感覚からいうと少し力が強すぎたが、痛いというほどではない」（p. 118）、「今回、彼は握手の手を差し出さなかった。（中略）会うたびに堅い握手をされるのではないかという不安を密かに抱いていたからだ」（p. 147）の描写が見られる。

るようになった[21]。「3回ノックされた」ことは、正に木野の妻への真情を露にさせる契機となり、逃げる苦しみから解放されたことにもなったと言えよう。大事な登場人物カミタが「正しからざることをしないでいるだけでは足りないことも、この世界にはあるのです」（p. 247）と示唆したことを、木野が「正しくないことをしたからではなく、正しいことをしなかったから」（p. 248）と理解した如く、別れた妻への未練を持つ本当の自分を直視し、真の癒しを与えられたことにつながるのである。「木野」で使った「ノック」と「正しいこと」の表現は、『騎士団長殺し』にも「ノック」（第1部 p. 339）と「正しいこと」（第2部 p. 427）で再現されている[22]。

共通に使われている妻の不倫相手の「手」、「ノック」と「正しいこと」の表現を見て分かるように、『騎士団長殺し』を前作品『女のいない男たち』に描かれた妻に不倫された「女のいない男」の延長線として読むことの可能性が開示されよう。

5.2.2　共生の道へ導く『騎士団長殺し』

妻が戻り、妻が産んだのが自分の娘であろうが、自分の娘で

---

21 曾秋桂（2016）「男の嫉妬物語を視点に見た夏目漱石と村上春樹―「木野」における「両義性」から示唆されつつ―」森正人監修　小森陽一、曾秋桂編『村上春樹研究叢書村上春樹における両義性』第三輯　淡江大學出版中心 pp. 109-138 を参照されたい。

22「知っていても知らなくても、やってくる結果は同じようなものだよ。遅いか速いか、突然か突然じゃないか、ノックの音が大きいか小さいか、それくらいの違いしかない」（第1部 p. 339）、「まったく正しいことか、まったく正しくないことなんて、果たしてこの世界に存在するものだろうか？」（第2部 p. 427）とある。

はなかろうが、「室」（第2部p. 531）という名を持つ娘の世話を献身にし、三人で暮らすような道を「私」は選んだ。それは亡くなった妻の不倫の傷を24年間抱えていた家福、また妻の不倫から受けた傷を7ヶ月抱えながらも、逃避、回避を繰り返したのち、熊本へ逃げた末、直視するようになった木野の選択とは違い、不倫した妻、そしてその妻が産んだ娘まで受け入れ、彼女らに寄り添い共に生きていく、言わば共生の道[23]である。

そして、別れた妻が誰の子を妊娠したか不明なまま、その妻、そして生まれた娘を暖かく包んでいる「私」へと浄化していったプロセスは、「女のいない男たち」の家福と木野のように妻の不倫に苦しんだりもがいたりすることを抜きには到底探求しえない過程であろう。「女のいない男」から再び「女のいる男」へと質的に変化した「私」の心理を抉り出し、その屈折こそは読者の心をひきつけ、まよわせる「魅惑」に満ち溢れた産物であろう。

6. 結論—「女のいない男」の延長線として読む『騎士団長殺し』の「魅惑」

『騎士団長殺し』の物語が「元の鞘に収ま」（第1部p. 14）った結婚生活の所で終ればよいが、わざわざ311を結末近くに設

---

23 村上春樹の『神の子どもたちはみな踊る』（2000）に収録された「蜂蜜パイ」には、淳平が友人夫婦高槻と小夜子との間に出来た娘沙羅と、友人高槻と離婚した小夜子を受け入れて、一緒に生活しようとしている前例があるが、これはここで論述した『騎士団長殺し』の「私」の場合と同質なものだとは、考えられない。

定したことは、決して無意味なことではない。311 以後社会から求められる村上春樹のメッセージがそこにある。縒りを戻した結婚生活、その結婚生活を語ることの必然性、311 の 3 者の相関性に、さらに付け加えた一体両面的に見る視点の獲得は、311 のような未曾有な打撃を受けても、やり直すチャンスが再びやってくることを語るという村上春樹の東日本大震災に馳せた思いが託されているのではないか。「女のいない男」の延長線として読む際、「魅惑」が感じられる『騎士団長殺し』から放つ光輝は、311 からは 6 年も経ったが、その間、その事件に関心し続けている村上春樹が日本社会へ提示した黙示録となるに違いない。

テキスト

村上春樹（2017）『騎士団長殺し』第1部・第2部、新潮社

参考文献

書籍・論文

諸橋轍次監修（1986・初 1959）『大漢和辞典 修訂版』巻十二、大修館

村上春樹（2003・初 1991）『村上春樹全作品 1979−1989 ⑥ノルウェイの森』講談社

村上春樹（2000）『神の子どもたちはみな踊る』新潮社

曾秋桂（2015）「村上春樹《沒有女人的男人們》中的城市拼圖」『世界文學』9期淡江大學・聯經出版公司

曾秋桂（2016）「男の嫉妬物語を視点に見た夏目漱石と村上春樹―「木野」における「両義性」から示唆されつつ―」森正人監修 小森陽一、曾秋桂編『村上春樹研究叢書村上春樹における両義性』第三輯 淡江大學出版中心

清水良典（2017）「「自画像」と「父」なるもの― 村上春樹『騎士団長殺し』論」『群像』5月号、講談社

川上未映子・村上春樹（2017）『みみずくは黄昏に飛びたつ 川上未映子 訊く / 村上春樹 語る』新潮社

大森望・豊﨑由美（2017）『村上春樹「騎士団長殺し」メッタ斬り！』河出書房新社

ネット資料

『大辞林』（第3版）http://www.weblio.jp/content/%E9%AD%85%E6%83%91（2017年5月8日閲覧）

『騎士団長殺し』

―物語世界の新たな魅惑―

浅利　文子

1．はじめに―芸術論としての新たな魅惑

村上春樹の『騎士団長殺し』[1]は、『1Q84』[2]以来7年ぶりの「本格長編」と銘打って[3]発表された。本論のねらいは、『騎士団長殺し』に展開される物語世界の新たな魅惑を探求することである。日本国語大辞典[4]には、魅惑とは「魅力で人の心をひきつけまどわすこと」とある。村上春樹は、日本人作家として初めて国内外で膨大な数の読者を得、現在も得つつある類まれな存在である。これこそ、村上文学に言語や文化の違いを越えて人々の心をひきつけてやまない魅惑がある何よりの証拠と言えるだろう。

論者は、村上春樹の『羊をめぐる冒険』[5]『世界の終りとハード

1　村上春樹（2017）『騎士団長殺し』新潮社

2　村上春樹（2009―2010）『1Q84』新潮社

3　新潮社のキャッチ・コピー

4　日本大辞典刊行会（1986）『日本国語大辞典』第九巻縮刷版第一版第七刷小学館 p. 1413

5　村上春樹（1982）『羊をめぐる冒険』講談社

ボイルド・ワンダーランド』[6]『ノルウェイの森』[7]『ダンス・ダンス・ダンス』[8]『ねじまき鳥クロニクル』[9]『海辺のカフカ』[10]『1Q84』『騎士団長殺し』という長編小説[11]の系譜に通底する魅惑の源は、日本の物語文学をはじめ世界各地の神話にも通ずる物語世界にあると考えている[12]。しかし、その魅惑がどのようなものであるか具体的に論じるのは難しい。それは、『騎士団長殺し』において、「私」がイデア[13]（「騎士団長」あるいは観念）を殺さな

---

6 村上春樹（1985）『世界の終りとハードボイルド・ワンダーランド』新潮社

7 村上春樹（1987）『ノルウェイの森』講談社

8 村上春樹（1988）『ダンス・ダンス・ダンス』講談社

9 村上春樹（1994-95）『ねじまき鳥クロニクル』新潮社

10 村上春樹（2002）『海辺のカフカ』新潮社

11 村上は『職業としての小説家』（2015）の第六回で、自らを「『長編小説作家』だと見なして」おり、「長編小説こそが僕の主戦場であるし、僕の作家としての特質、持ち味みたいなものはそこに一番明確に――おそらくは最も良いかたちで――現れているはずだと考えています」と述べている。

12 浅利文子（2013）『村上春樹 物語の力』翰林書房序章２・３、第一章６、第七章５に詳述。

13 村上は、川上未映子・村上春樹（2017）『みみずくは黄昏に飛びたつ―川上未映子訊く村上春樹語る』新潮社 pp. 154-162 で、『騎士団長殺し』に登場するイデア・騎士団長は、プラトンのイデア論とは関係がなく、「古代の無意識の世界からやって来たのではないかと僕は想像します。意識以前の世界から」とし、自分は「雷を受ける」「巫女的な」「メディウム（霊媒）」であり「何かを受け取る力」を持っていると述べている。しかしここでは、第１部第16章 p. 263「情念を統合するイデア」のように、観念という一般的な意味で使用されている例に従った。

いと、メタファー[14]（「顔なが」あるいは物語世界）に出会えないというストーリーに暗示されているようである。つまり、村上春樹の長編小説の魅惑は、イデア（観念）によって分析したり理解したりすることはおよそ不可能なもので、一人一人の読者がメタファー（物語世界）をじかに体験するところにこそあり、頁を繰りつつ知らず知らずのうちに無意識の世界に降りてゆき、自らの深層世界に展開する物語世界で、自分自身と出会う経験をすることで初めて味わえるものだからである。

『羊をめぐる冒険』以来、村上春樹の長編小説は主人公の異界往還[15]という内的経験を描きながら、新作を発表するたびに新たなイメージを加え、その全体像を次第に拡大し深化してきた。前作『1Q84』は、物語による物語論である点に大きな特徴があった[16]が、新作『騎士団長殺し』は、「私」の自己探求に重ねて、肖像画制作を通じて芸術のあり方や芸術家としての生き方を問う、いわば芸術論としても読める物語となっている点に新たな魅惑が認められる。本論では、「私」を主人公とする一人称小説であり、「私」が画家であるという二つの視点から、芸術

---

14 メタファーは、作品中で隠喩という意味以外に「顔なが」を指し、物語世界等を指している。『騎士団長殺し』におけるイデアとメタファーという語の含意については、浅利文子（2018）「『騎士団長殺し』―イデアとメタファーをめぐって」『異文化』19号法政大学に詳説した。

15 『世界の終りとハードボイルド・ワンダーランド』と『1Q84』では、主人公は異界から帰還しない。この点については浅利文子（2017）「『1Q84』物語の秩序―世界の均衡を保つための物語―」（沼野充義監修曾秋桂編集（2017）『村上春樹研究叢書』第4輯）に詳述した。

16 物語による物語論として読めるという点については、前掲（注15）拙論に詳述した。

論として新たな魅惑を備えた『騎士団長殺し』について考察を進めていきたい。

2. 自己探求のための一人称小説 ―『女のいない男たち』から『騎士団長殺し』へ

『騎士団長殺し』を読み始めてまず気づくのは、開巻当初から「私」と妻の離別が一時的なものと告知されている[17]ことである。これは、従来の長編小説にはなかった設定であり、物語の構想に変化が生じたことを明示している。川上未映子によるインタビュー集『みみずくは黄昏に飛びたつ』[18]でも、村上は「最初から結論を書いておく」のは「こういう物語なんだけど読んでくださいという、一種の口上みたいなもの」で、「作者の宣言。あるいは読者への挑戦。そこにテンションが生まれる。それは最初から決めていました。」[19]と述べている。つまり、作者は第1章の冒頭で、『騎士団長殺し』がもはや『羊をめぐる冒険』『ダンス・ダンス・ダンス』『ねじまき鳥クロニクル』や『海辺のカフカ』のように、主人公が失踪した人物の行方を追

---

17 第1章の2頁目に、「その当時、私と妻は結婚生活をいったん解消しており、正式な離婚届に署名捺印もしたのだが、そのあといろいろあって、結局もう一度結婚生活をやり直すことになった。（中略）その二度の結婚生活（言うなれば前期と後期）の間には、九ヶ月あまりの歳月が、まるで切り立った地峡（ちきょう）に掘られた運河のように、ぽっかりと深く口を開けている」とある。

18 川上未映子・村上春樹（2017）『みみずくは黄昏に飛びたつ― 川上未映子訊く 村上春樹語る』新潮社、以下『みみずくは黄昏に飛びたつ』と記す。

19 前掲書 p. 173

い、失踪人物の心情を理解し愛情を回復しようとする、いわゆるシーク・アンド・ファインド型[20]の物語ではないことをあらかじめ明確にしているのである。

妻から突然別離を切り出された「私」は、いたたまれない思いに駆られて、東北地方から北海道各地を当てもなく放浪する。しかし、小田原郊外の雨田具彦の家に身を落ち着けてしばらくするうちに、「私と妻とのあいだの問題は、私が死んだ妹の代役を無意識のうちに」[21]妻に求めたことにあったと気づく。また、妻の父親に結婚を反対され、結婚してもせいぜい四、五年しかもたないだろうと言われた言葉が自分の中で「ある種の呪いとしてあとあとまで機能」[22]していたことや、妻に恋人ができて別離を切り出されたことで「私の心は思った以上に深い傷を負い、血を流していた」[23]ことにも気づく。こうした気づきを経て、「私」の心は、ようやく自己を深める方向へ向かって進んでゆく。これは、短編集『女のいない男たち』[24]に収録された「ドライブ・マイ・カー」で、家福の妻と交際していた高槻

---

20 柴田勝二は、「受動的な冒険―『羊をめぐる冒険』と〈漱石〉の影―」（『東京外国語大学論集第74号』（2007））で、「『羊をめぐる冒険』において村上が行ったのは、『1973年のピンボール』ですでに描かれた「シーク・アンド・ファインド型」の物語に対する脱構築」だとしている。

21 第1部第26章 p. 430

22 第1部第26章 p. 432

23 第1部第26章 p. 433

24 村上春樹（2014）『女のいない男たち』文藝春秋「ドライブ・マイ・カー」「イエスタデイ」「独立器官」「シェエラザード」「木野」「女のいない男たち」の6編を所収。

が彼女について語るうち、ふと「本当に他人を見たいと望むのなら、自分自身を深くまっすぐ見つめるしかないんです」[25]と言う、「どこか深い特別な場所から」「浮かび出てきた」言葉[26]に沿った展開と言える。作者が『騎士団長殺し』を自照的な一人称小説として書かねばならなかった理由も、おそらくここにあるのだろう。

村上は、『職業としての小説家』[27]では、「一人称だけを用いて書いた長編小説は、『ねじまき鳥クロニクル』(一九九四・九五)が最後のものになります。(中略)そのあとに書いた短編小説集『東京奇譚集』、中編小説『アフターダーク』はどちらも、最初から最後まで純粋な三人称小説になっています。(中略)僕が一人称に別離を告げ、三人称だけを使って小説が書けるようになるまでに、デビュー以来ほぼ二十年を要していることになります。(中略)それは僕にとってはただの人称の変化というより、大げさに言えば視座の根本的な変更に近いことだったのかもしれません」[28]「小説が三人称になり、登場人物の数が増え、彼らがそれぞ

---

25 河合隼雄・村上春樹(1996)『村上春樹、河合隼雄に会いにいく』新潮社では、河合が(夫婦が相手を)「理解しようと思ったら、井戸掘りするしかしょうがない」と述べ(p. 84)、村上は、「井戸をくぐって行くことは、(クミコにコミットする)資格を得るための、『魔笛』で言う試練みたいなもの」と述べていた(p. 86)。

26 村上春樹(2014)『女のいない男たち』文藝春秋 p. 54。この言葉の直後に、「高槻という人間の中にあるどこか深い特別な場所から、それらの言葉は浮かび出てきたようだった。ほんの僅かなあいだかもしれないが、その隠された扉が開いたのだ」とある。

27 村上春樹(2015)『職業としての小説家』スイッチ・パブリッシング

28 前掲書 pp. 225-226

れに名前を得たことによって、物語の可能性が膨らんでいきました」[29]と述べていた。一人称小説から出発し、三人称による総合小説を目指して地歩を固めてきた村上のこうした言葉を受けて、『1Q84』に続く「本格長編」も、三人称の総合小説、あるいはそれを目指す方向にあるものと予測されていた。

作者は、『騎士団長殺し』を「自分自身を深くまっすぐ見つめる」一人称小説とするために、まず第1章冒頭で、「私」の住む小田原郊外の「狭い谷間の入り口近くの山の上」の家が、夏の間「ひっきりなしに雨が降」る「谷の奥の方」と、「だいたい晴れてい」る「谷の外側」の「ちょうど境界線あたりに建って」いると設定し、「私」を自然環境における「境界線」上に位置づけている。これは、雨田具彦の家が『羊をめぐる冒険』の十二滝町の「鼠」の別荘や『海辺のカフカ』の山奥の小屋同様、現実世界と（山上他界を連想させる）異界の境界付近に位置していることを示唆している。

これは、『ねじまき鳥クロニクル』の「僕」・岡田亨が、妻を取り戻し自分を取り戻すために井戸に降りなければならなかったように、妻に去られ居場所を失くした「私」の居場所として、社会的自己をゼロに戻し[30]、「なにものでもない一介の人間」[31]に返る地点ほどふさわしい場所はないからである。東北地方・北海道各地を放浪した末に「私」が逢着したのは、ただの自分に

29　前掲書 p. 228

30　浅利文子（2013）『村上春樹　物語の力』翰林書房、序章2「村上春樹の物語」p. 11 参照。

31　村上春樹（2014）『女のいない男たち』文藝春秋 p. 142

戻るのに最もふさわしい山上の一軒家であった。「私」は、テレビもパソコンもない、現実から隔絶した場所で、仕事や家庭のしがらみから離れて隠者のような日々を過ごすことによって、屋根裏で「私」を（地中他界を思わせる）地下世界へ導く絵画「騎士団長殺し」を見つけ、石組みの下に地下世界からの出口となる穴を発見し、その穴から出現した「古代の無意識の世界からやって来た」[32]イデア・騎士団長に遭遇することが可能になったのである。

しかし、これとはまったく対照的に、自らの居場所を失ってしまうのが『女のいない男たち』に収録された短編「木野」の主人公である。『騎士団長殺し』の「私」同様、妻を寝取られ居場所を失った木野は、会社を辞め、青山の「路地の奥」に店を開く。当座は「木野」と自分の名を付けた「小さな酒場」が、妻を失った「奥行きと重みを失った自分の心」を「しっかり繋ぎとめておく場所」として「奇妙に居心地の良い空間」となる。しかし、木野は「傷つくべきときに十分に傷つか」ず、「本物の痛みを感じるべきときに」「肝心の感覚を押し殺してしまった」。「痛切なものを引き受け」ず、「真実と正面から向かい合うことを回避し」た――カミタによれば「正しいことをしなかった」ために――「中身のない虚ろな心を抱き続け」、その「空白を抜け道に利用」しようとする不穏なものたちに付け込まれてしまう。そうして木野は、カミタに言われた通り、現実から離れ「どこにもいない男」として、「できるだけ遠く」を「できるだけ頻繁に移動し続け」なければならなくなる。しかし木野は、

32 前出『みみずくは黄昏に飛びたつ』p. 160

熊本のビジネスホテルで就寝中、「彼の心の扉を」叩くノックの音で目を覚まされる。人の心の「弱い部分」に付け入る「いくつもの違うやり方を持っている」「彼ら」に追いつかれた木野は、そこでやっと自分が「とても深く」「傷ついている」ことを認めざるを得なくなったのである。

『騎士団長殺し』の「私」も、放浪中に遭遇した「白いスバル・フォレスターの男」にどこまでも付け回されるというイメージを持つが、これも『木野』の「彼ら」に類した存在である。それは、妻を他の男に奪われた衝撃から逃げ、辛い現実を受け入れまいとした木野と「私」の、心のもっとも「弱い部分」を補償するために生じた（後述するように）陰惨で暴力的な〈影〉である。

『女のいない男たち』所収の短編「独立器官」の渡会は、一人の女性を「深く愛するようになり、後戻りができないようになって」初めて、「私から美容整形外科医としての能力やキャリアを取り去ってしまったら、今ある快適な生活環境が失われてしまったら、そして何の説明もつかない裸の一個の人間として世界にぽんと放り出されたら、この私はいったいなにものになるのだろうと」「かなり真剣に」「よく考える」ようになったと「僕」に訴える。

こうした渡会の心情は、まさしく「ドライブ・マイ・カー」の高槻の「本当に他人を見たいと望むのなら、自分自身を深くまっすぐ見つめるしかないんです」という言葉を裏付けている。「独立器官」の「僕」・谷村は渡会に、一人の女性を真剣に愛するためには「なにものでもない一介の人間」[33]として彼女にじかに向き合うしかないと言うが、渡会も死を間近にして、ようやくこのことに気づこうとしていたのである。免色渉と同じく、常に理性的な生き方を貫いて社会的成功を手にして来た渡会が、ただ一度の失恋のために52歳で命を落とさねばならないのは、それまでの「技巧的な人生」においては、「食べ物も喉を通らなくなるほど痛切な恋」[34]を体験することも、自分自身に直面せねばならない機会もなかったからである。

以上のように、短編集『女のいない男たち』で提出された自己探求の問題を引き継ぎ、深化するために、『騎士団長殺し』は「私」を主人公とする第一人称小説として書かれたのだろう。自分がかつての妻や恋人の内心をほとんど理解していなかったことに気づいて慄然とする「ドライブ・マイ・カー」の家福、「木野」の木野、「女のいない男たち」の「僕」のように、『騎士団長殺し』の「私」も、妻から別れ話を突き付けられて初めて妻との関係を振り返ろうとし[35]、そこから内的な物語世界におけるドラマが始まるのである。

---

33 村上春樹（2014）『女のいない男たち』文藝春秋 p. 54

34 村上春樹（2014）『女のいない男たち』文藝春秋 p. 165

35「私は雨降りを眺めるのをやめて、彼女の顔を見た。そして改めて思った。六年間同じ屋根の下で暮らしていても、私はこの女のことをほとんど理解していなかったんだと」（第1部第2章 p. 32）。

3. 肖像画を描くことと物語を生きること—秋川まりえの肖像画

「私」が経験する内的ドラマをたどろうとする際に、「私」が画家であり、山上の家に来るまで肖像画家を職業としていたという設定は、大変重要な意味を持っている。著名な日本画家・雨田具彦の家に住み始めた「私」は、「人が心を隠してしまうための場所」である屋根裏で、「騎士団長殺し」という題の絵を見つけたことを契機として内的な物語世界を生き始める。

「私」は、雨田具彦のスタジオで、免色渉、「白いスバル・フォレスターの男」、秋川まりえの３枚の肖像画と「雑木林の中の穴」という４枚の絵を描く。「私」は、「その四枚の絵はパズルのピースとして組み合わされ、全体としてある物語を語り始めているようにも思えた。あるいは私はそれらの絵を描くことによって、一つの物語を記録しているのかもしれない」[36]（下線論者）と考える。「雑木林の中の穴」が「女性性器と結びついて」[37]おり、「私」が地下世界の遍歴を経た後に現実世界に再び生まれ出るドラマを象徴している[38]とすれば、免色渉、「白いスバル・フォレスターの男」、秋川まりえの３枚の肖像画は、それぞれの人物を描くことを通して（以下で詳述するように）「私」自身を描き出し、再発見する働きを担っていることは明らかである。つまり、これら３枚の肖像画を描いたことは、「私」が画家とし

36 第２部第42章 p. 169

37 第２部第36章 p. 73

38 第２部第55章 p. 385に「まるで赤ん坊が空中で産み落とされるみたいに」「この穴の底に落下した」とある。

て、また「私」として再生する契機として機能していることになる。こうした意味から、「私」が肖像画を描くことは、物語世界を生きる内的経験と同等のものであることが分かる。これは、文学・美術等の芸術活動に共通する自己探求や自己表現、そして自己発見の機能に相当するものである。

たとえば、『1Q84』では、「どうしてショウセツをかく」という深田絵里子の質問に対し、小説家志望の天吾は、「小説を書くとき、僕は言葉を使って僕のまわりにある風景を、僕にとってより自然なものに置き換えていく。つまり再構成する。そうすることで、僕という人間がこの世界に間違いなく存在していることを確かめる」[39]と述べて、小説を書くことによって、自己という存在を確認することができると答えている。この答は、出生にまつわる疑問と不安を抱いたまま29歳まで生きてきた天吾にとって、小説を書くことが自己を支えるためにいかに切実な営みであるかをよく物語っている。

一方、『騎士団長殺し』の「私」は、まりえをモデルとしながら「もしぼくが君を正しく描くことができたら」「君はぼくの目で見た君の姿を、君自身の目で見ることができるかもしれない」「ぼくらはそのために絵を必要としている。あるいは文章や音楽や、そういうものを必要としている」[40]と言う。この言葉は、「自分をよりよく理解するためには」「第三者的な要素」が必要だという文脈で発せられたものだが、ここには、肖像画のみならず「絵」「あるいは文章や音楽や、そういうもの」つまり、芸術とは

---

39 村上春樹（2009）『1Q84』BOOK1 新潮社第4章p. 89

40 第2部第38章p. 110

何かという問いとそれに対する答えが示唆されている。

肖像画を描くこととは、他者を凝視し、自分が捉えた他者を表現することと言えようが、それは、モデルにとっては、他者の目を通じて自らの存在を確認することを意味している。一方、画家にとっても、他者を見つめることを通じ、自分が他者の中に何をどのように見たかを表現するという意味において、他者を通じて自らの存在を確認することを意味していると言えよう。

かつて「私」が従事していた職業的な肖像画ではなく、モデルを目前にして肖像を描く際には、こうした描く者と描かれる者の双方向の交流[41]が生じるのが本来なのだろう。肖像画は、描く者と描かれる者の内的交流があってこそ成立する。（だからこそ、妹の死の直後に15歳の「私」が「心の目に映る妹の姿を、白い紙の上になんとか再現しようと試みた」ことが、「妹の魂を私の魂が呼び起こそうとしていた真摯（しんし）な作業であった」[42]と言えるのだろう）

実際、まりえという存在を凝視し表現する過程において、「私」は心の深層に潜む妹と妻のイメージに遭遇する。「私はもちろん秋川まりえの姿を描こうとしていたわけだが、同時にそこには私の死んだ妹（コミ）と、かつての妻（ユズ）の姿が混

41 第2部第38章p. 116では、まりえが「わたしはなにかを差し出し、わたしはなにかを受け取る」と言ったのに対し、免色は「君の言うとおりだ。（中略）もちろんそこには交流がなくちゃいけない。芸術行為というのは決して一方的なものではないから」と答えている。

42 第1部第10章p. 170

じり込んでいるようだった」[43]とあるのは、地下世界の洞窟の中で、ドンナ・アンナの声を通じて妹の励ましの声を聞いた[44]のと同様の体験と言える。

村上は、13歳の秋川まりえについて、「あの時期の女の子って、人によってはものすごく鋭い感覚を持っています。そして意識と無意識との境目がまだきちんと固まっていない。だから余計にその鋭さが際立つんです。」[45]と述べて、まりえが——『羊をめぐる冒険』の「耳のガールフレンド」、『ダンス・ダンス・ダンス』のキキ、『ねじまき鳥クロニクル』のメイ、そして『1Q84』の深田絵里子のように—— 現実世界（意識）と異界（無意識）を媒介（メディエイト）する役割を担っていることを示唆している。

まりえが「私」と死んだ妹・小径をつなぐ媒介者（メディエイター）であることは、彼女が時折、叔母に内緒で林の中の「秘密の通路」を通って「私」の家を訪ねて来ることでさりげなく表現されている。家の周辺の「雑木林の中の小径」を散歩しながら、「私」がまりえから聞いた「秘密の通路」の入り口を探そうとする場面[46]では、小径という言葉が何度も繰り返されて、まりえを「私」のもとへ導く「雑木林の中の小径」が、妹・小径のイメージを喚起している。

肖像画を描き、描かれることは、自己と他者の間に生じる交

---

43 第2部第44章 p. 200

44 第2部第55章 pp. 376-377

45 川上未映子・村上春樹（2017）『みみずくは黄昏に飛びたつ』新潮社 p. 240

46 第2部第41章 pp. 161-162

流を通じて互いの存在を確かめ合うことである。作者はそこに、内的な物語世界を生きる体験と同等の自己探求の可能性を認めている。作者が雨田具彦畢生の傑作「騎士団長殺し」という絵画の題をこの作品の題名としたのも、絵画制作あるいは鑑賞が内的な物語世界の機能に相当すると認めているからだろう。

第1部第32章「彼の専門的技能は大いに重宝された」は、章全体がサムエル・ヴィレンベルク『トレブリンカの反乱』[47]からの引用で、すべてゴシック体で表記され、「**ワルシャワ出身のプロの画家**」[48]の語りが引用されている。

彼は、いつも「**ドイツ兵たちのために**」彼らの持参する「**白黒の素人写真をもとに、彼らの家族の肖像画**」の「**色彩画**」を描いていると語りだす。「**でもな、誰がなんと言おうと、わたしが描きたいのはドイツ人たちの家族なんかじゃない。わたしは〈隔離病棟〉[49]に積み上げられた子供たちを、白黒の絵にした**

---

47 2017年6月5日、論者の電話による問い合わせに対し、新潮社編集部から次のとおり回答を得た。「『騎士団長殺し』第1部第32章に引用された『トレブリンカの反乱』は、現在絶版の"Revolt in Treblinka"の当該部分を村上春樹が版権所有者の許可を得て翻訳したものである。そのため、現在出版されているサムエル・ヴィレンベルク著近藤康子訳（2015）『トレブリンカ叛乱― 死の収容所で起こったこと 1942-43』みすず書房とは、邦訳が異なっている」なお、引用部分に対応する場面は、みすず書房版のpp. 113-114で確認できる。

48 みすず書房版では、彼は「**プロの画家**」ではなく「塗装の専門家」とあり、標識や看板描きの腕前により重宝され、「職業的地位」を持つ宮廷ユダヤ人（ホーフユーデン）（特権的囚人）の一人である。著者は、彼の小屋に漂う「ペンキのにおい」から、「人生の初めの頃」や、脱走後再会を遂げる肖像画家の父を思い出している。

49 みすず書房版の概観図の説明には「野戦病院 虐殺場（ラツァレット）」とあり、同書文

いんだ。やつらが殺戮（さつりく）した人々の肖像画を描き、それを自宅に持って帰らせ、壁に飾らせたいんだよ。ちくしょうどもめ！」と「**とりわけひどく神経を高ぶらせ**」て語る。これは、絶滅収容所・トレブリンカで、その「**専門的技能**」が「**大いに重宝され**」たために殺戮を免れ、「**誰からも一目置かれていた**」「**プロの画家**」の発した激烈な言葉である。彼は、ドイツ兵によって殺戮され、累々と積み上げられた人々のむごたらしい肖像画をドイツ人たちの自宅の壁に飾らせて、トレブリンカの無残な現実を知らしめ、そうすることでナチスとドイツ兵を告発し、同時に、殺戮された無数のユダヤ人の魂を慰めようと意図したのであろう。

第１部の末尾第32章における『トレブリンカの反乱』の引用は、肖像画が、ひいては芸術が一人一人の魂の深みにまで達して何を描き得るか、何を訴え得るかと問いかけている。そして、その問いかけは、雨田具彦がアンシュルス直後のウィーンで経験した、ナチス高官暗殺未遂事件の背景に存在していた過酷な現実を示すと同時に、後世の人間が心にとどめるべき歴史的記憶として、また鎮魂の祈りとして、全編に響いている。

4．三軒の家の配置と「私」・免色渉・秋川まりえ三人の関係

雨田具彦の家の尾根伝いには秋川家が、両家の向かい側の谷には、免色渉の白い邸宅がある。この三軒の家は、作品内における「私」、免色渉、秋川まりえ三者の関係や心理的距離感を反

中では「野戦病院」と表記されている、虐殺されたユダヤ人たちの屍体を放擲する巨大な穴である。

映すべく配置されているようである。

まず、谷の向こう側の豪邸に住む免色渉は、有り余る財力と犀利な理性の持ち主という意味で「私」と対照的であり、「私」には心理的距離感の感じられる人物である。それは、両者の家を谷が隔てており、屈曲した山道を行き交わねば往来できないことに表現されている。しかし、「私」の住む家とテラスが向かい合っており「手を振れば見える」という距離感には、「私」が免色の秘密を知る唯一の人物になるという親密な交流が示唆されているようである。

実際、「私」は、知り合って間もない免色という人物に、単に肖像画の依頼主というだけでなく、「連帯感とさえ呼んでもいいかもしれない」「他の人にはこれまで感じたことのない近しい思いを抱くように」なる。「私」は、自分と免色が「ある意味では似たもの同士」と言えるのは、「失ってきたもの、今は手にしていないものによって前に動かされている」[50]からだと考える。これは言うまでもなく、二人がともに〈女のいない男たち〉として、失った女性を追い求めるよりむしろ自己を深く追求すべき立場にあり、また、血のつながりに確たる保証のない娘を持つ（持つことになる）ことを意味しているのであろう。

作中で「私」が描く4枚の絵は、すべて「私」の自己を追求し表現する絵となるが、特に、最初に描いた免色渉の肖像画について「私」が次のように述懐しているのは印象的である。「その絵はどのような見地から見ても、いわゆる『肖像画』ではな

50 第1部第26章 p. 432

かった。それは免色渉という存在を絵画的に、画面に浮かび上がらせることに成功している（と私は感じる）。しかし免色という人間の外見を描くことをその目的とはしていない（まったくしていない）。そこには大きな違いがある。それは基本的には、私が自分のために描いた絵だった。」[51]「私」は、免色に依頼された肖像画を描きながら「自分のための絵を描くこと」[52]を経験し、「私は免色というモデルを触媒にして、自分の中にもともと埋もれていたものを探り当て、掘り起こしただけなのかもしれない」[53]と思い当たる。つまり「私」は、免色の依頼を渋々受けて彼の肖像画を描いたことで新たな自己を発掘し、画家としての自信を取り戻すきっかけを掴んだのである。

また、免色は、まりえの肖像画を依頼するに際して、わざわざ「私」を自宅に招き、毎夕まりえを覗き見ているという秘密を打ち明ける。つまり、免色は「私」の家を訪れてテラスから自家を確認し、改めて「私」を自家に招いて谷の反対側から「私」の家と秋川家がどのように見えるかその眺望を「私」に見せて——自分にとっての秋川家との距離感を視覚的に確認させて——から、まりえの肖像画を依頼していることになる。これは、イデア・騎士団長の言うように、免色らしい大変周到なやり方であると同時に、免色が自家からの眺望に込められた秘密を「私」に託した、「私」に対する信頼感のこもった振る舞いとして注目される場面である。以上のように、免色と「私」の交

51 第 1 部第 17 章 p. 281

52 第 1 部第 16 章 p. 263

53 第 1 部第 18 章 p. 299

流には、谷を挟んだ立地関係が様々な形で反映していることが確認できる。

さて、まりえの姿を望み見るためにだけ、秋川家と谷を挟む反対側に建つ豪邸に一人で住む免色は、『グレート・ギャツビー』[54]の、再会した恋人に裏切られたジェイ・ギャツビーの孤絶を彷彿とさせる[55]。誰かに覗き見られていることを常々察知していたまりえは、注意深く自室のカーテンを閉めて生活しており、「私」を通じて免色を知った後、そして免色と叔母が交際を始めた後も、免色に疑念を抱き警戒心を持ち続けるからである。

免色は、秋川まりえとの血のつながりの可能性を断ち切ることも、全面的に受け入れることもできず、「その秘密を抱えることによって」「この世界における自分の存在のバランスをうまくコントロールしている」[56]。そのため、自己の根拠たるまりえの失踪を知ったとき、「独立器官」の渡会さながら思わぬ弱さを露呈する。今まで有能だと信じてきた自分が「ただの無」であり「からっぽの人間」でしかないと「私」に訴え、「望んでも手に入らないものを望む力」を持つ「私」を「うらやましく感じ

---

54 F・スコット・フィッツジェラルド（1925）『グレート・ギャツビー』チャールズ・スクリブナーズ・サンズ

55 川上未映子・村上春樹（2017）『みみずくは黄昏に飛びたつ』新潮社 pp. 187-188 で、村上は「自分の骨格みたいになってい」る『グレート・ギャツビー』を「自分なりに換骨奪胎（かんこつだったい）して使うことができるというのは、すごくエキサイティングなこと」で、「これまでもいくつかの作品で」「遊びというか、いわばトリビュート的に」「そういうことをやってい」ると述べている。

56 第 2 部第 63 章 p. 513

る」とまで吐露するのである。

そして「私」の家には度々訪れて来る免色が、まりえが失踪し、まりえの父も不在で笙子一人だけになった時ですら（交際していた笙子を励ますために）秋川家を見舞おうとしないのは、かつての恋人の嫁ぎ先である秋川家に対する抵抗感が根強いためなのであろう。こうした場面において、秋川家が指呼の間にありながら谷を挟んで反対側にあるという設定が、目の前に見える秋川家に容易に近づけないという、免色の錯綜した心理を反映しているようである。

一方、秋川家と尾根続きの「私」の家には、まりえが「秘密の通路」を通って度々訪れて来る。肖像画のモデルを務めるうち徐々に内心を語るようになったまりえは、五日間にわたる失踪の後も、「私」にだけは全てを打ち明け、「私」と秘密を共有し合う唯一の人物となる。こうした「私」との共感、あるいは秘密の共有の背景には、雨田具彦の家を含む山間地一帯が彼女の子どもの頃から馴染んだ遊び場所であり、祠やイデア・騎士団長の出現した穴の存在をまりえが幼い頃から知っていたという設定が存在しているのである。

5. 内なる〈影〉「白いスバル・フォレスターの男」を描く

「免色に依頼された肖像画を仕上げてから、何かつっかえがとれたような気持ちに」なった「私」は、「自発的に」「白いスバル・フォレスターの男」の「いわば抽象的な肖像画」を「自分のために」描き始める。ここには、どこまでもつきまとって来る暗い〈影〉に屈せず、むしろ自分の一部のようにして自身の中に取り込んでしまおうという意志が無意識に働いたことが感じ取れる。

村上春樹は、2016年10月30日、デンマークの童話作家アンデルセンにちなむハンス・クリスチャン・アンデルセン文学賞を受賞し、その受賞スピーチで物語を執筆しながら自身の〈影〉に遭遇したときにはどのように対応すべきか、次のように述べた。

> When I write novels myself, as I pass through the dark tunnel of narrative I encounter a totally unexpected vision of myself, which must be my own shadow. What's required of me then is to portray this shadow as accurately, and candidly, as I can. Not turning away from it. Not analyzing it logically, but rather accepting it as a part of myself. But it won't do to lose out to the shadow's power. You have to absorb that shadow, and without losing your identity as a person, take it inside you as something that is a part of you.
> ("The Meaning of Shadows" Haruki Murakami Acceptance Speech of Andersen Literature Award 2016, https://www.buzzfeed.com/sakimizoroki/murakami-andersen?utm_term=.nyRKVNXbX#.ejvyNRW1W)

村上は、物語の暗いトンネルの中で思いがけなく自分自身の〈影〉に出会った時必要なのは、〈影〉から逃げず、論理的に分析することなく、できるだけ正確に正直にこれを描きだし、自分自身の一部としてこれを受け入れることだと述べている。人としてのアイデンティティーを失うことなく〈影〉を受け入れ、自分の一部の何かのように内部に取り込むことで、（これに続く部分で）人は真に成長し、成熟することができると言う。ここで注意すべきなのは、〈影〉を描くと述べる際に、村上が肖像画を描くという意味を持つportrayという動詞を用いていることである。これは、村上が〈影〉を描き出すことが自画像を描くのと同じ意味を持つことを認識している証と言えよう。

「私」は当初、妻が自分を捨てて他の男に走った事を「それほど容易(たやす)く理解すること」[57]ができず、「誰か（＝妻・柚）を強く求めているのに、その求めが受け入れられないときに生じる激しい痛みを和らげるべく、心が自動的に起動させる麻痺の感覚」[58]（括弧内論者）に浸っていた。そのため、「白いスバル・フォレスターの男」が発動する「これまで経験したことのない激しい怒り」[59]が自分の心の奥底に蠢いていることに気づかず、意識の表面では、「私が今こうして受けているのはひどく理不尽な、酷く痛切な仕打ち」ではあるが、「そこには怒りはない」と考えていた[60]。

しかし、「私」が「白いスバル・フォレスターの男」の絵を「未完成なままで完成」させたのは、その男が「画面の奥から私に」

---

57 第1部第30章 p. 471

58 第1部第30章 p. 472

59 第1部第31章 p. 503

60 第1部第30章 pp. 471-472

深い怒りと悲しみを込めて「これ以上なにも触るな」と「命じていた」[61]からだという。それは、「私」が自らのアイデンティティーを失わない範囲でできる限り〈影〉を受け入れようと努めたことを意味している。「白いスバル・フォレスターの男」をどこまで受け入れることができるか、それは、その時点における「私」の心の許容力の問題だったと言えよう。最愛の妻を他の男に奪われた衝撃、嫉妬、怒り、悲しみ等の錯綜する感情を自らの内なるものと認識し、受け入れてゆく過程において、「私」は、「私」自身として生き続け、更なる成熟を遂げるために、熾烈な内的格闘を経験しなければならなかったのである。

「私」は、地下世界でドンナ・アンナに示唆されて、「二重メタファー」とは、自身の「内側にある深い暗闇に、昔からずっと住まっている」「白いスバル・フォレスターの男」なのだと気づく[62]。しかし、そうした自覚が得られなければ、「私」は地下世界で「二重メタファー」という〈影〉の餌食となり、現実世界に無事帰還することも、自分自身を取り戻すこともできなかったはずである。

従来、村上春樹の長編小説に描かれてきた、心の「弱い部分」に付け込んでその人を支配しようとする邪悪な〈影〉としては、『羊をめぐる冒険』の羊、『世界の終りとハードボイルド・ワンダーランド』のやみくろ、『1Q84』のリトル・ピープル等が挙げられる。これらは、集合的無意識の底知れない邪悪なエネル

---

61 第1部第27章 p. 441

62 第2部第55章 pp. 375–376

ギーから生み出された存在である。宮城県の漁村[63]で出会った「白いスバル・フォレスターの男」も、もちろん超巨大地震を引き起こした集合的無意識の破壊的エネルギーにつながる存在である。

「私」が描いた肖像画を見た免色は、「あなた自身の内部に埋もれていたこのイメージを、あなたは見つけ出し、引きずり出したのです。発掘したと言ってもいいかもしれない」と言い、絵画制作の過程を「言うなれば深い海底で生じる地震のようなものです。目には見えない世界で、つまり内なる無意識の領域で大きな変動が起こり」「それが地上に伝わって連鎖反応を起こし、結果的に我々の目に見える形」をとったのだと述べる[64]。免色は、「私」が彼の肖像画を描く際に発揮した心的エネルギーを、阪神・淡路大震災[65]や東日本大震災[66]を彷彿とさせる比喩を用いて表現したが、これは単なる比喩とは言えないものである。なぜなら村上春樹は、芸術作品を生み出す創造的エネルギーが、時に大地震を起こす破壊的エネルギーと同根の集合的

63 第2部第64章 p. 529

64 第1部第18章 p. 300

65 1995年1月17日5時46分発生、震源地は淡路島北部、震源の深さ16km マグニチュード7.3（「内閣府防災情報のページ」http://www.bousai.go.jp/kyoiku/kyokun/hanshin_awaji/index.html）。

66 2011年3月11日14時46分頃発生、震源地は三陸沖宮城県牡鹿半島の東南東130km付近、震源の深さ約24kmマグニチュード9.0（「内閣府防災情報のページ」http://www.bousai.go.jp/kohou/kouhoubousai/h23/63/special_01.html）。

無意識の「暗闇の中から根拠もなく現れてくる」[67]ものと認識しているからである。

これは、1995年に発生した阪神・淡路大震災と地下鉄サリン事件について、福田和也が「悪意の表出という点で、地震もオウム事件も、氏にとっては同義だったのではないか」[68]と指摘したとおりで、村上は、天災と人災を区別せず、どちらも集合的無意識の邪悪なエネルギーが突如噴出した結果引き起こされた事態と受け止める感性の持ち主なのである。

6. おわりに

村上春樹の最新長編『騎士団長殺し』の最大の魅惑は、誰も目にすることができない名画「騎士団長殺し」にあるのかもしれない。地下世界のドンナ・アンナが示唆したように、「騎士団長殺し」は、「優れた詩人の言葉」のように「最良のメタファーとなって、この世界にもう一つの別の新たな現実を立ち上げていく」[69]力を有している。「私」が「騎士団長殺し」を無意識の領域につながる屋根裏[70]で見つけたことから、イデアが出現し、

---

67 第1部第18章 p. 300

68 「正しいという事、あるいは神の子どもたちは「新しい結末」を喜ぶことができるか？― 村上春樹『神の子どもたちはみな踊る』論」『文學界』2000年7月号 p. 194

69 第2部第55章 p. 374

70 「私たち」と屋根裏のみみずくについて、「昼に活動するものと夜に活動するものとして、そこにある意識の領域を半分ずつ分かち合っている」（第2部第59章 p. 449）とあり、屋根裏が、昼の意識（=意識）と夜の意識（＝無意識）の交錯する場所であることが示唆されている。

免色の依頼で再び肖像画を描くこととなり、雑木林の中に石組みに隠れた穴を発見し、地下世界を往還するドラマを経て、「私」にもう一度妻と向き合おうという気持ちが芽生え、画家として生きる可能性の道筋が開けてくる。つまり、「騎士団長殺し」という絵画が「立ち上げ」た「もう一つの別の新たな現実」とは、村上が長編小説で描き続けてきた、人を成熟と再生に導く物語を意味しているのである。

物語の終盤、「騎士団長殺し」は、「私」の描いた「白いスバル・フォレスターの男」とともに「固く梱包され」「人が心を隠してしまうための場所」である屋根裏に再び隠される。最終章（第2部第64章）で、「私」は、自身を「より大柄な画家として立ちあげ」「もう一度」「自分の絵を描きたい」という気持ちになったとき」「まったく違うフォルムで、まったく違う角度から、「白いスバル・フォレスターの男」の肖像を描き直すことになるはずだ。そしてそれはあるいは、私にとっての『騎士団長殺し』になるかもしれない。そしてもしそんなことが実際に起こったなら、おそらく私は雨田具彦から貴重な遺産を受け継いだということになるだろう」と述べ、雨田具彦の歴史的記憶と画家としての業績をともに引き継ぐ「大柄な画家」を目指そうという気概を吐露している。

ここには、一芸術家として、一連のオウム真理教事件のような凶悪犯罪や（村上の感覚では）巨大地震も起こしかねない邪悪なエネルギーの蠢く集合的無意識の深淵から、日々創造的エネルギーを汲み出し「最良のメタファー」を創り出すことを自ら使命と任じている村上春樹の姿が浮かびあがってくる。村上は、『騎士団長殺し』において、物語作家である自身のように地下世界に赴き、〈影〉を自らのものとして受け入れつつ、人として、また人々とともに、より良く生きるための作品に結晶させようと精魂を傾ける画家「私」を描き出した。

「私」をもう一度家庭人として、画家として生きる道へ導いた絵画「騎士団長殺し」は、結局、誰の目にも触れないまま「白いスバル・フォレスターの男」とともに焼失してしまうが、そこには、過酷な過去の記憶と孤独のうちに闘い続けてきた、雨田具彦の厳粛な人生の実相がこめられていた。村上春樹が目指しているのも、絵画「騎士団長殺し」のように、読者をある時は心の深淵に導き、ある時は現実の実相の下に導いて、自分自身を再発見し、人々とともにより良く生きてゆくための力をもたらす物語なのだろう。

村上は『騎士団長殺し』で、一枚の絵画が「最良のメタファー」となって、人を成熟と再生に導く力を発揮することを表現した。また、肖像画制作における他者との交流が深層世界における物語体験と同等の意味を持ち、画家である「私」の自己を深化し、芸術活動の核心を支えることを描いて、『騎士団長殺し』を芸術論としても読める物語とした。平生、芸術という言葉を振りかざすことのない村上春樹であるが、『騎士団長殺し』では、一人ひとりの深層世界に展開する内的な物語が個々の生を支えると同時に、芸術の普遍的価値の核心たり得ることを明らかにしたところに、新たなる魅惑を見出すことができるのである。

注記

本稿は、2017年7月「第6回村上春樹国際シンポジウム」で「『騎士団長殺し』の魅惑を探る」と題して口頭発表した原稿にシンポジウム出席者のご発言を参考にさせていただき、加筆・訂正を施したものです。

テキスト

村上春樹（2017）『騎士団長殺し』第1部・第2部 新潮社

村上春樹（2014）『女のいない男たち』文藝春秋

参考文献

書籍

浅利文子（2013）『村上春樹 物語の力』翰林書房

ヴィレンベルク，サムエル、近藤康子訳（2015）『トレブリンカ叛乱― 死の収容所で起こったこと 1942-43』みすず書房

川上未映子・村上春樹（2017）『みみずくは黄昏に飛びたつ― 川上未映子訊く 村上春樹語る』新潮社

フィッツジェラルド，スコット、村上春樹訳（2006）『グレート・ギャツビー』村上春樹翻訳ライブラリー 中央公論新社

村上春樹（2015）『職業としての小説家』スイッチ・パブリッシング

論文等

浅利文子（2017）「『1Q84』物語の秩序— 世界の均衡を保つための物語」沼野充義監修　曾秋桂編集『村上春樹研究叢書TC004 村上春樹における秩序』淡江大學出版中心

柴田勝二（2007）「受動的な冒険—『羊をめぐる冒険』と＜漱石＞の影」『東京外国語大学論集第 74 号』

福田和也（2000）「正しいという事、あるいは神の子どもたちは『新しい結末』を喜ぶことができるか？— 村上春樹『神の子どもたちはみな踊る』論」『文學界』2000 年 7 月号

村上春樹（2016）“The Meaning of Shadows” Haruki Murakami Acceptance Speech of Andersen Literature Award 2016（https://www.buzzfeed.com/ sakimizoroki/ murakami-andersen?utm_term=.nyRKVNXbX#.ejvyN RW1W）

村上春樹『海辺のカフカ』と『竹取物語』

—メタファーの魅惑の原点をめざして—

賴　振南

1．はじめに

15年前の2002年に出版された『海辺のカフカ』[1]を、これまで5年おきに3回耽読した。より『海辺のカフカ』の魅力を理解するため、「『海辺のカフカ』が10倍愉しめる！!!」、「読者のメールに真剣勝負！」、「村上さんが答えた怒濤の1220通!!」の『村上春樹編集長少年カフカ』[2]を読破したが、依然としてその全体像がつかめない。作者村上春樹自身でさえ、自分の書いた小説を「ブラックボックス」[3]のようなものだと語っているが、メールで作品の意味や説明などを求められるとき、いつも解析できないとか、読者に説明できないと返答している。さらに村上春樹の以下の言葉を借りて、

僕にとって小説を書くことはとても意味のある行為です。

1　テキストは村上春樹著（2005)『海辺のカフカ　上・下』（新潮文庫、新潮社）を使用する。以下、『海　上』、『海　下』と表記する。

2　村上春樹著（2003)『村上春樹編集長少年カフカ』新潮社。以下、『少年カフカ』と表記する。

3　『少年カフカ』p. 458

「物語というのは、いわば小さなブラックボックスです。僕らはそのブラックボックスをやりとりすることによって、心持ちをそのままやりとりするわけです。」

しかし書かれた作品の中にどのような意味があるのかと訊かれると、僕にはなんとも答えようがありません。つまり僕が小説を書くという行為についての意味なら説明はできるのですが、出来上がった作品（テクスト）の意味は、既に僕の手を離れてしまっているのだということなんです。だから僕としては、「作品の意味については、作品と読者とのあいだでよく話し合って決めてくださいね」と言うしかないんです。（略）僕が書きたいのは、その物語を読み始める前と、読み終えたあとで、読者の立っている場所がほんの少しでもいいからずれてしまっているよう小説です。そしてそのずれについて、みなさんに何かを考えたり、あるいは意味を追求していただければ、それ以上嬉しいことはありません。でもその「ずれ」を肌身に感じていただくだけでも、僕は嬉しいのです。物語の本来の意味とはそういうものなんだと僕は思いますよ。あなたをここからあそこまでそっと動かすこと。（『少年カフカ』Mail no. 1012「小説に意味を求めるべきか？」に対する村上春樹の Reply to 1012 p. 394）

と言うならば、「ブラックボックス」のような解析できないテクストを「世界の万物はメタファーだ」（『海　上』p. 222）という「ずれ」を通して『海辺のカフカ』を読んでいる間、なぜか『竹取物語』[4]のイメージが徐々に広がってくるのである。つまり

4　テキストは野口元大校注（1979）『竹取物語』（新潮日本古典集成、新潮社）を使用する。以下、『竹』と表記する。

長編小説『海辺のカフカ』という物語に焦点を絞って読むほど、物語の元型は『竹取物語』により近接していく気がする。逆に言うと、『源氏物語』で物語の祖と言われる『竹取物語』をメタフォリカルにトランスフォームさせれば、村上春樹の『海辺のカフカ』という「総合小説」[5]になるのである。つまり、『海辺のカフカ』の作品中では何度も「メタファー」ということばを用いられ、その「置き換え作業」[6]の渦中で一読者としての私の心的「共感装置」[7]が稼動して『竹取物語』のイメージと重なってゆくのである。

特に『海辺のカフカ』が『千夜一夜物語』、ギリシア悲劇『オイディプス王』、プラトンの『饗宴』、シェイクスピア『マクベス』と、日本の古典小説の『源氏物語』や『雨月物語』などの根源的な物語や物語の元型を喚起させ、小説の各所で用いられているフィクションに無意識的な想像力が掻き立てられる。要するに『海辺のカフカ』に書かれた物語は、神話や伝説、昔話、おとぎ話、寓話、逸話、体験談などを含むあらゆる物語をメタファーとして語ることと同じ振幅があるかのように、『竹取物語』読書体験を持つ私の潜在意識へ働きかけつつ無意識を活性

5　村上春樹　「【特別インタビュー】村上春樹、『海辺のカフカ』について語る」（『少年カフカ』p.35）小説家として最終的に書きたいと思うのは、やはり「総合小説」です。（略）様々な人物が出てきて、それぞれの物語を持ち寄り、それが複合的に絡み合って発熱し、新しい価値が生まれる。読者はそれを同時的に目撃することができる。それが僕の考える「総合小説」です。

6　『少年カフカ』Reply to 613 p.231

7　『少年カフカ』Mail no.748 p.291

化させるのである。ことさら、『海辺のカフカ』で言及されたゲーテの言葉「世界の万物はメタファーだ」に触発され、再び村上春樹文学の長・短篇小説の余韻を反芻する。村上春樹文学の世界はすべて多くのメタファーが交互、複雑に作用されているように思われ、『海辺のカフカ』の読後感は依然として風の歌を聴くように、その何かをつかもうとしても痕跡はもうどこにもなく再度幻惑されたような気がしてならない。まるで数々のメタファーという呪いにかけられて「腸のような迷宮」[8]に深く足を踏み入れてしまうようである。『海辺のカフカ』における「田村カフカ」少年も「僕は父を殺し、母と姉と交わる」(『海上』p. 426)という神話的呪いにかけられて、それを解くたびに新しい存在を求め、変身を遂げ、不断に喪失と再生をくりかえす。村上春樹の言葉を借りて言えば、

> 神話というのも、要するに別の同時的回路なんです。神話という元型回路が我々の中にもともとセットされていて、僕らはときどきその元型回路を通して同時的にものごとの

---

8 『海　下』p. 271

「(前略)迷宮のかたちの基本は腸なんだ。つまり迷宮というものの原理は君自身の内側にある。そしてそれは君の外側にある迷宮性と呼応している」

「メタファー」と僕は言う。

「そうだ。相互メタファー。君の外にあるものは、君の内にあるものの投影であり、君の内にあるものは、君の外にあるものの投影だ。だからしばしば君は、君の外にある迷宮に足を踏み入れることによって、君自身のうちにセットされた迷宮に足を踏み入れることになる。それは多くの場合とても危険なことだ。」

> ビジョンを理解するんです。だからフィクションは、ある場合には神話のフィールドにぽっと収まってしまうことになる。物語が本来的な物語としての機能を果たせば果たすほど、それはどんどん神話に近くなる。もっと極端な言い方をするなら、分裂症的な世界に近くなっていくということかもしれない。（中略）小説を書く、物語を書く、というのは煎じ詰めて言えば、「経験していないことの記憶をたどる」という作業なんです。[9]

と、「神話という元型回路」と「経験していないことの記憶をたどる」ことが絡み合ってエスカレートしていくほど複雑な物語が創りあげられるのである。平安時代初期の『竹取物語』も同じような装置によって神話という話型回路と語り手の未経験の月の記憶とを合体させて新しいジャンルに辿り着いたのだろう。

2. 神話の元型、物語の話型

『竹取物語』と『海辺のカフカ』は「神話という元型回路」と「経験していないことの記憶をたどる」という作業を経て作られた同型の物語であり、この「元型回路」と「経験していないことの記憶をたどる」という観点から二作を関連付けて読み解いてみたい。

『海辺のカフカ』の冒頭巻では、「15歳の誕生日がやってきたとき、僕は家を出て遠くの知らない街に行き、小さな図書館の片隅で暮らすようになる」（『海　上』p. 12）という家出宣言

---

9 『少年カフカ』p. 33

が早くもなされ、また放浪先も予定されている。そしてそこから「はげしい砂嵐を。形而上的で象徴的な砂嵐を」(『海　上』p. 12)くぐり抜けて生きのびることになり、その「嵐から出てきた君は、そこに足を踏みいれたときの君じゃないっていうことだ。それが砂嵐というものの意味なんだ」(『海　上』p. 12)と、自意識か心話[10]かのような存在の「カラスと呼ばれる少年」に告げられる。つまり、その砂嵐は、

> 千の剃刀のようにするどく生身を切り裂くんだ。何人もの人たちがそこで血を流し、君自身もまた血を流すだろう。温かくて赤い血だ。君は両手にその血を受けるだろう。それは君の血であり、ほかの人たちの血でもある。(『海　上』p. 12)

と、試練を越えなければならないのである。村上は『少年カフカ』の中で「物語というのは、ある意味では歴史と同じです。歴史というのは血なまぐさい残虐行為」(『s』p. 65)が必要であると述べている。

家出、図書館、砂嵐や流血過程などは何を象徴しているのか。この『海辺のカフカ』は 15 歳の少年の成長物語だと思わ

10 神話は真話・心話・深話・信話である。学習院大学名誉教授・神話学者吉田敦彦が、「神話学の知と現代― 第 8 回哲学奨励賞授賞記念シンポジウム (1984 年)」で提示した言葉遊びである。(吉田敦彦、山崎賞選考委員会編著 (1984)『神話学の知と現代』河出書房新社 p. 34 より刊行。

れ、少年が通過儀礼[11]のプロセスの中に置かれたように、少年カフカは自立のための放浪に出て、さまざまな経験をした挙句、「ほんものの世界でいちばんタフな15歳の少年」(『海下』p. 528)として成人の世界に一歩踏み込んでいく。この経験と成長も『海辺のカフカ』のメインテーマといえるだろう。これは『竹取物語』におけるかぐや姫の貴種流離譚(成長と試練)を彷彿とさせる。人類学者の説くところによると、通過儀礼とは従来の状態からの「離脱」、社会的には何らの地位も与えられないままの「中間状況」、新しい社会的地位への「結合」、の三種類の儀礼が段階的に行われるのが特徴で、若者の成年式が好例であるという。物語における主人公の少年や少女は、社会共同体に所属する一個人として成長していく「中間状況」において厳粛な雰囲気、達成すべき試練、苦痛な課題などが伴っているのが普通である。その艱難辛苦を抱えた通過儀礼の「中間状況」は神話的、呪術的、宗教的、もしくは非日常的な場であり、まるで「世界の万物はメタファーだ」という存在のようで、出来事はすでに文字どおりの意味ではない、それとは別の・それを超えた何かを暗示するものになった。作者村上春樹は如何に『海辺のカフカ』という物語によって読者の心を魅了するかを、論者の立場から『竹取物語』の素材的なものと文体的なも

11　文化人類学や民俗学で研究される『通過儀礼(イニシエーション)』とは、社会共同体に所属する個人の「社会的属性(社会的地位)の移行」を証明するための儀式のことである。通過儀礼は1908年にフランスの民俗学者アルノルト・ファン・ヘネップ(A. van Gennep)が提案した概念であり、「出生・成人・結婚・地位の昇進・死」など人生の節目で共同体(帰属集団)によって施行されることが多い。

のとを含む『竹取物語』にあるフィクション性のフィルターを通して『海辺のカフカ』のメタファーを探求するならば、以下の物語的元型が想起できる。まず『竹取物語』の構成を提示する。

〔一〕竹取翁の登場とかぐや姫の生い立ち
……………………………………………(化生譚・致富長者譚)

〔二〕かぐや姫をめぐる五人の貴公子の求婚 ……(求婚難題譚)
五人の求婚者の出現と難題の提示
①石作皇子と仏の御石の鉢の話
②庫持皇子と蓬萊の玉の枝の話
③阿部右大臣と火鼠の皮衣の話
④大伴大納言と龍の頸の玉の話
⑤石上中納言と燕の子安貝の話

〔三〕帝の求婚……………………………………(相聞譚・求婚譚)

〔四〕かぐや姫の月の原郷回帰
(昇天譚・鶴女房譚・白鳥処女譚・羽衣譚・貴種流離譚)

〔五〕富士の山の煙 (結び) ……………………………(地名起源譚)

(野口元大校注『竹取物語』解説による。)

『竹取物語』における「求婚難題譚」を概略的に説明すれば、天人のかぐや姫が「色好みといはるる５人」(『竹』p. 12) の貴公子たちを退けるために求婚者の「深き心」を試すと称して身を賭けるほどの難題を持ち出す。かぐや姫の美しさに心惹かれる貴公子たちは、「あだ心」(『竹』p. 15)の本性を抱くがゆえに一歩ずつ破滅の運命の渦に近づいていく。計算高い石作の皇子は恥を捨てる結果になり、策略にたけた庫持の皇子は、世間の非難のために姿を隠してしまう。財産が豊かで、一族が繁栄している右大臣阿部御主人は、唐土の王慶に騙され、偽物の火鼠の皮衣が竹取翁の家で焼けてしまい、絶望の底に陥る。大納言大伴御行の場合は、苦労して自分自身で龍の頸の珠を捜しに海へも出たが、ひどい目に遭って帰還し、かぐや姫を完全に断念して悲境に陥る。五人目の求婚者中納言石上麻呂足は真摯な態度で少し「深き心」を持っているが、この人物も失敗し死を迎える。貴公子たちは、それぞれ、世評・家財・家人の損失、死などを招き寄せるという悲境に陥る結果となる。これらから考えられるのは、「求婚難題譚」においては、かぐや姫もあえて非情であることで砂嵐や流血過程のような危機をも時にくぐり抜けながら求婚の試練を乗り越える。

また、かぐや姫の昇天の段に登場する天人は竹取翁に対して、

> 汝、をさなき人、いささかなる功徳を、翁つくりけるによりて、汝が助けにとて、片時のほどとて、下ししを、そこらの年ごろ、そこらの黄金賜ひて、身を換へたるがごとなりにたり。かぐや姫は、罪をつくり給へりければ、かく賤しきおのれがもとに、しばしおはしつるなり。罪の限り果てぬれば、かく迎ふるを、翁は泣き嘆く。能はぬことなり。はや出だしたてまつれ。(『竹』p. 78)

と述べる。この内容から分かるのは、かぐや姫は罪を犯したた

め、月から地上へ流謫され、聖なる空間＝竹筒に誕生して五つの求婚譚で試練を経ることで再び月の世界へ迎えられたことである。これはある意味で田村カフカという少年の家出、放浪地＝図書館（聖なる空間）、砂嵐や流血過程の試練に通じるのではないか。また、古代ギリシャ悲劇『オイディプス王』という運命のアイロニー寓話や、『源氏物語』に出てくる、他人に対する加害行為を行う怨霊や幽霊などのような超自然現象は、『海辺のカフカ』全作品のプロット展開上の重要な創作手法であり、田村カフカの父親にかけられた、夢に通じる呪詛のような予言が避けようもなく起きてしまう。これは『竹取物語』における「求婚難題譚」（成長に伴う不可避の試練への対抗）と同じ作用で、神話の元型や物語の話型をなぞる創作方法であると思われる。

また、8 月 15 日の月夜にかぐや姫を宿命的に迎えに来た天人の「罪の限り果てぬれば、かく迎ふる」と言う言葉を、『海辺のカフカ』における佐伯さんの「別に死のうとしているわけじゃないのよ。ほんとうのところ。私はここで、死がやってくるのをただ待っているだけ。駅のベンチに座って列車を待っているみたいに」（『海　下』p. 143）と言う内容と照らし合わせれば、かぐや姫と、田村カフカの思慕する佐伯さんの運命は、メタファーを通して、交響詩的に相互に響きあっている。田村カフカは地上に残り成長しなければならないゆえに、オイディプス神話と同じく母としての佐伯さんは田村カフカの物語から遠ざかり地上の人ではなくなる。

3. 時空間の朧化表現と幻夢作用、「老い」の異質性

では、『竹取物語』と『海辺のカフカ』を相互に響きあわせるメタファーとはなんだろうか。村上が述べるように「世界の万物はメタファーだ」というが、「万物」の概念は平安時代の物語の「もの」に通じている。

人を指す「者（もの）」も含めば、「もの」は「万物」であり、「万物」は「もの」でもあると考えられる。『デジタル大辞泉』[12]の説明では「物語」は「文学形態の一。作者の見聞や想像をもとに、人物・事件について語る形式で叙述した散文の文学作品」であり、現代小説は「万物」について書く文学作品だと理解してもよいであろう。

9 世紀後半から 10 世紀前半頃に成立したとされ、ものを語る物語の「もの」そのものに潜む謎を追って、広大な説話のイメージの森の奥へ、繰り広げられたフィクションから、今と昔をつなぐ心ときめく未曽有の物語として誕生したのが『竹取物語』である。これほど豊かで、魅力的な物語の世界は「今は昔」という交錯した時空間に成り立ったものである。「今は昔」という朧化表現の幻夢作用がなければ、竹取翁とかぐや姫、世の中(現実の世界）と月の世界とは同次元に存在できないだろう。物語作者が自身の漢籍渉猟体験による心の成長と創作の衝動を読者に体感させたいという意図が強く感じられる。『海辺のカフカ』の「カラスと呼ばれる少年」冒頭の巻に書かれた僕とカラ

---

12 JapanKnowledge, http://japanknowledge.com/lib/display/?lid=2001018301700

スと呼ばれる少年との会話、第1章に出てきた携帯電話、第2章に突然現れた1946年3月から4月にかけて実施された一連の軍事情報調査などが齎した時空間の朧化表現と幻夢作用は、『竹取物語』の「今は昔」と光る竹の筒に誕生したかぐや姫を想起させる。

さらに、『海辺のカフカ』の猫と会話できる老人ナカタさんを中心とした「猫探しの物語」と「石探しの物語」は、『竹取物語』に登場した竹取翁と絡んで、かぐや姫の誕生から昇天に至る物語と交叉するように横の並びとして展開する5人の貴公子の求婚譚を想起させる。田村カフカが中心とした物語をかぐや姫の竹中誕生譚、帝との相聞譚と昇天譚などを考え合わせると、日本平安朝物語文学にみられる通過儀礼、異郷への流離や死と再生などの物語素が含まれている。

ことに「老人（おいびと）」の持つ「老い」の「異質性」は、『竹取物語』と『海辺のカフカ』を繋ぐものとしてある。

『竹取物語』はもともと別々の世界に属している天上のかぐや姫と地上の竹取翁とが竹を媒介して結びついたが、かぐや姫は原郷回帰的な天上志向で発展していくのに対して、地上志向の竹取翁は五つの求婚譚で活躍した後、病臥するに至る。

竹取翁の活躍ぶりから見れば、作者が「爺（じじ）」、「おじいさん」や「老人（おいびと）」のかわりに、意識的に「今は昔、竹取の翁」にしたのは、「翁」の持つ「老い」の異質性を強調する意図があったように見える。永井和子氏は平安時代の仮名文の中にある「翁」について、次のような意味があると指摘する。

> 「翁」は老いの持つ属性の中で、異質性の際だつ部分を特に意識したことばではないかと考えている。「異質」の内容は「常識としては理解しにくい」存在ということであって、具体的には、作品によってあるいは場合によって人間を超えた神的な存在であることもあるし、貴族の常識の外にある身分の低い存在、更には異能者であることもある。(中略)「老人」イコール「翁」ではなく、「老人」の概念の中に前記のごとき一部分を「翁」が持っているものと考えられる。老人の中の老衰・老弱・老耄・老醜というマイナスの像に終わるのではない。むしろ老人であるからこそ持ち得る一種の積極的な力として把握されるのではないだろうか。「老い」のプラスの像として老熟・老成・老練・老巧といった像があるが、これらは老いによって、人間世界の範囲内において現世的に成熟し知恵を拡大していく方向である。逆に「翁」は、老いの弱さといったところに、弱さそのものではなく、さまざまな意味において人間を超えたものとしての存在を認めた把握であると考えられる。即ち、「翁」は、人間の無意識の闇の彼方にある「異人」であり、この異人性において人間世界を逆にしたたかに把握していることばではないだろうか。[13]

竹取翁が、かぐや姫の命名式披露宴を盛大に挙げるという積極性を見せる理由は、「老人の中の老衰・老弱・老耄・老醜と

---

13 永井和子(1995)「源氏物語の『翁』」『源氏物語と老い』笠間叢書 284 笠間書院 p. 89。初出:(1995)『学習院女子短期大学国語国文論集』第 14 号 pp. 83-84

いうマイナスの像に終わるのではな」く、「『老い』のプラスの像として老熟・老成・老練・老巧」といった役割を果たそうとしているからだと考えられる。この相反するマイナスの像とプラスの像の背反する二面性が共存する「老い」の翁は、かぐや姫を養育し、成長を見届ける助力者であるとともに成長に付随する五人の貴公子の求婚難題譚、帝の相聞譚、かぐや姫の昇天譚の中で、貴公子たちとの間の仲介者、かぐや姫と帝とを恋愛関係で結ぶ契機をもたらす媒介者、月の天人に抵抗するかぐや姫の保護者、不老不死薬を飲めない喪失者などの役割を担っていくのである。

一方の『海辺のカフカ』における「翁」は「老人ナカタ」といえるだろう。少年田村カフカと老人ナカタという二人の主人公が次元の異なった2つの世界に属しながら2つの物語が平行的に展開する小説である。別々の場所で過ごす2人を結びつけたのは、自らを「猫殺し」と名乗る奇妙な男「ジョニー・ウォーカー」であった。愛する猫たちが目の前で無惨に殺されていく姿を見て、

> 君はこう考えなくちゃならない。これは戦争なんだとね。それで君は兵隊さんなんだ。今ここで君は決断を下さなくちゃならない。私が猫たちを殺すか、それとも君が私を殺すか、そのどちらかだ。(『海　上』p. 301)

と、ナカタさんの中で、何かがはっきりと変化していく。

中野区野方でナカタさんがジョニー・ウォーカーと対峙しているとき、四国にいるカフカの身にも不思議な現象が起こ

る。遠く離れた場所にいる2人は時空間的に接触を持たないまま影響し合うという意味で神話的に結びつけられている。老人ナカタは幼少の頃、疎開先で「お椀山事件」に遭遇して、全ての記憶と読み書きの能力を失う一方で、猫と会話ができる人物であるが、ジョニー・ウォーカー、ウィスキー、カーネル・サンダーズ、猫たち、星野青年などの人物に巡り合って「猫探しの物語」と「石探しの物語」とが同心円状に広がっていく。老人ナカタは前述の竹取翁と同じように、「老人の中の老衰・老弱・老耄・老醜というマイナスの像に終わるのではな」く、「『老い』のプラスの像として老熟・老成・老練・老巧」といった力を持つ助力者の役割も担っていると考えられる。オイディプス神話に敢えて「姉」という「母」の助力者が加えられることで物語が異次元的な拡がりを見せるほど複雑化する。猫と話すナカタさんは彼の物語の主人公でありつつ、もう一つの物語の主人公カフカにとって異次元での助力者でもある。

4．主人公の内発性と「歌」の力

「老い」という異質性のある存在がはらむ「老衰・老弱・老耄・老醜というマイナスの像」と、「『老い』のプラスの像として老熟・老成・老練・老巧」は、若い人物（かぐや姫・カフカ）の「内発性」を引き出すものでもある。

『竹取物語』作者がかぐや姫を「変化の人」（『竹』p. 14）として造型し、五つの難題を考え出し、具体的に奇特な叡知を見せているのは、従来の「難題婿」話型と違って、他力を借りずかぐや姫が独自に対応策を持ち出したことを意味する。これはかぐや姫が自ら竹という障害物を排除するために、内から外へと力を発散して竹の中から誕生したことと同じように、姫の内発性によるものであると思われる。

かぐや姫は直接外の世界と交渉できない静的人物ではあるが、間接的に竹取翁の動向を通して外部に多大な影響力を発揮する。作者の意図や構想によって暗示的に表現されたかぐや姫の内発性は物語の推進力でもあり、創作意識にもかかわっているとも考えられる。帝の「奪い婚」に対して、「影」に変化して対応することも「変化の人」としての内発性によったものであろう。

内発性の強いかぐや姫と身分の低い老いの異能者である竹取翁が組み合わされて展開していく物語のプロットは、伝承説話を越えた深みを持つ作品に昇華されている。内発性の強い静的な女性であるかぐや姫が、老人の「老い」のマイナス面である老衰、老醜とプラス面である老成、老練という両義性の補完作用の中で、人間世界におけるかぐや姫の運命が織りなされてゆく点で興味深い。

『竹取物語』においては、五人の貴公子の求婚難題譚は笑い、皮肉、ユーモア、滑稽、風刺などの異質な喜劇的プロットが展開される。かぐや姫は「あだ心」に傾きがちな「色好み」の貴公子たちを難題で負かして、永遠の美女としての衿持を守り切るのだが、かぐや姫は竹取翁に富と幸福をもたらした養女である一方、「色好み」の貴公子たちの「あだ心」を批判、風刺する存在として造型されている。結局は翁や帝などのいる人間世界に思いを残しながら、月の世界へ帰らなければならないという悲劇的プロットとして、かぐや姫の求婚者への対応の中にも「相聞譚」、「羽衣昇天譚」も取り入れられている。

特にかぐや姫は、帝に「きと影になりぬ」(『竹』p. 65)までの「ただ人にはあらざりけり」(『竹』p. 65)と見せて、終始求婚拒否の態度をとっていることからも分かるように、かぐや姫は地上の最高の尊貴、最高権力者に対して、一貫した求婚拒否の態度、永遠の処女権を守るための超越的な内発性を発揮している。しかし、帝が治める国で暮らしている養父翁の社会的立場を考慮するならば、かぐや姫はすでに五人の求婚者に対して行ったところの、批判的な態度で帝に臨むことはできない。帝が贈った「帰るさの行幸もの憂く思ほえてそむきてとまるかぐや姫ゆゑ」(『竹』p. 66)という歌に対して、返した「葎はふ下にも年は経ぬる身のなにかは玉の台をも見む」(『竹』p. 66)というかぐや姫の歌には、アイロニー抜きの真心が見られる。ここは物語の雰囲気が喜劇的から悲劇的に一変する境目として、物語の後半部により強い悲劇性を与えている。例えば、竹取翁の喜びは姫の昇天によっていっそう深刻な「愛別離苦」の物語を引き出し、帝と姫との間には三年にわたる不即不離の恋が続くが、姫の昇天によって、貴公子たちの求婚譚には見ることのできない悲恋に移転してしまう。特に、天人性が内在しているかぐや姫の内心は、求婚者に対する、前半部の「すこしあはれ」から後半部の「君をあはれと」に変わっていく。人間的感情の面から見れば、次第に葛藤は強まってゆく。

『海辺のカフカ』についても見てみよう。少年田村カフカは義務教育がまだ終わっていないのに、「世界でいちばんタフな 15 歳の少年」(『海　上』p. 11)になろうと自律的、内発的動機で家出をし、地方の図書館で父親から「僕は父を殺し、母と姉と交わる」という神話的呪いと闘う。田村カフカは読書好きで、自立心・自制心に優れるが、反面、抑制的で孤独癖のある少年である。名前を尋ねられた際には「カフカ」という偽名を名乗る。これはフランツ・カフカからの借用であると共に、チェコ語でカラスという意味をあらわす。四国で数々の試練に立ち向かう。主人公田村カフカは助力者を次々に得て試練と成長という主題を担う行為者となる。

15歳の少年田村カフカが「甲村記念図書館」で最初に選んで読んだ本は、「ずっと魅惑的だ。猥雑で乱暴でセクシュアルな話、わけの分からない話もいっぱいある。しかしそこには（ちょうど魔法のランプに入った魔人のように）常識のわくには収まりきれない自由な生命力が満ちているし、それが僕の心をつかんで離さない。駅の構内を歩きまわっている無数の顔のない人々より、千年以上前に書かれた荒唐無稽な作り話のほうがずっと生き生きとせまって（『海　上』p. 116）」くる『千夜一夜物語』である。そのほかに、田村カフカと関係する人物[14]、作品に出てきた書籍[15]、映画作品[16]や音楽[17]などは、『竹取物語』に

14 カラスと呼ばれる少年、美容師のさくらさん、甲村記念図書館の司書大島さん、大島さんの兄

15 フランツ・カフカの短編小説「流刑地にて」、夏目漱石の長編小説『虞美人草』と『坑夫』、ウィリアム・シェイクスピアの戯曲『マクベス』、上田秋成の読本作品『雨月物語』「菊花の約」

16 フランソワ・トリュフォー監督の最初の長編映画『大人は判ってくれない』、『ピアニストを撃て』

17 フランツ・シューベルト『ピアノソナタ第17番ニ長調』、ロバート・

おける五つの求婚難題譚に登場した5人の貴公子、その難題物[18]やかぐや姫と帝との不即不離の相聞譚のメタファーが働いた結果として、いずれも現実性を物語に付与しつつ、オーバーラップさせる事物として読み取れるであろう。

『海辺のカフカ』においては「海辺のカフカ」という曲が田村カフカの成長を表すものとしてあるが、かぐや姫と帝の相聞歌を彷彿とさせる。『海辺のカフカ』の歌では少年と少女は互いが互いの半身となるほどの恋の中にいる。

あなたが世界の縁にいるとき
私は死んだ火口にいて
ドアのかげに立っているのは
文字をなくした言葉。
眠るとかげを月が照らし
空から小さな魚が降り
窓の外には心をかためた
兵士たちがいる。

（リフレイン）
海辺の椅子にカフカは座り

ジョンソンの自作のブルーズ曲「クロスロード」、米国のミュージシャン・プリンスの作品「リトル・レッド・コルヴェット」、ミュージカル『サウンド・オブ・ミュージック』のうちの一曲「マイ・フェヴァリット・シングズ」

18 石作皇子…… 仏の御石の鉢・庫持皇子… 蓬萊山の玉の枝・右大臣阿部御主人… 火鼠の皮衣・大納言大伴御行…… 龍の頸の五色の玉・中納言石上麻呂足…… 燕の子安貝

世界を動かす振り子を想う
心の輪が閉じるとき
どこにも行けないスフィンクスの
影がナイフとなって
あなたの夢を貫く。

溺れた少女の指は
入り口の石を捜し求める。
蒼い衣の裾をあげて

海辺のカフカを見る。(『海　上』pp. 480-481)

この歌は「入口の石」という言葉によって田村カフカとナカタさんを結び付ける二つの物語の結節点を示すだけのものではない。この歌の中には、メタファーがあふれている。『海辺のカフカ』という書名にせよ、歌の曲名にせよ、歌詞の内容にせよ象徴性に富んだメタファーの世界が広がっているようで、あらゆるイメージが花火のように弾ける。要するに、歌の内容は詩のように、喚起という機能を言葉に最大限に発揮させるために、韻律ばかりでなく、音韻や意味における言葉の響き合いや、さまざまな修辞を駆使することになる。言葉はその直接指示する意味においてだけでなく、結合することでメタファーを生成し、作品それ自体さえも一つのメタファー、すなわち「ずれ」として成立させることも可能である。この考え方は、単に散文から区別するという小さな射程しか持たないものではなく、表象体系としての言語の根本にかかわるものでもある。古典の物語に詠われる物語歌も言葉に宿っていると信じられている言霊（ことだま）という不思議な力が働いているということであろうか。

5．おわりに

『海辺のカフカ』はその迷宮世界によって読者を惑わす。物語内容はしばしば人の意表を突き、プロットに無駄がなくコンパクトで速い。手に取り読んだら一気に全編を読み終えようとする魅力が至る所に溢れている。この小説から村上春樹独自の優れたロジカルなレトリック、鮮明な人物造形や構築されたミスティーク、現代性と象徴性を楽しく読み取ることができるだろう。

また、チェコ語の「カフカ」は烏の意味であり、この意味を、主人公の「田村カフカ」少年、書名もしくは作中に出てくる歌『海辺のカフカ』及び序章に現れてきた「カラスと呼ばれる少年」などの三重関係として考えるならば、作品全体にメタフォリカルな登場人物、動物、文学作品、映画作品や音楽などのメタファーが満ちていると考えられる。さらには、田村カフカは万物がメタファーの世界でいちばんタフな 15 歳の少年になれるかどうか、父親にかけられた呪詛のような予言から逃れ、救済を得られるかどうかはすでに大事なことではない。重要なのは、避けられない運命のアイロニーの中で、如何に自分に深さと広さを身に着けてゆくかということである。

田村カフカ少年の成長物語から考えられる通過儀礼性と、かぐや姫の贖罪物語による貴種流離譚とは、試練を経るという意味で共通しつつ、共に小説の書き手と物語の語り手が「経験していないことの記憶をたど」るという手法によって神話という回路を通して共振し合う。文学史的には無関係とも言える古今両作品『竹取物語』と『海辺のカフカ』との間にメタファーという回路を設定することによってこれらの作品は繋がっていくのである。そしてこのメタファーは『竹取物語』と『海辺のカフカ』を繋ぐ「入り口」となり、二つの世界を交叉させ二重化することで主人公の成長というビジョンを読者に提示する。二つの物語が神話的にオーバーラップする物語は迷宮世界としてそこをさまよう読者に意識上の「ずれ」をもたらすのである。村上春樹の創造する作品世界は以上のような観点から読むことでこれまでの理解とは異なった意味で魅惑的な相貌を呈するであろう。

テキスト

村上春樹（2003）『村上春樹編集長少年カフカ』新潮社

村上春樹（2005）『海辺のカフカ　上・下』（新潮文庫）新潮社

野口元大校注（1979）『竹取物語』（新潮日本古典集成）新潮社

参考文献

吉田敦彦、山崎賞選考委員会 編著（1984）『神話学の知と現代』河出書房新社

永井和子（1995）「源氏物語の『翁』」『源氏物語と老い』（笠間叢書 284）笠間書院

電子データベース

JapanKnowledge, http://japanknowledge.com/lib/display/?lid=2001018301700

『1Q84』・「ふかえり」の魅惑を創出する日本語の特性

—英語・韓国語・華語との比較を通じて—

住田　哲郎

1. はじめに

村上春樹作品には、『羊をめぐる冒険』の「羊男」、『海辺のカフカ』の「ナカタさん」、『騎士団長殺し』の「騎士団長」など、様々な魅力的なキャラクターが登場する。小説におけるこのようなキャラクターの存在について、村上氏本人は次のように述べている。

> 言うまでもないことですが、キャラクターというのは、小説にとってきわめて重要な要素です。小説家は現実味があって、しかも興味深く、言動にある程度予測不可能なところのある人物をその作品の中心— あるいは中心の近くに— 据えなくてはなりません。（村上 2016 p. 255）

2009年に発表された長編小説『1Q84』には、深田絵里子（ふかえり）という17歳の美少女が登場する[1]。文学的才能を持ち、宗教的なコミューンで育った彼女の魅力的なキャラクターは、作品の中で大変重要な役割を担っている。彼女が醸し出す独特な雰囲気、キャラクターを創り出しているのは、ひらがな・

1　以下、「ふかえり」と呼ぶ。

カタカナ・漢字といった複数の文字を持ち、また機能的にも多様な表現を可能とする日本語の言語的特性によるところが大きい。

本研究では、この「ふかえり」のキャラクターに焦点を当て、彼女の発話（台詞）が英語・韓国語・華語の３言語の翻訳版においていかに翻訳されているのかという点に注目し、主に文字・文体（および文法）の観点から検討を重ね、「ふかえり」の魅力を創出している日本語の特性について明らかにする。

2．先行研究

村上作品に関する論考は数多く存在するが、とりわけ言語的側面に焦点を当てた論考はそれほど多くはない。そこで、ここでは本研究のテーマと深く関わりを持つ言語とキャラクターの関係性について論じた研究の中から重要な文献をいくつか取り上げて紹介していきたい。

金水（2003）が出版されて以降、言語とキャラクターの関係性について論じる役割語の研究に注目が集まるようになり、小説やマンガの翻訳についても役割語的観点から論じられるようになってきた。役割語とは、話者の人物像と緊密に結び付いた話し方の類型、言語的ステレオタイプの一種で、以下のように定義される。

> ある特定の言葉づかい（語彙・語法・言い回し・イントネーション等）を聞くと特定の人物像（年齢、性別、職業、階層、時代、容姿・風貌、性格等）を思い浮かべるこ

とができるとき、あるいはある特定の人物像を提示されると、その人物がいかにも使用しそうな言葉づかいを思い浮かべることができるとき、その言葉づかいを「役割語」と呼ぶ。（金水 2003 p.205）

例えば「おお、そうじゃ、わしが知っておるんじゃ」という話し方から「男性の老人」が想起され、「あら、そうよ、わたくしが知っておりますわ」という話し方からは「お嬢様」が想起されるだろう。しかし、両者の表す論理的な意味内容は同じであるにもかかわらず想起させる人物像が異なる。このように異なる人物像を想起させるような言葉遣いを「役割語」と呼んでいる。

この役割語という概念を翻訳の分析に応用した論考にガウバッツ（2007）がある。ガウバッツ（2007）は、『ハックルベリー・フィンの冒険』を例に、翻訳における役割語の機能について論じている。まず、翻訳を［1］原文の言語表現の内容的・象徴的情報[2]を分析する、［2］それらの情報は原文の読者にとってどのような意味を持っているかを理解する、［3］訳文の読者ができるだけ近い意味が受け取れるように、内容的・象徴的情報を考えて訳す、という過程を経るものと定義した上で、言語がある地方の文化、地理、社会などの現実と結ばれているため翻訳には厳しい限界があるが、仮想現実を創造できる役割語は翻訳の際に非常に役立つ道具になると主張している。

2　内容的情報、象徴的情報という概念は、それぞれ Edwards（1985 p.17）の言う「Communicative function（伝達機能）」と「Symbolic function（象徴的機能）」に含まれるとされている。

これを受け、金水（2011）は「役割語の表現手段が言語ごとに異なる」、「原著が表現する象徴的意味にちょうど対応するものが、目標となる言語共同体に存在するとは限らない」という2つの問題点を指摘し、結論として、日本語が持つ豊富な役割語の存在が、翻訳の際には日本語話者にとっての大きな武器にもなり重いくびきにもなるため、翻訳者は原作者が表現しようとした象徴的意味を適切に読み取りながら、鋭敏な文体的センスと時代感覚によって、適切なスタイルを使い分けていかなければならないと主張している。

本研究での研究対象となる「ふかえり」は役割語として「老人」や「お嬢様」のように一定のカテゴリーを形成できる対象ではなく、極めて個性的なキャラクターである為、金水氏の指摘する問題点のうち、特に1つ目の「表現手段が言語ごとに異なる」という点が重要であり、翻訳の際に目標言語がそれをどう乗り越えるのかに注目する必要がある。

次に、役割語の観点から村上作品のキャラクターについて論じた山木戸（2017）について見ていきたい。山木戸（2017）は、『海辺のカフカ』に登場する偶数章の主人公、「ナカタさん」（初老の男性、読字障害者）の風変わりな話し方について4つの特徴をあげ、それらに対する英語翻訳版（Philip Gabriel 訳）の対応について考察している。

（1）はい。行方のわからなくなった猫さん（ⅲ）を探すのでありあります（ⅰ）。このようにナカタ（ⅱ）は猫さん（ⅲ）と少し話ができますので、あちこちまわってジョウホウ（ⅳ）をあつめまして、…　（海辺のカフカ（上）p. 99）

山木戸（2017）によると、ナカタさんの話し方には、（ⅰ）「であります」の使用、（ⅱ）自称詞「ナカタ」の使用、（ⅲ）「～さん」の使用、（ⅳ）カタカナ表記の使用という4つの特徴があるという。（ⅰ）と（ⅱ）の特徴は、軍隊のイメージと結びつき[3]、（ⅲ）は幼児のイメージから柔らかさを加える[4]ことで、全体として「ナカタさん」の風変わりな印象を作り出しており、さらに（ⅳ）は、語の意味を「ナカタさん」が理解していないことを読者に向けて視覚的に表していると述べている。そして、英語版ではこの4つの特徴のうち、（ⅱ）と（ⅳ）にのみ対応が確認できたとしている。

（2）“Do you mind if <u>I</u> sit down here for a while? <u>Nakata</u>'s a little tired from walking.”

「ここにちょっと腰をおろしてもかまいませんか？<u>ナカタ</u>はいささか歩き疲れましたので」

例（2）に示されているように、「ナカタ（は）」は「Nakata」と訳されている。ただし、一文目の「ここにちょっと腰をおろしてもかまいませんか？」には「私」が含まれていないが、英語版では「I」が使用されている。これには、英語が日本語のように容易に主語の省略ができないという言語的問題もあるだろうが、山木戸氏は口頭発表の中で、英語版の翻訳者Philip Gabriel氏本人からの私信を紹介し、その理由について次のように説明した。

---

3 「軍隊語」の詳細については、衣畑・楊（2007）を参照のこと。

4 「幼児語」の詳細については、岡崎・南（2011）を参照のこと。

初稿では、試しに彼の話し言葉をそのまま英語に訳してみた。すなわち日本語版でナカタさんが「ナカタ」を使うたびに“Nakata”を使い、ときに一人称代名詞の省略さえやってみた。しかし、これだともともとの日本語より英語のナカタさんの話し言葉の方が奇妙になってしまうことがわかった。そのため、英語の本質に従って、“I”の多用を余儀なくされたのである[5]。

次に（ⅳ）については、日本語と英語の綴り、発音が一対一の関係にないことを利用した工夫が見られることを報告している。例えば、作品の中に出てくる「キンユウロン」という語は、英語では本来「theory of finance」と翻訳されるが、この「theory」を「theery」という誤った綴りに、「finance」を「fine ants」という音は似ているが意味が全く関係のない2語の組み合わせに置き換えることで、ナカタさんが言葉の意味を理解できていないことを表している。

では次に、本研究の研究対象である「ふかえり」について、本論の一部で言及している牧野（2011）の考察について紹介したい。牧野（2011）では、日本語で書かれたものを英語に翻訳する際に、一体何が失われるのかという点について注目し、様々な観点から検証を行なっている。その中で「翻訳で失われる視覚的なもの」として表記の問題を取り上げ、『1Q84 BOOK1』（p. 364）から主人公「天吾」と「ふかえり」の会話を引用している。

5　山木戸（2017）の口頭発表において配布されたハンドアウトを参照。

（3） a.「記者会見というのがどんなものだかは知っているね？」

「キシャカイケン」とふかえりは反復した。

「新聞や雑誌社の記者が集まって、壇上に座った君にいろんな質問をする。写真もとられる。ひょっとしたらテレビも来るかもしれない。中略」

「シツモンをする」とふかえりは尋ねた。

「彼らが質問をし、君がそれに返事をする」

「どんなシツモン」

b. "You know what press interview is all about?"

"*Press interview*" Fukaeri repeated.

"News paper and magazine reporters get together and give you all sort of questions. They will take your picture. And TV people may also come."

--- omitted ---

"*Giving questions*?" Fukaeri asked.

"They will give you questions, and you answer."

"What kind of *questions*?"

牧野（2011 p.29）は、ふかえりの発話中にある漢語系の言葉をカナカナで表記しているのは、ふかえりが漢語系の言葉に弱いのを示すためであり、またそうすることでふかえりの発話はあたかも外国人のように片言の日本語になっていると分析している。また、英語試訳においてはイタリックを使っているが、英語の読者はなぜ強調しているのか疑問に思うだろうとも述べている[6]。

以上の先行研究を踏まえ、次節では、翻訳比較の目安となるふかえりのキャラクターを表出させている言語的特徴について確認する。

3．ふかえりのキャラクター

翻訳版との比較に入る前に、原語版における「ふかえり」が、どのようなキャラクターとして設定されているのかを確認しておきたい。

物語の主人公である天吾とふかえりが初めて会う場面での本文の表現を借りれば、ふかえりの特徴には、「小柄で全体的に作りが小さく美しい顔立ちをしている」、「印象的な、奥行きのある目」、「表情には生活のにおいが欠けていて何かしらバランスの悪さも感じられる」、「何を考えているのか、計り知れないところがある」、「人を挑発し、引き寄せるものがある」（BOOK1 pp. 83-84）などがある。また、それ以外にもふかえりの話し方には言語面で際立った特徴が見られる。

（4）「僕を知ってる？」と天吾は言った。

6　尚、筆者が確認した限り、『1Q84』の英語版（Jay Rubin 訳，p. 292）では、例（3b）の下線部は「a press conference」と訳されており、イタリック体で表記されている箇所は標準体で書かれていた。また、その他の論考として、牧野（2013）では村上作品が世界中の読者を魅了している理由について村上氏自身の対談資料、翻訳者および評論家の見方を踏まえ、主に文体論的観点から分析を行っている。

「スウガクをおしえている」

天吾は肯いた。「たしかに」

「ニカイきいたことがある」

「僕の講義を?」

「そう」

彼女の話し方にはいくつかの特徴があった。修飾をそぎ落としたセンテンス、アクセントの慢性的な不足、限定された(少なくとも限定されているような印象を相手に与える)ボキャブラリー。 (BOOK1 p. 84)

(5) 「センセイでショウセツを書いている」とふかえりは言った。どうやら天吾に向かって質問しているようだった。疑問符をつけずに質問をするのが、彼女の語法の特徴のひとつであるらしい。 (BOOK1 p. 86)

例(4)、(5)のふかえりが発話した後の下線部の説明からもわかるように、ふかえりは、特に言語面において普通ではない独特の雰囲気を持つキャラクターとして描かれている。実はこのような特徴は、この後の場面で明らかになるふかえりの生い立ち、そしてふかえりの持つ学習障害の一種、ディスレクシアと深く関係していると思われる。ディスレクシアとは、本文中では天吾が「読字障害」と言っているが、知的能力等には特に異常がないにも関わらず、文字の読み書きに困難を抱える障害のこととされている。

そして、このディスレクシアの影響を作品中において表現していると思われるのが、牧野（2011）の指摘にもあったふかえりの発話に見られる漢語系の語のカタカナ表記である。

（6） かたちにイミはない （BOOK1 p.90）

（7） あなたはリョウリを作るのになれている（BOOK2 p.261）

（8） うごかないからあまりたべるヒツヨウもない （BOOK3 p.110）

ただし実際に調べてみると、漢語系の語だけではなく、和語系の語（コエ［声］、ムネ［胸］、マド［窓］）や固有名詞（テンゴ［天吾］、コマツ［小松］、エネーチケー［NHK］）、書名（ヘイケモノガタリ［平家物語］、コンジャクモノガタリ［今昔物語］）、地名（シンジュク［新宿］、タチカワ［立川］、シナノマチ［信濃町］）などもカタカナで表記されていることがわかった。また当然ではあるが「ワイン」や「バッハ」、「リトル・ピープル」のように本来カタカナで表記されるのが一般的であろう語や、漢字、カタカナ表記のどちらも許容される「ネコ」や「トラ」のような語もカタカナで表記されている。

ふかえりの発話には、例（6）から（8）を見てもわかるように、ベースは「ひらがな」が用いられ、時折、漢字で表記されるのが一般的であろう語が「カタカナ」で表記されるという特徴がある。このように表意文字である漢字の使用を避け、あえて表音文字の「ひらがな」と「カタカナ」を用いることで、言葉（の意味）に対する認識の不透明さを暗に示し、ふかえりの抱える学習障害という性質を象徴的意味として表現しているものと思われる。

しかしその一方で、全体としての数は少ないものの、以下のように漢字を使用した例も見受けられる。

(9) a. あなたのこと知っている (BOOK1 p. 84)

b. 二カイきいたことがある (BOOK1 p. 84)

c. 白ワインを (BOOK1 p. 85)

d. センセイでショウセツを書いている (BOOK1 p. 86)

e. あさ九じ・シンジュクえき・タチカワいきのいちばんまえ (BOOK1 p. 138)

f. このフクをそこに着ていく (BOOK1 p. 372)

g. 小説は考えをあらわすためのひとつのかたちにすぎません。今回それはたまたま小説というかたちをとったけれど、次にどんなかたちをとるのか、それはわからない (BOOK1 p. 407)

h. それは秘密です (BOOK1 p. 408)

i. なにを書いている (BOOK1 p. 453)

j. ギリヤーク人は今どうしているのか。うちに帰る (BOOK1 p. 471)

k. いまからそちらに行っていい (BOOK2 p. 208)

l. 食べものがたくさんあったほうがいいと思った (BOOK2 p. 209)

m. 三かいベルをならしてそれからきる　(BOOK2 p. 213)

n. こちらに来てわたしをだいて　(BOOK2 p. 270)

o. 二十ねんずっとそのひとをさがしてきた　(BOOK2 p. 355)

p. 白ワインがあれば　(BOOK2 p. 452)

q. てんごさん　てんごさんはねこのまちからかえってこのてがみをよんでいる　それはよいことだった　でもわたしは見られている　だからわたしはこのへやを出ていかなくてはならない　それもいますぐに　わたしのことはしんぱいしなくていい　でももうここにいることはできない　まえにもいったようにてんごさんのさがしている人はここからあるいていけるところにいる　ただしだれかに見られていることに気をつけるように　(BOOK3 p. 289)

ふかえりが『平家物語』の「壇ノ浦の合戦」を暗唱する場面を除けば、上の例（9）にあげた17の発話例が、例外的に漢字表記が用いられたすべてである。ただし、（9g）（9h）は、夕刊に掲載されたふかえりの記者会見に関する記事であり、記者の修正が入っていると考えられる箇所であるため、純粋なふかえりの発話と見ることはできない。また（9q）は天吾への手紙であり、本文中では（9q）の箇所だけ「横書き」で書かれている。

村上春樹氏が慎重に言葉を選んで物語を書く作家であるということは周知の事実である。また1節での引用からもわかるように、キャラクターの創出には大変こだわりを持っているはずであり、そのことから考えても上記の漢字の使用には何らかの意味、理由があると考えられる。試しに、使用されている漢字を意味的に分類して見ると、数字「二、三、九、二十」、生活の中での基本的行為・思考に関わるもの「知、書、着、帰、行、食、思、来、見、出」、そして、その他として「白、人、今、気」があげられる。実際のところは著者である村上春樹氏本人に伺う以外に知る術はないが、あくまで筆者個人の意見として述べると、他がひらがな、カタカナで表記される中で突如として漢字で表記されるということは、その発話に対して何らかの意味を表出させる、つまり、ふかえりがその言葉に対し何らかの強い意志を持って発話したと捉えることができる。実際、同じ語であっても漢字で表記される場合とそうでない場合とがある。

(10) a. わたしがひとりでかいた (BOOK1 p. 371)

b. わたしはなにをきてもかまわない (BOOK1 p. 373)

c. とくにいくところはない (BOOK1 p. 424)

例えば、例 (10a) と (9d)、例 (10b) と (9f)、(10c) と (9k) をそれぞれの場面で文脈を伴った発話として比較すると、ひらがな表記の例 (10) の場面では、ふかえりが事実を淡々と述べている印象を受けるのに対して、(あくまで一読者としての主観ではあるが) 例 (9) の発話の方では、ふかえりの「気持ち」のようなものが感じられるように思う。

また、その他のグループにある「白」という色については、これまでの村上作品(『ノルウェイの森』、『色彩を持たない多崎つくると、彼の巡礼の年』、『騎士団長殺し』など)において色に関する描写に意味が込められていた経緯から考えても、この何色にも染まっていない、ピュアなイメージを想起させる「白」という色を、ふかえりのキャラクターに重ね合せるために、意図的に漢字で表記したものと考えられる。

このように、村上春樹氏は日本語が有する複数の文字(ひらがな・カタカナ・漢字)の特性を巧妙に使い分けることで、「ふかえり」の独特なキャラクターをまさに創出していると言えるであろう。

4. 各国翻訳版との比較

では、ここまでの考察をもとに、本節では原語(日本語)版と翻訳版との比較を行う。比較する翻訳版の資料は、英語版はJay Rubin and Philip Gabrielの訳を、韓国語版は양윤옥の訳を、華語版は賴明珠の訳をそれぞれ使用する。

調査および考察の方法としては、まず『1Q84』のBOOK1からBOOK3までの物語の中で、ふかえりが言葉を発した(あるいは書いた)全460箇所を抽出し、それぞれ翻訳版での対応箇所と比較する。ただし、ふかえりが『平家物語』の「壇ノ浦の合戦」を暗唱する箇所(BOOK1 pp.455-457)については、暗唱が終わった後の主人公、天吾の心情として「目を閉じて彼女の語る物語を聞いていると、まさに盲目の琵琶法師の語りに耳を傾けているような趣があった」と書かれてあることから、ふかえりのキャラクターとは大きな違いが読み取れるため、調査の対象からは除外することにした。

考察の主なポイントは、まず例（5）にあげた「疑問符をつけずに質問する」、つまりアクセントを欠いた抑揚のない話し方をどう翻訳しているのかという点、そして前節で述べたふかえりの発話に特徴的なカタカナ表記がなされている箇所にどう対応しているかという２点である。この２点を中心に考察を行い、さらに目標言語に特有の対応が見られれば、それについても随時考察を行う。

4.1 英語版

まず、英語版に見られる大きな特徴としてあげられるのは、「疑問符をつけずに質問する」という特徴をそのまま実行しているという点である。本来、英語の作文において疑問文は文末に疑問符「?」をつけるのが一般的であるが、ふかえりの発話箇所の疑問文には疑問符を意図的に付与しないようにしていると思われる傾向が見られた。

(11) a.「おきてた」 (BOOK1 p.410)

b. “Are you up,” (1Q84 [英] p.329)

(12) a.「どうおもった」 (BOOK1 p.461)

b. “What did you think.” (1Q84 [英] p.369)

(13) a.「いまからそちらに行っていい」 (BOOK2 p.208)

b. “Can I come over now,” (1Q84 [英] p.607)

（14）a.「あなたはネコのまちにいった」　（BOOK2 p. 269）

b.“Did you go to a town of cats,”

（1Q84［英］p. 653）

（15）a.「あなたはどこにいく」　（BOOK3 p. 55）

b.“Where are you going,”　（1Q84［英］p. 882）

例（11）から（15）のbの例文からもわかるように、構文として疑問文の形をとってはいるが、疑問符を意図的に省略することで、ふかえりのアクセントを欠いた抑揚のない話し方を少しでも表現しようとしているのではないかと思われる。

しかし、全体の割合からして数としてはそれほど多くはないものの、BOOK1相当範囲で疑問符「?」が付与されている例が2箇所、感嘆符「!」が付与されている例が2箇所見つかり、BOOK2相当範囲では疑問符が付与された例が7箇所見つかった。

（16）a.「ベッドにはいってかまわない」　（BOOK1 p. 465）

b.“Is it okay if I get in bed?”

（1Q84［英］p. 372）

（17）a.「ことばのつかいかたをまちがえた」（BOOK2 p. 212）

b.“Did I say it wrong?”　（1Q84［英］p. 610）

（18）a.「きのどくなギリヤークじん」　（BOOK1 p. 466）

b.“The poor Gilyaks!”　（1Q84［英］p. 373）

なぜ数カ所で疑問符や感嘆符が付与されたのか、その理由は定かではないが、少なくとも例（18b）のように感嘆符をつけて訳してしまうと、原語版におけるふかえりのキャラクターには合わないような印象を与えてしまうように思われる。

ここで、疑問文について興味深い傾向が見られたので報告しておきたい。それはBOOK1相当範囲の訳では、疑問詞のつかないいわゆるDo/Does疑問文が使用されておらず、該当箇所は平叙文で訳されているのに対し、BOOK2相当範囲ではDo/Does疑問文が使用されているということである。

（19）a.「スウガクがすき」 （BOOK1 p.86）

b.“You like math.” （1Q84［英］p.64）

（20）a.「あなたはかきなおしをしたい」 （BOOK1 p.96）

b.“You want to rewrite the story,” （1Q84［英］p.72）

（21）a.「ことばのつかいかたをまちがえた」（BOOK2 p.212）

b.“Did I say it wrong?” （1Q84［英］p.610）

（22）a.「あなたはそのひとのことがすきだった」 （BOOK2 p.258）

b.“Did you love her.” （1Q84［英］p.645）

例（19）（20）がBOOK1相当範囲での翻訳、例（21）（22）がBOOK2相当範囲での翻訳である。例（19）（20）はそれぞれ「Do you like math.」、「Do you want rewrite the story.」とする

こともできたはずだが、そうはせず平叙文で翻訳している。これは、英語版の翻訳には二人の訳者が関わっており、両者の翻訳基準の違いによるものかもしれない。

以上が英語版との比較による考察である。なお、原語版においてカタカナ（あるいは漢字）で表記されていた箇所については、英語版では特筆すべき対応は確認できなかった。

4.2 韓国語版

韓国語版でも基本的には英語版と同様、疑問符を付与しないことでふかえりのキャラクターを表現しようとしている。

（23）a.「いまなにをしてた」 （BOOK1 p. 139）

b. "지금 뭐 하고 있었어요." （BOOK1 [韓] p. 162）

（24）a.「でんしレンジはどこ」 （BOOK2 p. 210）

b. "전자레인지는 어디 있어요." （BOOK2 [韓] p. 248）

（25）a.「あなたはどこにいく」 （BOOK3 p. 55）

b. "당신은 어디로 가요." （BOOK3 [韓] p. 64）

（26）a.「僕を知ってる？」と天吾は言った。 （BOOK1 p. 84）

b. "나를 알아?" 덴고가 물었다. （BOOK1 [韓] p. 98）

（27）a.「検死解剖はあるのかしら」と青豆は尋ねた。

（BOOK1 p. 145）

b. "부검은 한대요?" 아오마메는 물었다.

（BOOK1 [韓] p. 170）

韓国語も英語と同様、文章中では疑問文に疑問符をつけるのが一般的だが、例（23）から（25）のｂの例を見てもわかるように、ふかえりの発話に疑問符は付与されていない。その一方で、例（26b）の天吾の発話、（27b）の青豆の発話には疑問符が付与されていることから考えても訳者が意図的にふかえりの発話に対して疑問符を付けないようにしていることがわかる。韓国語版のふかえりの発話に関しては作品を通して１箇所も疑問符が付与されている箇所は見つからなかった。

ただ、韓国語版において最も注目したいのは、ふかえりの発話における文末語尾に丁寧語に相当する「-어요，-아요体」が使用されている点である。

（28）a.「すきにしていい」 （BOOK1 p. 95）

b.“좋을 대로 해도 돼요.” （BOOK1［韓］p. 111）

（29）a.「わたしはかまわない」 （BOOK2 p. 208）

b.“나는 괜찮아요.” （BOOK2［韓］p. 247）

（30）a.「わたしのことはしんぱいしなくていい」 （BOOK3 p. 56）

b.“나는 걱정 안 해도 돼요.” （BOOK3［韓］p. 65）

（31）a.「のりかえる」 （BOOK1 p. 205）

b.“갈아타야 돼.” （BOOK1［韓］p. 243）

（32）a.「リトル・ピープルがさわいでいるから」 （BOOK2 p. 263）

b.“리틀 피플이 날뛰고 있어서.” （BOOK2［韓］p. 310）

作品全体を通して見ると、例文（31b）（32b）のように普通体（いわゆるタメロ）が用いられている箇所ももちろん見受けられはするが、ほとんどのふかえりの発話には、例文（28b）（29b）（30b）に見られるような「-어요，-아요体」が用いられている。

日本語と韓国語は文の構造、文法的観点から見ても非常に類似性の高い言語であると言える。敬語体系についても、相対敬語（日本語）、絶対敬語（韓国語）という違いはあるものの、概ね似たような機能を有する言語形式を持つ。つまり、ふかえりの発話を日本語のように普通体で表現することは可能であったにもかかわらず、それをしなかったことには何らかの原因があるはずであり、本研究では、その原因は社会的要因にあると主張する。

ここで、住田（2016）の論考を見ておきたい。住田（2016）は、マンガ『スラムダンク』が韓国語に翻訳される際に、日本語とは異なる敬語形式を用いて翻訳された結果、主人公のキャラクターが変わってしまったという現象について論じている。住田（2016 p. 55）によると、日本社会でも韓国社会でも似たような待遇構造とそれを表現する言語形式を持っているが、その基準として日本は社会的役割や地位を重視するのに対し、韓国社会は年齢を重視するとされている。韓国社会では、同じ年齢であればいわゆるタメロで話すのが一般的であり、目上の人に話す場合は敬語や丁寧語を使用する。このような韓国の社会的背景が「翻訳」という行為においても何らかの影響を与えていると考えられる。いずれにせよ、マンガの翻訳において起こっているのと同じ現象が小説の翻訳においても起こっているという事実は大変興味深い。

以上が韓国語版との比較による考察である。なお、原語版においてカタカナ（あるいは漢字）で表記されていた箇所については、英語版と同様、韓国語版でも特筆すべき対応は確認できなかった。

4.3 華語版

華語版においても英語版、韓国語版と同じように疑問符を付与しないことでふかえりのアクセントを欠いた抑揚のない話し方を表現しようとしている。

（33）a.「かきなおしはうまくすすんでいる」（BOOK1 p. 140）

b.「改寫順利嗎。」（BOOK1 ［華］ p. 102）

（34）a.「ほんとうというのはどういうこと」（BOOK2 p. 84）

b.「真的是什麼意思。」（BOOK2 ［華］ p. 199）

（35）a.「高校三年生なんだね？」（BOOK1 p. 85）

b.「妳是高中三年級吧？」（BOOK1 ［華］ p. 60）

（36）a.「ブンは元気？」（BOOK1 p. 146）

b.「Bun 還好嗎？」（BOOK1 ［華］ p. 107）

英語や韓国語と同様、華語でも疑問文には疑問符をつけるのが一般的であるが、例（33）（34）のｂのふかえりの発話に疑問符は付与されていない。それに対し、例（35b）の天吾の発話、

(36b) の青豆の発話には疑問符が付与されており、やはり華語版においても訳者が意図的にふかえりの発話に対して疑問符を付けないようにしていることがわかる。

ただし華語版の場合、訳者がルールを変更したのか（あるいは忘れてしまったのか）定かではないが、BOOK3 においてはふかえりの発話に疑問符が付与されている。

(37) a.「あなたはどこにいく」　（BOOK3 p. 55）

b.「你要去哪裡？」　（BOOK3［華］p. 42）

(38) a.「どうして」　（BOOK3 p. 65）

b.「為什麼？」　（BOOK3［華］p. 50）

(39) a.「だいじょうぶ」　（BOOK3 p. 111）

b.「沒問題嗎？」　（BOOK3［華］p. 85）

BOOK3 には、ふかえりが発する疑問文は3箇所あるのだが、そのすべての発話において疑問符が付けられている。

華語版の翻訳で最も注目したいのは「注音符号」の使用である。3節で確認したように、原語版ではふかえりの発話の中に現れる本来は漢字で書かれるはずであろう語の多くが、カタカナで表記されていた。華語版ではこのカタカナ表記された語の多くが、台湾で広く音声記号として使用されている「注音符号」を用いて表記されている。

(40) a.「センセイでショウセツを書いている」(BOOK1 p. 86)

b.「當ㄉㄠˇ ㄕ又在寫ㄒㄧㄠˇ ㄕㄨㄛ。」

(BOOK1 [華] p. 61)

(41) a.「かたちにはキョウミはない」 (BOOK1 p. 90)

b.「我對形式沒有ㄒㄧㄥˋ ㄑㄩˋ。」

(BOOK1 [華] p. 64)

(42) a.「ヨビコウのしごと」 (BOOK2 p. 211)

b.「ㄅㄨˇ ㄒㄧˊ ㄅㄢ的工作。」

(BOOK2 [華] p. 155)

基本的には、ふかえりの発話中のカタカナ表記の語に注音符号を用いるというルールを設定して翻訳しているようだが、中には次のような例外的なものも見られる。

(43) a.「くうきさなぎ」 (BOOK1 p. 93)

b.「ㄎㄨㄥ ㄑㄧˋ ㄩㄥˇ。」 (BOOK1 [華] p. 66)

(44) a.「タイプしてインサツした」 (BOOK1 p. 179)

b.「ㄉㄚˇ ㄗˋ後ㄌㄧㄝˋ ㄧㄣˋ出來。」

(BOOK1 [華] p. 133)

(45) a.「オンガクをきくこと」 (BOOK1 p. 368)

b.「聽音樂。」 (BOOK1 [華] p. 278)

例 (43) は、物語の中で、主人公の天吾とふかえりが共同で作った本のタイトルであるが、原語版ではカタカナではなくひらがなで表記されている。しかし、それが華語版では注音符号を用いて訳されている。また、例（44）の「タイプ」は外来語であり、あえてカタカナで表記されているわけではないので本来であれば注音符号を使う必要はないが、注音符号が用いられている。逆に例（45）の「オンガク」については、もともと漢字で表記されるはずの語がカタカナで表記されているのであるから、本来であれば、注音符号を用いるべき箇所であるが、実際にはそうはなっていない。

また、次の例のように同じ語であっても、ある箇所では漢字で訳され、別の箇所では注音符号が用いられており、注音符号の使用に「ゆれ」が見られる。

（46）a.「ニチヨウのあさはあいている」（BOOK1 p. 98）

b.「星期天早上有空。」（BOOK1［華］p. 71）

（47）a.「こんどのニチヨウのこと」（BOOK1 p. 138）

b.「這個ㄒㄧㄥ ㄑㄧˊ ㄊㄧㄢ的事。」

（BOOK1［華］p. 101）

（48）a.「セイコウをしていた」（BOOK2 p. 259）

b.「有ㄒㄧㄥˋ ㄐㄧㄠ。」（BOOK2［華］p. 191）

（49）a.「セイコウするのはすきだった」（BOOK2 p. 260）

b.「喜歡性交。」（BOOK2［華］p. 192）

このように注音符号を用いて表記することで、ふかえりのキャラクターを表現しようとする試み自体は大変興味深いが、訳者の中でルールが定まっていないと思われる点は気になるところである。

以上が華語版との比較による考察である。疑問符を付与しないことでふかえりのアクセントを欠いた抑揚のない話し方を表現しようとしている点については、英語版や韓国語版の訳と同じ傾向が見られたが、原語版でカタカナ表記されていた箇所については、英語版や韓国語版とは異なり、「注音符号」という台湾特有の音声記号を用いることで、ふかえりのキャラクターを表そうとする試みが見られた。

5．結び

以上、本研究では『1Q84』の主要登場人物である「ふかえり」のキャラクターを英語、韓国語、華語の３つの言語がいかに翻訳（創出）するのかについて検討を行った。特に、「ふかえりのアクセントを欠いた抑揚のない話し方」、「原語版でカタカナで表記されている箇所」に焦点を当てて考察をしたわけだが、結論としては、３つの言語すべてにおいて疑問符を付与しないという方法で（程度に差はあるものの）「ふかえりの抑揚のない話し方」を表そうとしていたことが確認できた。また、華語においては、台湾特有の「注音符号」という音声記号を用いることで、「カタカナで表記されている箇所」に示されている象徴的意味を代替するという興味深い試みも見られた。ただし、これについてはその取り組みそのものは評価する一方で、華語版を読んだ読者が実際にふかえりのキャラクターをどのように捉えているのかについては再度調査を行う必要があると考えている。これについては、今後の課題としたい。

また、本研究で得られたこの結果を違った角度で眺めると、ひらがな、カタカナ、漢字、ローマ字という複数の文字を使い分ける日本語という言語の特性、つまり、語彙が豊富であるだけでなく、様々なキャラクターの創出を可能とする日本語の特性に気付くことができる。一般的に、いわゆる論理的意味についてはどのような言語であってもある程度の翻訳が可能であるが、ふかえりのような独特なキャラクターの象徴的意味を翻訳するには、やはりそれ相応の言語の「幅」のようなものが必要となってくると考えられる。もちろん「物語がわかればそれで良し」とする立場もあるだろうが、表出し得なかった象徴的意味は作品の面白さとも直結しており、読者のことを考えるならば容易く放棄することはできない課題であろう。そのため、今後は言語システムの違いをどう乗り越えることができるのかという点について、よりいっそう研究を進めていきたいと考えている。

本研究は、翻訳の限界を明らかにすることで、翻訳の存在意義を否定しようとしているわけではない。言語の違いを飛び越える翻訳の（現時点における）限界を示すことで、その限界を乗り越えるための創造工夫や新たな発想を訳者に求め、ひいてはそれによって翻訳の発展に少しでも貢献できればと考えている。

> 今でも新しい作品を書くたびに、いろんなことを試しています。こんなことはできるかな？みたいな好奇心をもってひとつひとつの作品を書き続けています。
>
> （村上 2015 p. 151）

1節で引用した村上氏の言葉、そして上記の引用からも、村上氏が様々なキャラクターの創出に苦心していることが伺える。村上作品を存分に味わい、そして深く理解するためには、やはり日本語の理解が必要不可欠なのではないかと考える次第である。

テキスト

村上春樹（2005）『海辺のカフカ（上）』（新潮文庫）新潮社

村上春樹（2009）『1Q84 BOOK1』新潮社

村上春樹（2009）『1Q84 BOOK2』新潮社

村上春樹（2010）『1Q84 BOOK3』新潮社

Murakami, Haruki（2012）*1Q84*, translated by Jay Rubin and Philip Gabriel. Vintage.

村上春樹（2009）『1Q84 BOOK1』양윤옥訳 문학동네

村上春樹（2009）『1Q84 BOOK2』양윤옥訳 문학동네

村上春樹（2010）『1Q84 BOOK3』양윤옥訳 문학동네

村上春樹（2009）『1Q84 BOOK1』賴明珠訳 時報出版

村上春樹（2009）『1Q84 BOOK2』賴明珠訳 時報出版

村上春樹（2010）『1Q84 BOOK3』賴明珠訳 時報出版

参考文献

岡崎友子・南侑里（2011）「役割語としての「幼児語」とその周辺」金水敏編『役割語研究の展開』くろしお出版 pp. 195-212

ガウバッツ，トーマス・マーチン（2007）「小説における米語方言の日本語訳について」金水敏編『役割語研究の地平』くろしお出版 pp. 125-158

衣畑智秀・楊昌洙（2007）「役割語としての「軍隊語」の成立」金水敏編『役割語研究の地平』くろしお出版 pp. 179-192

金水敏（2003）『ヴァーチャル日本語 役割語の謎』岩波書店

金水敏（2011）「翻訳における制約と創造性— 役割語の観点から」『音声文法』くろしお出版 pp. 169-180

住田哲郎（2016）「発話スタイルのパターンに見るキャラクタの考察— 韓国語翻訳との比較から」『国文論叢』50 神戸大学文学部国語国文学会 pp. 62（1）-49（14）

牧野成一（2011）「翻訳で何が失われるか— その日本語教育的意味」*Journal CAJLE*, Vol 12, pp. 23-59

牧野成一（2013）「村上春樹の日本語はなぜ面白いのか— 文体を中心に」*The 24th Annual Conference of the Central Association of Teachers of Japanese*, Eastern Michigan University pp. 1-19

村上春樹（2015）『村上さんのところ』新潮社

村上春樹（2016）『職業としての小説家』（新潮文庫）新潮社

山木戸浩子（2017）「ナカタさん（『海辺のカフカ』）の変わった話し方は英語でどのように翻訳されるのか」『日本通訳翻訳学会第 18 回年次大会予稿集』p. 33

Edwards, John（1985）*Language, society and identity*. Basil Blackwell, Ltd., Oxford.

『遠い太鼓』の魅惑

—村上春樹の滞欧体験—

賴　錦雀

1. はじめに

「遠い太鼓に誘われて / 私は長い旅に出た / 古い外套に身を包み / すべてを後に残して」というトルコの古い唄で始まった『遠い太鼓』は村上春樹が 1986 年秋から 1989 年秋にかけて過ごした海外移住の日々をまとめたエッセイである。その本においては村上春樹が見たギリシャのこと、イタリアのことが述べられている。村上春樹にとってその滞欧の 3 年間は特別な時間だと思われる。いろいろな体験をしたが、とりわけ『ノルウェイの森』、『ダンス・ダンス・ダンス』を書いたことが格別なことのようである。欧州での村上春樹のカルチャーショックが分かること、小説の内容と小説執筆時の作者の夢や執筆地の気候との関連を想像できることは『遠い太鼓』の魅惑だといえよう。

筆者が『遠い太鼓』を読もうと思ったきっかけは『ノルウェイの森』にある。『ノルウェイの森』は 37 歳のワタナベがザ・ビートルズの「ノルウェイの森」を聞いたハンブルク空港から幕が開いたが、村上が日本を離れてギリシャに移住したのも 37 歳の時だった。日本で苦しいことが続いていたために海外に行った村上は債務危機に面したギリシャ、そしてマフィアがいて窃盗がよく起きるイタリアを見て何を考えたのか、『遠い太鼓』を通して明らかにしたいと思う。

日本語教育における異文化交流能力育成には常識や体験、擬似体験が必要である。『遠い太鼓』の内容はいわば村上春樹の滞欧時代の異文化交流の記録である。日本語学習者はこの随筆を読めば、日本語の学習ができるだけではなく、ギリシャ事情、イタリア事情の日本語表現も勉強できる。本稿は日本語教育における異文化交流能力育成の参考になることができればと庶幾する。

2．『遠い太鼓』における村上春樹の滞欧

本節では村上春樹が1986年に日本から脱出した理由、日本脱出の目的地としてギリシャとイタリアを選んだ理由、その滞欧の時間表と足跡、滞欧時代の出来事などについて述べる。

2.1 日本脱出の理由

ヨーロッパにいる間、村上は37歳から40歳になった。村上は「四十歳というのは、我々の人生にとってかなり重要な意味を持つ節目なのではなかろうかと、僕は昔から（といっても三十を過ぎてからだけれど）ずっと考えていた。」（『遠』[1]p. 15）と述べ、「四十歳というのはひとつの大きな転換点であって、それは何かを取り、何かをあとに置いていくことなのだ」（『遠』p. 16）と思っていた。そして「何かひとつ仕事をして残しておきたかった。もうおそらくこの先、こういう種類の小説は書かないだろう（書けないだろう）というようなものを書いておきたかった。」（『遠』p. 16）と言っている。それは村上が外国に出ようと思った理由の一つである。もう一つの理由は

1 『遠』は村上春樹『遠い太鼓』の略称である。以下同。

「本当にありありとした、手応えのある生の時間を自分の手の中に欲しかったし、それは日本にいては果たしえないことであるように感じた」(『遠』p. 17) ことである。つまり、静かに文筆業に集中したいということだろう。

村上は1986年、奥様の誕生日の10月3日に日本を離れてヨーロッパに旅立った。

2.2 ギリシャとイタリアが日本脱出の目的地に選ばれた理由

外国にいるとやはり滞在先にお知り合いがいた方が便利だし、心強い。村上がそれまで一度も行ったことのないイタリア・ローマを滞欧の本拠地にした理由はまず第一に気候が穏やかなこと。もうひとつの理由は、そこに古くからの友人が一人住んでいたことである[2]。『遠い太鼓』で書かれたようにそれは期待外れだったが、村上は文筆活動のほかにずいぶん滞欧生活をエンジョイしたように思われる。

村上春樹の作品には日本的なもののほかに国境を越えた異国情緒があるように思われるが、それは少年時代から好きな外国の音楽と書物のほかに、この滞欧時代に接触したヨーロッパ文化と雰囲気によるものだと言えよう。そして、『シドニー！』と同じように、『遠い太鼓』においては外国の歴史や住民のことについての記述が少なくない[3]。日本語教育支援の立場から考えてみれば、このエッセイを読むことによって日本語学習者はイ

---

2 『遠』p. 26を参照。

3 シドニーに対する村上春樹の異文化観について詳しくは頼 (2015) を参照されたい。

タリア事情、ギリシャ事情だけではなく、村上春樹のイタリア観、ギリシャ観も少し理解するようになると考えられる。

2.3 滞欧の時間表と足跡

村上は 1986 年 10 月 3 日に東京から日本を発ってイタリア・ローマ経由でギリシャのスペッツェス島に行った。スペッツェス島の冬はあまりにも寒いからミコノス島に移った(『遠』p. 157)が、一ヵ月半滞在した後、まったくひどい天気ばかりだったのでミコノス島を撤退した。イタリアのローマを経由してシシリーへ移って、一カ月ほどアパート暮らしをしたが、またローマ郊外のホテルに移った。1987 年初夏、ギリシャへ旅行に行ってから一年ぶりに日本に帰った。9月にフィンランド・ヘルシンキ経由でイタリア・ローマに南下する。ローマ郊外の高台の高級な住宅街の家に約十ヵ月住んだ。その間に、「国際アテネ平和マラソン」に参加し、『ダンス・ダンス・ダンス』という長編小説を書き始めた。1988 年 3 月初めにイギリス・ロンドンに行って 3 月終わりまで一ヵ月間滞在してまたローマに戻った。

4 月に日本に帰ったらギリシャで書きはじめ、シシリーに移り、それからローマで完成した『ノルウェイの森』は大ベストセラーになっていた。秋に『ダンス・ダンス・ダンス』も順調にベストセラーになった。その後、待望のハワイに行ってからローマに戻った。8 月にローマからバルカン半島、小アジアへと向って一ヵ月半旅をしてギリシャ・トルコ辺境紀行『雨天炎天』の取材をした。冬に北イタリア、ミラノなどへ旅行に行った。

1989年1月に一時帰国した時、天皇の大喪の礼の東京の雰囲気がうっとうしいから九州に行って、それからローマに戻った。6月にギリシャのロードス島、ハルキ島に渡った後、ギリシャを離れてイタリアに行った。8月初めに半月の旅行で南ドイツに四泊しただけであとは殆どオーストリアをぐるぐると回っていた。真夏にイタリアに帰り、秋にローマを引き払って滞欧生活の終わりを告げた。

表1 『遠い太鼓』から見た村上春樹の滞欧時代の足跡

時間		足跡
1986年	10月	3日、妻の誕生日に日本を発ってイタリアのローマに行って10日間滞在。
		ギリシャのスペッツェス島、ミコノス島（一カ月半滞在）。
		イタリアのシシリー、ローマへ（1986年冬から1987年4月まで）。 スケッチのような文章、そして『ノルウェイの森』を書いた。
	12月28日	あまりにも寒いからミコノス島撤退。 アテネを発ってローマ経由でイタリアのシシリーに行った。
1987年	1月	シシリー島で一ヵ月ほどアパート暮らしをした後ローマ郊外のホテルに移った。
	4月18日	ギリシャへ旅行に行った。
	5月	ギリシャ・ミコノス島からクレタ島に行く。
	初夏	一年ぶりに日本に帰国する。

1987 年	9 月初め	フィンランド・ヘルシンキ経由でイタリア・ローマに南下する。 ローマ郊外の高台の高級な住宅街の家に約十ヵ月住んだ。
	10 月	ローマからアテネに渡って「国際アテネ平和マラソン」に参加する。
		レスボス島に行った。
	12 月 27 日	『ダンス・ダンス・ダンス』という長編小説を書き始める。
1988 年	3 月初め	イギリス・ロンドンに行って 3 月終わりまで一ヵ月間滞在した。
	3 月末	ローマに戻った。
	4 月	日本に帰った。『ノルウェイの森』は大ベストセラーになっていた。
	8 月	ローマに戻った。
		ローマからバルカン半島、小アジアへと向って一ヵ月半旅をした。
	秋	『ダンス・ダンス・ダンス』も順調にベストセラーになった。
		ハワイに行って一ヵ月ばかりいた。
	10 月	再びローマに戻った。
	冬	北イタリア、ミラノなどへ旅行に行った。
1989 年	1 月	日本に一時帰国した。 東京の天皇の大喪の礼の雰囲気がうっとうしいから九州に行った。 そのあと、ローマに向かった。
	6 月	ギリシャのロードス島に行った。ロードス島からハルキ島に渡った。
		ギリシャを離れてイタリアに行った。
	8 月始め	半月の旅行で南ドイツに四泊しただけで あとは殆どオーストリアをぐるぐると回っていた。

1989年	真夏	イタリアに帰った。
	秋	ローマを引き払って、海外生活に終わりを告げた。

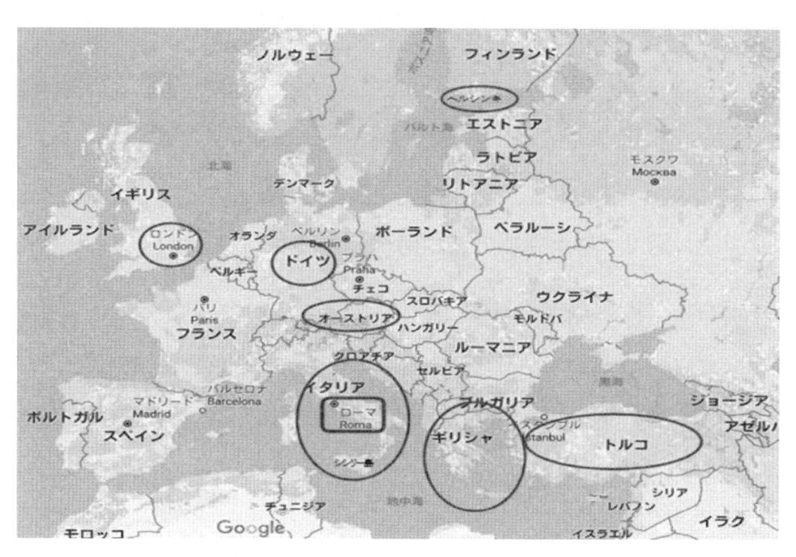

図1　村上春樹の滞欧時代の足跡（1）ヨーロッパ[4]

4　本稿の地図はGoogleMapを利用して作ったものである。

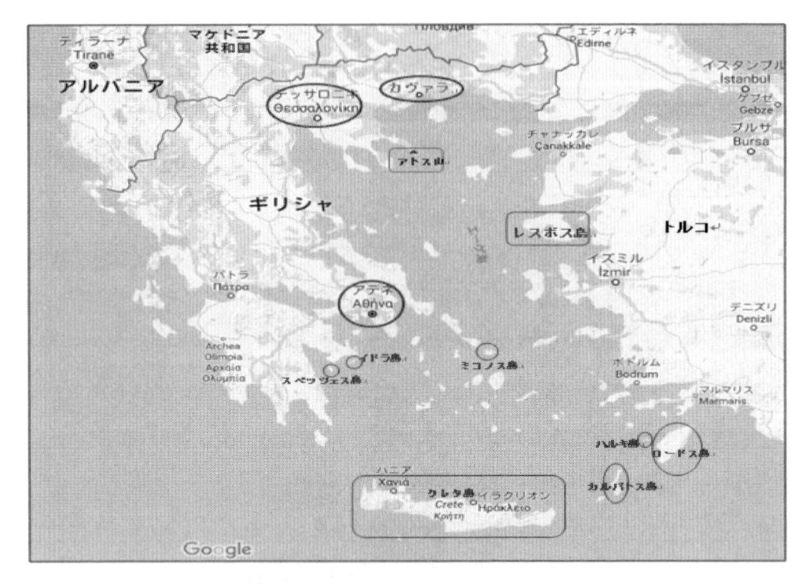

図 2　村上春樹の滞欧時代の足跡（2）ギリシャ

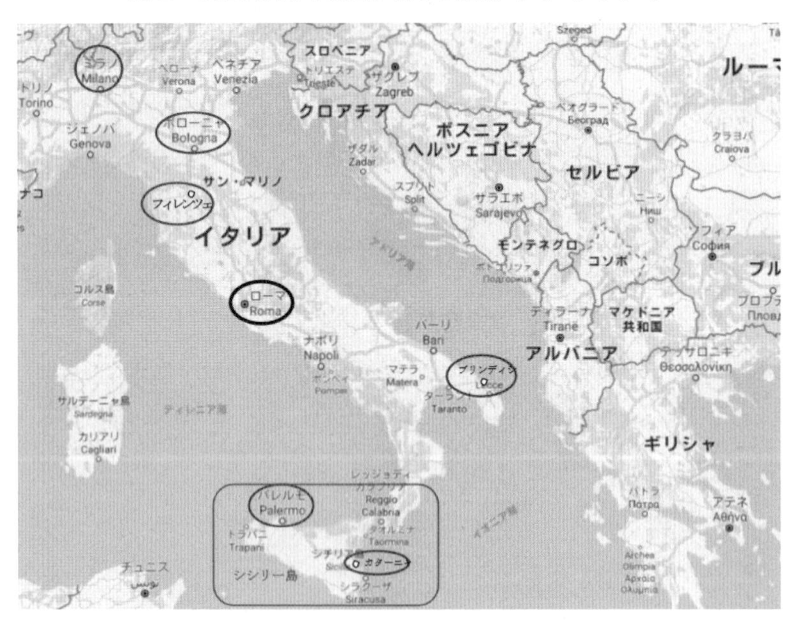

図 3　村上春樹の滞欧時代の足跡（3）イタリア

2.4 滞欧時代における村上春樹

『遠い太鼓』を読んで分かるように、1986 年 10 月に日本を発ってローマに到着してから 1989 年秋にローマを離れて日本に帰るまでの間に村上春樹は多くの事をした。ここでは文筆活動、走ること、イタリア観、ギリシャ観、コミュニケーション活動、村上夫人に絞って考察してみたい。

2.4.1 文筆活動

村上は滞欧 3 年間に大いに文筆活動に力を入れた。ヨーロッパにいると「一切誰にも邪魔されずにすむから、いつにもまして早いスピードで書きあげることができた。」、「朝から晩までどっぷりと首までのめりこんで小説を書いていた。小説以外のことはほとんど何も考えなかった。なんだかまるで深い井戸の底に机を置いて小説を書いているような気分だった。」(『遠』pp. 19-20)結果として、『ノルウェイの森』と『ダンス・ダンス・ダンス』の二冊の長編小説と『TVピープル』という短編集を書き上げた。その他にも何冊かの翻訳をした。特に村上自身が述べているように二冊の長編小説は村上にとって三年間の海外生活におけるいちばん大事な仕事だった(『遠』p. 19による)。

村上は『遠い太鼓』で 1988 年を空白の年と定義しているが、それは旅行記『遠い太鼓』のためのスケッチを一枚も書かずに、自分の文章が書けなかったことを指すのである。本当は 1988 年の初めに『ダンス・ダンス・ダンス』を書くことに忙殺されていた。4 月に日本に帰ったら『ノルウェイの森』の大ヒットで愕然としてしまって混乱していたが、夏の間には翻訳もしたし、運転免許も取った。そして 8 月～ 10 月には新潮社の新雑誌のための、アトス山とトルコの取材記事を書くためにローマからバルカン半島、小アジアへ行った。『遠い太鼓』では300字ぐらいしか触れられていなかったが、その紀行は1990年8月に刊行された『雨天炎天』であった。文筆活動の成績が如何に作家の心理、生活を影響するのか、そしてその心理が如何にその文筆活動に影響を与えるのか分かるようになった。

> 八月に女房を日本に残して、僕はまたローマに戻った。そしてローマからバルカン半島、小アジアへと向う。新潮社の新雑誌のための、アトス山とトルコの取材記事を書くことが目的だった。全部で一ヵ月半にも及んだ旅だった。僕とカメラの松村君と、編集者のO君とでアトス半島の険しい山の中を雨に打たれつつはいずり回り、それから僕と松村君と二人だけで三菱パジェロに乗って一ヵ月トルコの奥地をまわった。実にいろんな目にあったし、肉体的にはひどくタフな旅だったが、でも体をぎりぎりまで消耗させたおかげで気持ちの方はずいぶん楽になった。贅肉も落ち、顔も真っ黒になった。そしてローマに戻り、翌日空港に女房を出迎えた。十月のことである。（『遠』pp. 402–403）

2.4.2　走ること

村上は1982年の秋に走り始めた。それ以来、ほとんど毎日ジョギングをし、毎年最低一度はフル・マラソンを走り、そのほかに世界各地で様々な距離のレースに出場した（『走』[5]p. 22による）。運動を続けていることについては、小説をしっかり書くために身体能力を整え、向上させるということが第一目的であると述べている（『走』pp. 258–259による）。「小説を書く方法の多くを、道路を毎朝走ることから学んできた」（『走』pp. 105－129による）と言った村上はヨーロッパにいた時も毎日のように走っていた。小説家になるには才能の外に集中力、持続力の資質が必要であるが、先天的な才能とは違って、集中力、持続力は、日々ジョギングを続けることによって、筋肉を強化し、ランナーとしての体型を作り上げていくのと同じように、トレーニングによって後天的に獲得し、向上させていくことができる、と言っている（『走』pp. 115–117による）。

しかし、南ヨーロッパに長く暮らしていてけっこう不便なのは、毎日のランニングがやりにくいことだ、と村上は言った（『遠』p. 220）。ギリシャで走りにくい理由は次のようにまとめられる。まず、ギリシャではジョギングという習慣が殆どないし、走っている人を見かけることもあまりないことである。ジョギングをしていると、「暇な上にかなり好奇心の強い」ギリシャ人によく呼びとめられ、「おい、君、なんでまた走っておるのかね？」と質問された[6]という。第二の問題は犬である。放し飼いの犬が多い。「おまけに人間と同じように犬もジョガー

5 『走』は村上春樹『走ることについて語るときに僕の語ること』の略称である。以下同。

6 「アテネはただでさえジョギング人口の少ない都市である」と村上はいったことがある。詳しくは『走』（p. 92）を参照されたい。

を見慣れていないから、僕が走っているとすわ怪しいやつと思って追い掛けて来る。」と村上は述べている（『遠』p. 220）。一方、イタリアにはジョガーはいるが、その雰囲気はアメリカやドイツ、日本のジョガーとはずいぶん違う。その特徴は、お洒落であること、一人で走るのが少ないことだと述べられている。南ヨーロッパで一番走りにくい町はローマだが、その原因は町中の犬の糞、交通地獄、タチの悪いティーン・エージャーにあるという（『遠』p. 230-233）。

いろいろ大変なことがあるが、世の中には「走りごこち」という基準によってはじめて理解できるものもあるので村上は知らない土地に行くと必ず走る、と述べている（『遠』p. 233 参照）。南欧で走ることによって村上はカルチャーショックをずいぶん受けたように思われる。

2.4.3　ギリシャ観とイタリア観

2.4.3.1　ギリシャ観

滞欧時代の村上はイタリアとギリシャに対するイメージは期待外れや好奇本能[7]による驚きが多かった。まず、ギリシャのスペッツェス島とミコノス島のことから見てみよう。

村上がアテネで紹介してもらった最初のギリシャでの居留地のスペッツェス島は景色がよくて静かだから、村上の島の第一印象は悪くなかったが、次のようなカルチャーショックや異国性を感じた。（1）選挙運動の幕をお祭りのものだと思ったこと。（2）全国統一地方選挙の投票日に全国どこの店でもア

7　福井（1990：94）は、心理学者マクドーガル（1908）によれば驚きは好奇本能と対応した基本感情の一つだと記している。

ルコール類を出してはいけないこと。(3) ビーチで女性の観光客が水着の上の方をはずして乳房を出しているのを地元のギリシャ人たちが無遠慮にじろじろと眺めていくこと。(4) 異国性を認識させるいろいろな音のこと。(5) 日本のゴミ収集システムと違ったゴミ捨て事情。(6) 猫とゴミ事情の関係。(7) 島によって違った猫の島民性。(8) 鳥や草や花や蜂と同じように猫たちもまた「世界」を形成するひとつの存在、というギリシャ人の世界観。(9) 寒すぎる冬のこと。

このようなギリシャの異国性は『ノルウェイの森』の異国的な雰囲気に繋がっていると思われる。環境が如何に人の考え方、行動に影響を与えるのか、という証拠の一つである。

村上はスペッツェス島を離れてギリシャのミコノス島に一ヵ月半ほど泊まった。ミコノス島に移っても冬はやはり寒い。風が強いし、しょっちゅう雨が降る所である。しかし、「静かに仕事をするには実にもってこいの環境だった。家の居心地は良かったし、とくに他にやることもないし、集中して仕事をすることができた。」、と村上は述べている (『遠』p. 162)。そして、小説『ノルウェイの森』の創作にかかった。そのミコノスの生活でよく覚えているのは夜のバー・ライフだった。ミコノスの町にはバーがいっぱいあった。村上は昼間はだいたいひとりで部屋に籠もって仕事をしているが、そのテンションをほぐしておく必要があるので、夜はバーに行って奥さんと二人で酒を飲みながら、いろんな話をしてリラックスした。

しかし、ミコノス島もひどい天気ばかりだったので、1986年12月28日にそこを撤退してアテネに行き、そしてローマ経由でシシリー島に移った。その12月28日も雨だ。細かい無音の雨。風も吹いている(『遠』p. 187)。その天気は「僕の文章はそんな雨の朝の匂いに包まれている。半分宿命的に。」(『遠』p. 188)、「そう、僕の小説には暗い雨の匂いと、激しい夜中の風の音がしみついてしまっている。」(『遠』p. 190)というように、村上の作品に影響を与えた。この作品とは、最初の名は「雨の中の庭」といわれる、後日の『ノルウェイの森』のことである。環境が如何に人の考え方、行動に影響を与えるのか、という証拠の一つである。

ちなみに、ギリシャの年金についての記述があった。村上が住んでいたミコノスの集合レジデンスの管理人ヴァンゲリスは、健康そうで翌年60歳を迎える人であるが、「60になれば年金が下りるんだ」、と嬉しそうに言った。「なあハルキ、そうすればもうあとは遊んで暮らせるんだ。」と言っている(『遠』p. 178)。2009年、ギリシャは巨額の債務を抱え、欧州通貨危機の震源地となったが、その巨額の財政赤字の原因は大きすぎる年金にあった、といわれる[8]。

2.4.3.2 イタリア観

気候が穏やかなことと友人がいたことで、村上はローマを自分の滞欧の本拠地とした。そして、ある航空会社の機内誌のためにシシリーの記事を書くのでシシリーに一カ月ほどアパートを借りて暮らした。本節では主にローマとシシリーでの生活を考察して村上のイタリア観について見てみたい。

滞欧時代の始め、ローマに10日間滞在した村上はホテルで

8　田村(2015)を参照。

眠りたくても、疲れと頭の混乱で眠れなかった。泊まっているホテルのことを「何という趣味の悪い部屋なんだ」(『遠』p. 35)と評した。機内誌のために記事を書く目的でギリシャのミコノス島を撤退してシシリーに移ったが、多数の自動車修理工場、交通渋滞、騒音、排気ガス、汚い町、醜悪の建物、貧弱な都市機能、溢れたマフィアの暴力犯罪、防弾チョッキをつけて自動小銃を抱えている警官、猜疑心が強くてよそ者に対して冷たい人々、メイドの食物盗み、温かすぎた冬、というのは村上のシシリーに対する印象だった。そして、食べ物が印象的だった(『遠』p. 215)。好き好んで選んだわけではなく、仕事のために行った場所であるが、欠点しか目に入らなかったようだった。

ローマはきれいな街だったが、結局、村上はいろいろと後悔したと述べている。町中の犬の糞、交通地獄、タチの悪いティーン・エージャーの外に、コネがものをいうこと、家具つきのホテルの設備が粗末なこと、貸家の日当たりが悪く、暖房設備も不十分なこと、乞食・芸人・物貰いの類が街に溢れるクリスマス、悪名高いイタリアの郵便システムのこと、現実的な考え方をもつことも村上にとって印象的だった。

村上はイタリアに対してマイナスイメージを抱いている。特に、ローマで奥さんがバッグを盗られたので、イタリアを語るときに欠かせない三大トピックは郵便のひどさ、列車の遅れと泥棒だと、村上は述べている(『遠』p. 505)。

2.4.4　コミュニケーション活動

村上はあまり人と親しく付き合う人ではないようである[9]が、

9　村上(2014)は「安西水丸さんはこの世界で、僕が心を許すことのでき

『遠い太鼓』によれば、滞欧時代では何人かと親しい付き合いをしていた。まず、ギリシャのスペッツェス島で個人的な親交をしたのはミニ・スーパー・マーケットをやっているアナルギロスであった。ミコノス島ではレジデンスの管理人のヴァンゲリスに世話になった。ローマの中心地のアパートメントのオーナーのカナーリさんともよく付き合った。そのアパートに「我慢してこの部屋に住んでいたのは、ロケーションが良かったということもあるけど、それ以上にオーナーのカナーリさんの人柄が気に入っていたからである。」(『遠』p. 409)

もう一人は外務省勤務の友人のウビさんのことである。村上がローマを滞欧の本拠地にした理由はこの友人にあった。ウビさんは村上夫婦を自分の生まれ故郷への旅行に誘ったし、ローマでの貸家を見つけてくれたし、イタリア車を買う時も手伝ってくれた。ローマと職場の話をすると興奮するウビさんとの交流によって、村上はイタリアに対する理解が深まったと思われる。

2.4.5　村上夫人

ミコノス島滞在時期の村上夫人は、村上が仕事をしている間、本を読んだり、イタリア語の勉強をしたり、日向で猫と遊んだりしている(『遠』p. 163 による)。せっかく一緒にヨーロッパに行った奥さんであるが、村上にはいろいろマイナス的に批判されている。疑わしそうな顔つき、愚痴を言ったりしている、ぶつぶつ文句を言う、こんなところにいるとろくなことないわよと予言した、(カメラについて)あれこれと能書きがうるさいく

る数少ない人の一人だった」と述べている。

せにフィルムの入れ換えが出来ない、かなり腹を立てている、徹底的にぶすっとしていた、僕の言うことになんか耳も貸さない、呪いをかける、冷たくつぶやく、というのは『遠い太鼓』における奥さんに対する村上の描写だった。スペッツェス島の週末、両替を忘れたことに気付いたとき、「人生とは所詮そのようなもの、仕方無いではありませんか」という村上と、「いいえ、宿命にたちむかうのが人間の性」(『遠』pp. 90-93)という村上夫人との人生観、世界観は明らかに違っている。

上述のことで分かるように、村上は自分の「楽観的な人生観」を表すために、奥さんを悲観的で文句の多い妻にしてしまったのである。勿論、お酒を飲んで「昼間のテンションをほぐしておく必要がある」(『遠』p. 163)くらい、創作が大変なことが分かるが、ヨーロッパから日本に一時帰国した時に体を壊した村上夫人のことを考えると、村上は優しくない夫だと思われる。

3. 村上の滞欧生活と『ノルウェイの森』

村上がギリシャで書きはじめ、シシリーに移り、それからローマで完成した『ノルウェイの森』の創作理念は第一に徹底したリアリズムの文体で書くこと、第二にセックスと死について徹底的に言及すること、第三に『風の歌を聴け』という小説の含んだ処女作的気恥ずかしさみたいなものを消去してしまう「反気恥かしさ」を正面に押し出すことである[10]。「異質な文

10 澤田(2014)が引用した、村上春樹 1991「100 パーセント・リアリズムへの挑戦」『村上春樹全作品 1979 ～ 1989 ⑥ノルウェイの森』別添冊子「自作を語る」による。

化に取り囲まれ、孤立した生活の中で、掘れるところまで自分の足元を掘ってみたかった（あるいは入っていけるところまでどんどん入っていきたかった）のだろう。たしかにそういう渇望はあった。」（『遠』p. 21）、と考えた村上は、『ノルウェイの森』がベストセラーになったことについて、「その小説に関して僕にただひとつはっきりと言えることは、そこには異国の影のようなものが宿命的にしみついている、ということだけである。」と述べていた（『遠』p. 21）。「異国の影」とは何か、『遠い太鼓』を読んでみると、次のようなことが思われる。

まず、ヨーロッパで『ノルウェイの森』を書き始めた時、村上は無性にビートルズの歌が聴きたくなって、現地でカセットテープを買って聴いたが、その小説の「冒頭の飛行機のシーンに出てくる音楽は、やはり「ノルウェイの森」でなくてはならなかった」（『雑』[11]p. 136）ということで分かるように、小説『ノルウェイの森』とビートルズの歌「ノルウェイの森」とは密接な関係にあった。

次は「雨」のこと。『ノルウェイの森』というタイトルがついたのは、講談社の国際室の人に原稿を直接手渡すためにボローニャに行く二日前のことだった、（『遠』p. 240）と村上は述べているが、「雨の中の庭」というタイトルで書き始められた、という説もある[12]。村上が創作地のミコノス島にいる間、しょっちゅう雨だった。「羊たちが一頭残らず失われてしまった寂しい放牧地に、音もなく降る雨の匂い。山を越えていく古びたトラック

11『雑』は村上春樹『村上春樹　雑文集』の略称である。

12 wiki/ノルウェイの森による。2016年1月20日閲覧。

を濡らす雨の匂い。僕の文章はそんな雨の朝の匂いに包まれている。半分宿命的に。」(『遠』p. 188。下線は引用者。)を読むと、『ノルウェイの森』の描写の一部と重なっているような気がしてならない。

セックスと死について徹底的に言及するのは村上の『ノルウェイの森』の創作理念の一つである。まず、セックスについて見てみよう。スペッツェス島のビーチで女性の観光客が水着の上の方をはずして乳房を出して日光浴をしているのを地元のギリシャ人たちは無遠慮なくらいじろじろと眺めていく。」(『遠』p. 75)という描写がある。別に何も思わなかったら取り上げなかっただろうが、村上はやはり女性が胸を開けて日光浴をするのに何か感じたのでわざわざそれについて述べているのではないだろうか。

そして、あまり夢を見ない村上は『ノルウェイの森』を書いていたとき、よく変な夢を見たという。死に関する夢だった。まず、シシリーでは子猫がかっと目を見ひらいて細い瓶の中で溺れ死んでいる夢とか、カレーの上にのっかっている小さいパンダをフォークで刺して食べる夢などを見た(『遠』p. 211)。それから、1987年3月18日にローマで、だらだらと血を流し続けている、首を切り取られてしまった500個くらいの牛の胴体と首が大きな建物の床に、同じ方向に綺麗に並べられている夢だった。目を覚まして村上は死にたくない、と思った(『遠』pp. 245-249による)。

『遠い太鼓』では小説を書きかけたまま死んでしまったスコット・フィッツジェラルドのこととカエサル、剣闘士、英雄、殉教者など無数の死を吸いこんだローマのことが述べられている。シシリーで死の夢を見た時は『ノルウェイの森』を執筆中で、ローマで死の夢を見た時は『ノルウェイの森』の第一稿と第二稿の間だった。それらの夢は『ノルウェイの森』に出た多くの死者と関係しているのではないだろうか。

村上が『ノルウェイの森』で反気恥かしさという心理で、死のこと、セックスのことをありのままに描写したのは日本を離れた異国のヨーロッパにいたためだと思われる。そして、村上はこの作品のことを「すごく良い」（『遠』p. 239）と評価している。

ちなみに、『ノルウェイの森』では手紙によるワタナベと直子のやり取りがあったが、直子から返事がすぐには来なかった場面が多かった。その背後には日本からの手紙や日本食を届けてくれなかったイタリアの郵便事情に関係している可能性が大きいかと思われる。

4．おわりに

最後に、『遠い太鼓』の魅惑と日本語教育への示唆の角度から私見を述べ、本稿の終わりにしたい。

“常駐的旅行者”としての村上がヨーロッパを転々とした日々が綴られた紀行『遠い太鼓』にはローマ、アテネ、スペッツェス島、クレタ、ミコノス、シシリー、トルコ、ロンドン、ドイツ、オーストリア、そして村上と同じ名前の「ハルキ島」などのヨーロッパの地名が登場している。それぞれの土地の歴史、出来事、映画、コンサート、食事などの記述を通して村上が見たヨーロッパの様子が鮮やかに描かれている。イタリア、ギリシャを見たことのない読者もその描写によって当地のことが想像できよう。グローバル化が進んで国際移動力が強調されている今日、徳井（2011）が述べているように異文化コミュニケーションはすべての人にとって身近で日常的に必要になっている課題である。すぐに旅行に出られない人は紀行文を読んで疑似体験ができるだけではなく、刺激を受け、想像力を育むこともできる。カルチャーショックに関する部分は『遠い太鼓』の魅惑だと思われるが、このような『遠い太鼓』を読むと、村上春樹の歴史重視の考え方、異国情緒を大事にする作風、仕事熱心の積極的な態度が見られる。特に日本から離れた、非日本的な日常生活で描かれた『ノルウェイの森』によって台湾で「村上春樹現象」が起こり、「村上春樹研究センター」もできた。その『ノルウェイの森』の作成背景を理解するには村上の滞欧時代の出来事を記録した『遠い太鼓』を読むことは有意義で重要なことである。

台湾の日本語教育、特に応用日本語教育の現場ではカリキュラムや授業開設状況を見て分かるように文学敬遠の傾向がある。コミュニケーション能力育成が目標であるが、その目標が狭い実用主義と結びつき、すぐには役立たないと思われる文学教材が要らない、と思われるか、日本語学研究、日本語教育学研究を目指す大学院生の一部は文学鑑賞の必要性をあまり感じていないようである[13]。しかし、文学作品や随筆、紀行文などを読むことによって楽しむことができるだけではなく、国家や言

13　日本では英語教育での「文学イジメ」の現象があるという。詳しくは高橋（2015）を参照されたい。

語を超えて知識や世界観、人生観を広げることも考えられるので、日本語学習者にもっと多く文学者の作品に触れるようにおすすめしたいものである。例えば、年金のことを例として考えると、『遠い太鼓』で書かれたように、ギリシャとイタリアの年金は日本と事情がだいぶ違っている。特に2009年に発覚したギリシャ債務危機の要因の一つは手厚い年金制度にあるという。台湾は現在、年金制度の改革について国を挙げて努力しているところであるが、ギリシャ、イタリア、そして日本の例はよい参考になると思われる。

村上は小説家になるには才能の外に集中力、持続力の資質が必要であるが、先天的な才能とは違って、集中力、持続力はトレーニングによって後天的に獲得し、向上させていくことができる、と言っている(『走』pp. 115-117)。日本語学習による異文化交流能力育成においても同じことが言えるのではないだろうか。

テキスト

村上春樹（1993）『遠い太鼓』（1990 単行本）講談社

参考文献

澤田文男（2014）「村上春樹の小説『ノルウェイの森』の文学性」『研究紀要』60・61 高松大学

高橋和子（2015）『日本の英語教育における文学教材の可能性』ひつじ書房

田村賢司（2015）「ギリシャ危機、真の病巣は「バラマキ年金」にあり」2015.7.3 日経ビジネス ONLINE

徳井厚子（2011）「異文化コミュニケーション教育の今日的課題」『日本語学』30（1）明治書院

福井康之（1990）『感情の心理学』川島書店

村上春樹（1991）『ノルウェイの森（上）（下）』（1987 年刊）講談社

村上春樹（1991）『雨天炎天』（1990 刊）新潮社

村上春樹（2010）『走ることについて語るときに僕の語ること』（2007 単行本）文藝春秋

村上春樹（2011）『村上春樹　雑文集』（2011 単行本）新潮社

村上春樹（2014）「描かれずに終わった一枚の絵―安西水丸さんのこと―」「週間村上朝日堂」『週刊朝日』4 月 18 日増大号

賴錦雀（2015）「『シドニー！』から見た村上春樹の異文化観」『台灣日本語文學報』第 38 号，台灣日本語文學會

wiki/「ノルウェイの森」　https://ja.wikipedia.org/wiki（2016 年 1 月 20 日閲覧）

人名索引

ひ

ふ

へ

ほ

ま

み

書名・作品名索引

あ

す

せ

そ

た

ち

て

と

ひ

ふ

へ

ほ

ま

み

む

め

も

や

ゆ

よ

ら

り

る

れ

ろ

わ

事項索引

や

ゆ

り

村上春樹研究叢書 TC005

村上春樹における魅惑

作　　者　監修 / 沼野　充義
　　　　　編集 / 曾秋桂

叢書主編　曾秋桂
主　　任　歐陽崇榮
總 編 輯　吳秋霞
行政編輯　張瑜倫
責任編輯　蘇佳靈
行銷企劃　陳卉綺
內文排版　致良出版社
文字校對　落合　由治、內田　康
封面設計　斐類設計工作室
印 刷 廠　中茂分色製版印刷事業股份有限公司

發 行 人　張家宜
發 行 所　淡江大學出版中心
出版年月　2018年6月
版　　次　初版
定　　價　NTD600元　JPY2500元

總 經 銷　紅螞蟻圖書有限公司
展 售 處　**淡江大學出版中心**
地址：新北市25137 淡水區英專路151號海博館1樓
電話：02-86318661　　傳真：02-86318660

淡江大學—驚聲書城
新北市淡水區英專路151號商管大樓3樓
電話：02-26217840

ISBN 978-986-5608-93-4